Der Himmel
kann warten

SANDRA
BROWN

Der Himmel kann warten

Deutsch von Jasmin Baehr

Weltbild

Originaltitel: *Heaven's Price*
Originalverlag: Bantam Books

Besuchen Sie uns im Internet:
www.weltbild.de

Weltbild Buchverlag – Originalausgaben –
Genehmigte Lizenzausgabe 2007 für
Verlagsgruppe Weltbild GmbH,
Steinerne Furt, 86167 Augsburg

This translation is published by arrangement with
The Bantam Dell Publishing Group,
a division of Random House, Inc.

Projektleitung: Dr. Ulrike Strerath-Bolz
Übersetzung: Jasmin Baehr
Umschlag: Hauptmann & Kompanie
Werbeagentur GmbH, München
Umschlagabbildung: Titus Lacoste/Getty Images
(Gesicht) und Adam Jones/Getty Images (Landschaft)
Satz: Andrea Göttler
Gesetzt aus der Stone Serif 10/14 pt
Druck und Bindung: Bagel Roto-Offset
GmbH & Co.KG, Schleinitz

Gedruckt auf chlorfrei gebleichtem Papier

Printed in the EU

ISBN 978-3-89897-779-1

Liebe Leserinnen und Leser,

von ganzem Herzen danke ich für Ihr Interesse und Ihre Begeisterung, die Sie in den vergangenen zehn Jahren meinen Liebesromanen entgegengebracht haben. Ich freue mich sehr, dass sich das Vergnügen, das mir das Schreiben bereitet, auf Sie überträgt. Offenbar teilen Sie mit mir die Begeisterung für Liebesgeschichten, die immer ein Happy End haben und uns mit Wärme und einem Glücksgefühl erfüllen.

Nichts ist so aufregend, wie sich neu zu verlieben. Bei jeder meiner Liebesgeschichten habe ich versucht, diese Aufregung zu vermitteln. Die Umgebung, die Figuren und die Handlung haben variiert, doch dies war das stets wiederkehrende Thema.

Wir alle erfreuen uns an Liebespaaren und den verschiedenen Wegen, wie sie nach gegenseitiger Erfüllung und Glück suchen. Genau genommen ist diese Suche der eigentliche Spaß! Ich habe mich mit jedem dieser Liebespaare und ihrer jeweiligen Geschichte eingehend befasst. Ich lese ihre Geschichten häufig selbst noch einmal, als würde ich alten Freunden, die ich einst miteinander verkuppelt habe, einen Besuch abstatten.

Ich hoffe, Sie haben Freude an dieser Liebesgeschichte, die zu meinen Favoriten zählt.

Sandra Brown

1

Blair schleppte den letzten Karton die drei Treppen hinauf. Sie schaffte es, sich mit dem Karton durch die Tür zu quetschen, und stellte ihn auf den zwei anderen ab, die sie direkt hinter der Tür aufeinander gestapelt hatte. Ihre Arme zitterten vor Anstrengung. Ihre Beine taten ihr weh.

»Gott sei Dank, das war der letzte«, sagte sie zu sich selbst, während sie langsam ausatmete. Sie ruhte sich mit über dem Karton ausgestreckten Armen aus und versuchte, wieder zu Atem zu kommen. Als sie sich aufrichtete, spürte sie, wie verspannt ihre Rückenmuskulatur war, und stöhnte auf. Gab es an ihrem Körper überhaupt irgendeine Stelle, die nicht wehtat?

Als sie einen Blick auf ihre Armbanduhr warf, kniff sie verärgert die Lippen zusammen. Schon vor über zwei Stunden hatte sie beim YMCA angerufen und darum gebeten, dass man ihr einen Masseur vorbeischickte. Da sie seit acht Jahren nicht mehr umgezogen war, hatte sie ganz vergessen, wie anstrengend ein solcher Umzug sein konnte. Eine Massage war die beste Entspannung, die sie sich vorstellen konnte. Weil sie noch keinen Telefonanschluss hatte, war sie zur nächsten Tankstelle gefahren und hatte von dort aus angerufen. Die Telefonistin, die ihren Anruf entgegennahm, hatte ihr versichert, dass innerhalb der nächsten Stunde jemand vorbeikommen würde.

»Das nennt man also Effizienz«, murmelte sie und nahm den bunt bedruckten Schal ab, mit dem sie ihr langes, dunkles Haar zusammengebunden hatte. Wie eine Rolle Satin fiel es ihr bis zur Mitte des Rückens hinab. Sollte das Tempo, das das Personal des hiesigen YMCA an den Tag legte, für das Leben in diesem verschlafenen Provinznest typisch sein, dann würde sie hier bestimmt schon nach einer Woche völlig durchdrehen.

Sie schaute sich in dem geräumigen Apartment um, das in den kommenden sechs Monaten ihr Zuhause sein würde. Jetzt, da die Kartons und Schachteln auf den Holzdielen standen, sah die Wohnung nach nichts aus, aber Blair hoffte, sich hier mit ein wenig Fantasie zumindest halbwegs gemütlich einrichten zu können. Pam hatte ihr versichert, dass es die beste und ruhigste Wohnung in der Stadt sei. »… Es sei denn, du willst in einem dieser sterilen Apartmentkomplexe wohnen, aber das möchtest du ja bestimmt nicht, oder?«, hatte sie hinzugefügt.

Da Blair aus New York in diese Kleinstadt auf der Atlantikseite von Long Island kam, wohin ihre Freundin Pam Delgado schon vor einigen Jahren gezogen war, hatte sie zugeben müssen, dass es reizvoller war, über einer Garage hinter einem Haus im viktorianischen Stil an einer ruhigen, von Bäumen bestandenen Straße zu wohnen als in einer Schuhschachtel aus Beton.

Sie schlängelte sich an dem Kartonberg vorbei und steuerte auf die kleine Küche auf der anderen Seite des großen Zimmers zu, das zugleich als Wohn- und Schlafbereich diente. Erfreut hatte sie festgestellt, dass der Kühlschrank nur etwa zwanzig Jahre alt war und im Gefrierabteil ein Eimerchen mit Eiswürfeln stand. Sie nahm ein paar Würfel heraus, warf sie in ein hohes Glas, das sie bereits aus einem der Kartons ausgegraben hatte, und öffnete eine Dose Mineralwasser. Gerade, als es über die Eiswürfel sprudelte, klopfte jemand an der Tür.

»Kaum zu glauben!«, knurrte sie. Sie nahm einen Schluck ihres noch nicht wirklich gekühlten Getränks, schlängelte sich wieder an den Kartons vorbei und machte die Tür auf.

»Das war jetzt aber höchste Zeit«, sagte sie gereizt.

»Tut mir leid«, antwortete der Mann, der auf der Schwelle stand.

Blairs grüne Augen fielen auf eine breite Brust, und sie musste den Blick ein ganzes Stück heben, um in die faszinierendsten Augen zu schauen, die sie je erblickt hatte. Sie waren verblüffend blau und von dichten, gebogenen Wimpern umrahmt, die am Ansatz dunkel, an den Spitzen jedoch hell waren. Ein Netz feiner Fältchen, die auf der dunkel gebräunten Haut fast weiß wirkten, zog sich von den äußeren Augenwinkeln zu den Schläfen und verlief sich. Schön geformte, dichte Brauen über den Augen, die sie genauso interessiert musterten wie sie ihn.

Um diesem prüfenden Blick auszuweichen, senkte sie den Blick ein wenig, weil sie fälschlicherweise dachte, das sei das Vernünftigste. Sie war nicht darauf vorbereitet, dass ihr Blick auf einen goldbraunen Schnurrbart fallen würde, der genau die gleiche Farbe hatte wie die Augenbrauen. Der Schnurrbart reichte bis zu einem breiten, sinnlichen Mund mit schön geschwungenen Lippen. Dann ein starkes, festes Kinn mit einem senkrechten Grübchen in der Mitte. Sie vermied es, auch dies genauer anzusehen, und hob den Blick, der auf eine wohlgeformte Nase, leicht eingefallene Wangen und markante Wangenknochen und dann wieder auf diese Augen fiel, die noch immer ihr Gesicht musterten.

Das waren alles in allem die schönsten männlichen Gesichtzüge, die Blair je gesehen hatte. Sie meinte, gleich loszustammeln, schaffte es aber doch irgendwie, die Frage auszustoßen: »Hat Ihnen denn keiner gesagt, wie Sie hierher finden?«

Er schüttelte den Kopf mit den blonden lockigen Haaren, die an den Schläfen leicht silbern wirkten. »Nein.«

»Na, dann ist es ja kein Wunder, dass Sie über eine Stunde zu spät kommen. Hier in dieser Stadt hat keine Straße ein Straßenschild«, stellte sie verärgert fest. Sie trat zur Seite und sagte: »Kommen Sie herein. Ich brauche Sie jetzt noch dringender als vorhin, als ich angerufen habe.«

Er trat ein, und sie machte die Tür hinter ihm zu, um die Luft der über dem Fenster angebrachten Klimaanlage, die das ganze Apartment kühlte, nicht entweichen zu lassen. Er hatte keinerlei Ausrüstung mitgebracht, nur den Körper, der selbst den furchteinflößendsten Profi-Footballer eingeschüchtert hätte.

Der Mann, der weiße Shorts und ein marineblaues T-Shirt trug, sah einfach umwerfend aus. Blair konnte sehen, dass er überall so gebräunt war wie im Gesicht und dass sein Körper von diesen feinen krausen goldenen Härchen bedeckt war. Seine Beine waren lang und schlank, aber seine Waden und Schenkel waren muskulös, was deutlich zu sehen war, als er sich langsam an den ersten Kartons vorbeidrückte, die ihm im Weg standen. Blair gab vor, ihr Interesse an diesen Muskeln sei rein beruflich bedingt. Sie kannte jeden Muskel des menschlichen Körpers – seine Funktion und wie man ihn zu behandeln hatte.

»Haben Sie keine Klappliege und so weiter mitgebracht?«, fragte sie.

Er blieb abrupt stehen und drehte sich zu ihr um. »Nein.«

Sie seufzte. »Macht nichts. Ich weiß ohnehin nicht, wo wir sie hätten aufstellen können. Ich habe eine dicke Quiltdecke auf den Küchentisch gelegt. Tut's der?« Er drehte den Kopf und beäugte den Tisch unschlüssig. »Ich habe das Bettsofa noch nicht hergerichtet und wollte nicht in all diesen Kartons nach Leintüchern suchen. Ich brauche Sie umgehend. Haben Sie etwas dagegen, es auf dem Küchentisch zu machen?«

Die Fältchen in den Augenwinkeln verstärkten sich, aber er zeigte nicht die leiseste Andeutung eines Lächelns, als er ganz gelassen antwortete: »Nein, überhaupt nicht.«

Blair ärgerte sich über seine lakonischen Antworten. Sie kam sich wie eine stammelnde Idiotin vor, während er reserviert blieb und sie mit nachsichtiger Belustigung betrachtete. Er hatte sich nicht einmal für seine Verspätung entschuldigt. Aber er sah auch nicht so aus, als gingen ihm Entschuldigungen leicht über die Lippen. Er betrachtete sie weiterhin mit einer Neugier, die er nicht verbergen konnte. Sie hegte die starke Vermutung, dass er trotz seines gelassenen Gesichtsausdrucks jeden Augenblick in schallendes Gelächter ausbrechen würde. Warum, war ihr allerdings schleierhaft.

Sie bemerkte, dass er ihren zierlichen Körper von oben bis unten musterte. Da sie ihr ganzes Leben lang nie besonders schamhaft gewesen war, war ihr der plötzliche Drang, sich zu verhüllen, fremd, aber er war dennoch da. Sein Blick schien über sie hinwegzugleiten und jede Stelle, auf die er fiel, errötet zurückzulassen. Ihre Aufmachung war alles andere als verführerisch, doch durch seine eingehende, stumme Begutachtung kam sie sich vor, als stünde sie in ihren abgeschnittenen Jeans und dem weißen Neckholder-Top wie in einem hauchdünnen Negligé da.

Hätte er irgendeine laszive Bemerkung gemacht wie jene, die sie in den Straßen New Yorks häufig zu hören bekam, dann hätte sie ihm eine ordentliche Beleidigung entgegengeschleudert. Oder hätte er einen sachlichen Kommentar über ihre gute Muskelspannung, die Länge und Form ihrer Beine oder ihre graziöse Haltung abgegeben, dann hätte sie ihm gedankt und keinen weiteren Gedanken mehr daran verschwendet. Mit dieser Art von Bemerkungen konnte sie umgehen. Doch sie wusste nicht, wie sie auf seinen vielsagenden Blick reagieren sollte.

»Nun, sollen wir anfangen?« Seine Mundwinkel verzogen sich bei dieser Frage und deuteten ein Lächeln an.

Seine Stimme ließ ihr einen Schauer den Rücken hinunter jagen. Mit ihrem tiefen, rauhen Timbre schien diese Stimme ihre Ohren zu streicheln. Aber wie konnte sie auch anders klingen, da sie aus dieser Brust kam? »Soll ich mich nicht zuerst ausziehen?«

Fragend zog er eine Augenbraue hoch. »Ja, ich denke schon.«

»Ich brauche nur eine Minute.« Sie hastete ins Badezimmer, wo sie schon ein altes Leintuch aus einem der Kartons bereitgelegt hatte. Nervös fingerte sie am Knopf ihrer Shorts herum. Was war nur mit ihr los? Warum war sie so nervös? Sie hatte sich schon oft massieren lassen, häufig in ihrem Apartment in Manhattan. Nie war sie deshalb beunruhigt gewesen. Auch dieses Mal hatte sie sich keine Sorgen gemacht – bis sie den Masseur erblickt hatte. Vielleicht sollte sie es lieber sein lassen, wenn dieser Typ sie so durcheinanderbrachte.

Ein stechender Schmerz in ihren Beinen machte ihr jedoch klar, dass es absolut schwachsinnig wäre, die

Gelegenheit ungenutzt verstreichen zu lassen. Ihre strapazierten Muskeln mussten behandelt werden, und der Arzt hatte diese Art von Therapie ja schließlich empfohlen. Sie war wirklich albern. In ihren fast dreißig Lebensjahren war sie noch nie zaghaft gewesen. Sie wickelte sich das Tuch um den nackten Körper, riss die Badezimmertür auf und trat heraus.

»Ich vermute mal, dass Sie auch keine Lotion mitgebracht haben«, sagte sie verächtlich und schob sich an ihm vorbei.

»Nein, ich habe keine Lotion mitgebracht.«

»Na, soll mir recht sein. Manchmal riechen die Mittel, die Masseure verwenden, nach Medizin. Sie können diese hier nehmen.« Sie reichte ihm die Plastikflasche, die sie aus dem Bad mitgebracht hatte. Die Lotion duftete nach ihrem Lieblingsparfum. »Und hier sind ein paar Handtücher, falls Sie ... falls Sie welche brauchen«, fügte sie verlegen hinzu und streckte ihm die zusammengefalteten Frotteehandtücher hin.

Ihr wäre es lieber gewesen, er hätte sie nicht so angesehen, als sei er im Begriff, sie gleich zu verschlingen. Wie oft hatte sie sich mit Männern und Frauen winzige Garderoben geteilt, in denen alle hektisch die Kostüme wechselten. Häufig war sie sogar gezwungen gewesen, sich den Gang zur Garderobe zu sparen und sich direkt hinter der Bühne – ohne jeglichen Sichtschutz – umzuziehen. Warum war sie sich jetzt so mädchenhaft bewusst, dass sie unter dem Tuch nackt war?

In der Hoffnung, ihn von ihren nackten Schultern abzulenken, sagte sie: »Ich ... ich habe gerade etwas Mineralwasser getrunken, als Sie gekommen sind. Wollen Sie auch eins?«

»Nein, danke. Vielleicht, wenn wir fertig sind.«

Sie wandte den Blick von ihm ab und trat an den rechteckigen Küchentisch, der kaum lang genug war, dass sie sich darauf ausstrecken konnte. Sie hatte einen alten Quilt darüber ausgebreitet, den sie in einem der beiden Wandschränke entdeckt hatte.

»Der sieht bequem aus«, stellte er fest.

»Der Tisch?«

»Der Quilt.«

»Ach«, sagte sie und blickte auf die ausgewaschene Decke. »Vermutlich. Das ist nicht meiner. Er gehört hier zum Inventar.«

»Sie sind gerade eingezogen?«

»Ja.«

Sie drehte ihm den Rücken zu und legte sich mit dem Gesicht nach unten auf den Tisch, streckte sich aus und machte es sich so bequem, wie es eben ging. Der Quilt polsterte die harte Oberfläche nicht sonderlich gut. Sie drehte sich zur Seite, löste das Tuch und zog es unter sich hervor, bis sie direkt auf dem frisch gewaschenen, weichen Quilt lag. Sie verschränkte die Hände unter dem Kopf und drehte ihn zur Seite.

»Gefällt Ihnen das Apartment?«

»Als Übergangslösung ist es okay. Ich bleibe höchstens sechs Monate hier.«

»Kommen Sie aus New York?«

»Ich bin nicht dort geboren«, antwortete sie. Einen Augenblick hielt sie den Atem an, als sie spürte, dass er das Tuch anhob und ihr ein Handtuch über die Hüften legte.

»Wo sind Sie geboren?«

»In Minnesota.« Sie stieß das Wort aus, als er mit der Handfläche das Handtuch auf ihren Hüften festhielt, während er das Tuch zur Seite schob. Nackt bis auf das Handtuch, das ihr auf ihrem Hintern so winzig wie ein Heftpflaster vorkam, spürte sie den Blick seiner blauen

Augen auf ihrer Haut brennen, als er ihn über ihren Körper wandern ließ.

Lange Sekunden verstrichen. Er sagte nichts. Sie hielt den Atem an. Keiner rührte sich. Schließlich wandte sie, weil sie die Spannung nicht länger aushalten konnte, den Kopf zu ihm um. »Stimmt was nicht?«

Er räusperte sich. »Nein. Nichts. Ich dehne nur meine Hände.«

»Ach, so.«

Sie spürte seine Bewegungen eher, als dass sie sie sah, als er sich etwas Lotion in eine Handfläche tat und sie auf die andere verteilte. Dann berührten seine Hände ihre Schultern. Zuerst bewegten sie sich langsam über die verspannten Muskeln und verteilten die duftende Lotion. Seine Hände begannen, mit leicht zunehmendem Druck ein Wunder zu vollbringen, und Blair spürte, wie ihre Anspannung nachließ.

»Arbeiten Sie schon lange für den YMCA?«

»Den YMCA?«

»Ja, arbeiten Sie dort schon lange?«

»Ach ... nein. Genau genommen bin ich dort gar nicht angestellt. Ich arbeite als Selbstständiger.«

»Verstehe. Haben Sie in einer Stadt von dieser Größe denn genügend Kunden?«

»Sie wären überrascht, wie viele.«

Jetzt lagen beide Hände auf einer Schulter und bearbeiteten die sich allmählich entspannende Muskulatur. »Ihre Hände fühlen sich nicht so an wie die der meisten anderen Masseure. Sie sind schwielig.«

»Tut mir leid.«

»Ich beklage mich nicht. Das war nur eine Feststellung.«

»Ich trainiere häufig mit Gewichten. Die führen zu Schwielen.«

»Sie machen also alle möglichen Fitnessübungen, oder nicht?«

»So könnte man es ausdrücken.«

»Das dachte ich mir. Sie wirken so fit.«

»Sie auch.« Er wählte genau diesen Moment, um die Hände von ihren Schultern zu nehmen und sie direkt unter ihre angehobenen Arme zu schieben und mit den Fingern über die zarte, empfindliche Haut zu streichen. Seine Handballen lagen fest auf ihrem Rückgrat, und Blair wurde klar, wie groß und stark sie waren. Mit ein wenig Druck hätten sie ihr problemlos die Rippen brechen können. Blair atmete wieder freier, als die Hände langsam tiefer wanderten und seine Finger diese spezielle Stelle unter ihren Armen nicht mehr berührten.

»Ich bin Tänzerin. Ich muss in Form bleiben.«

»Was für eine Tänzerin? Eine Ballerina?«

»Ich trainiere täglich klassisches Ballett, aber ich tanze meistens in Musicals.«

»He! In welchen sind Sie denn aufgetreten?«

Sie lachte auf. »Ich bin irgendwann so gut wie in allen aufgetreten, sowohl auf dem Broadway als auch auf anderen Bühnen. Manchmal war ich monatelang mit einer Truppe unterwegs.«

»Dann sind Sie schon lange dabei.«

»Ja. Seit ich die Highschool abgeschlossen habe. Zum Verdruss meiner Eltern bin ich nach New York gegangen, als alle anderen ein Studium angefangen haben.«

»Sie hatten etwas dagegen?«

»Das ist wahrlich untertrieben. Selbst als ich in Abendkursen meinen Universitätsabschluss nachgeholt habe, konnte das sie nicht von der Überzeugung abbringen, dass ich den falschen Weg eingeschlagen habe. Ich hatte ihnen seit Jahren gesagt, dass ich nach New York gehen würde, um zu studieren und zu tanzen, aber sie haben mich einfach nicht für voll genommen, weil sie dachten, ich würde schon irgendeinen netten Jungen aus unserer Stadt kennenlernen, die aussichtslosen Träume sausen lassen und heiraten.«

»Aber das haben Sie nicht getan.«

»Nein.«

»Jetzt sind Ihre Eltern aber doch sicher stolz auf Sie.«

»Ja, aber nur bedingt«, antwortete sie bedächtig. Die Erinnerung, dass sie ihren Eltern solch großen Kummer bereitet hatte, machte sie immer traurig. So viele Jahre lang hatte sie sich bemüht, ihre Zustimmung für ihre Lebensweise zu gewinnen. Das war ein aussichtsloses Unterfangen, weil sie ihren Drang zu tanzen nie verstehen würden. »In ihren Augen bin ich erst dann erfolgreich, wenn ich heirate und ihnen ein paar Enkel präsentiere.«

Seine Daumen bearbeiteten jeden ihrer Wirbel mit einer kreisenden, wohltuenden Bewegung. Als sie unten an ihrem Rückgrat anlangten, legte er seine Handflächen auf die Rundung ihrer Hüften. Das Handtuch rutschte ein paar Zentimeter herunter. Ohne Druck auszuüben, massierten seine Hände ihre Haut und ihre Muskeln und lösten die Verspannungen. Blair schloss die Augen und stieß einen wohligen Seufzer aus.

»Sie müssen ihr Ein und Alles sein.«

»Genau«, murmelte sie schläfrig gegen ihren Handrücken. »Ich habe zwei Brüder und eine Schwester, die ihnen mehr Enkel geschenkt haben, als sie sich, was die Geburtstagsgeschenke angeht, leisten können.«

Er kicherte, und ihr gefiel das Geräusch. Es war genauso beruhigend wie seine Hände, die jetzt mit leichtem Druck ihre Hüften anhoben und sie mit der nächsten Abwärtsbewegung wieder auf den weichen Quilt drückten. »Ich vermute, so sind Eltern nun einmal. Sie sind erst dann glücklich, wenn ihre Kinder ihren eigenen Vorstellungen von Erfolg entsprechen.«

»Vielleicht gibt es für die nächste Elterngeneration ja Hoffnung. Meine Freundin Pam hat fünf Kinder, und sie behandelt jedes als Individuum. Vielleicht kennen Sie sie ja. Sie lebt hier in Tidelands, und sie ist dafür verantwortlich, dass ich hier bin. Pam Delgado.«

»Ich kenne die Delgados. Er ist Polizist, nicht wahr?«

»Ja.« Blair lachte und bemerkte kaum, dass seine Hände wieder auf ihren Rippen lagen. »Hätten Sie Pam vor zehn Jahren gekannt, könnten Sie nicht fassen, wie sehr sie sich verändert hat. Sie hat mit dem Tanzen aufgehört, um Joe zu heiraten und hier in der Vorstadt zu leben. Ich kann es noch immer nicht recht glauben, dass meine Freundin, die mit mir zusammen Hungerdiäten und hartes Training durchgemacht hat, jetzt die glückliche Mutter von fünf kleinen Delgados ist. Offenbar ist sie wirklich glücklich.«

»Sie sind mit ihrer Entscheidung nicht einverstanden?«

Blair zuckte mit den Schultern. »Es steht mir nicht zu, einverstanden oder dagegen zu sein. Ich kann es nur einfach nicht verstehen, wie jemand, ohne wirklich dazu gezwungen zu sein, das Tanzen aufgeben kann.«

Seine Finger wanderten an den Seiten ihrer Rippen auf und ab, während sich seine Handballen langsam ihr Rückgrat hinauf bewegten. Als seine Finger über die Seite ihrer Brüste strichen, die auf dem Quilt zusammengedrückt waren, durchfuhr Blair vom Kopf bis zur Fußsohle ein Schauder. Sie verlagerte ihr Gewicht, und er verstand diesen eindeutigen Wink. Er nahm die Hände von ihr, um erneut Lotion aufzutragen. Als er wieder weitermachte, lagen seine Hände auf ihren Kniekehlen.

»Was machen Sie denn hier, wenn Sie so begeistert tanzen? Es ist wohl nicht gerade praktisch, nach Long Island zu ziehen, nachdem Sie so viele Jahre in der City gewohnt haben.«

Mit beiden Händen knetete er ihren Wadenmuskel. Die rhythmische Bewegung war unglaublich beruhigend, und Blair entspannte sich wieder. Sie wollte nicht einmal sich selbst eingestehen, wie alarmiert sie gewesen war, als sie die flüchtige Berührung seiner Finger an den Seiten ihrer Brüste gespürt hatte. Ihr Herz hatte gegen die harte Tischoberfläche gepocht, und das ganze Blut hatte sich allem Anschein nach in ihren Ohrläppchen gesammelt und darin pulsiert. Nun, da seine Bewegungen wieder die eines distanzierten Masseurs waren, konnte sie sich das, was geschehen war, nur als Versehen erklären oder damit, dass sie überempfindlich reagiert hatte.

Denn schließlich wurde jeder Teil ihres Körpers seit Jahren von Männern berührt. Wenn man mit einem Partner tanzte, hing die Ausführung eines Schrittes häufig davon ab, wie man gehalten wurde. Bei diesen Griffen durfte man nicht schüchtern oder zimperlich sein. Aber obwohl sie häufig an intimeren Stellen gehalten worden war, konnte sie sich nicht daran erinnern, dass eine Berührung jemals dazu geführt hatte, dass sich ihr die Kehle zugeschnürt oder sie das Gefühl gehabt hätte, ihr Magen rutsche ihr ins Becken und explodiere dann in einem Schauer angenehmer Empfindungen.

»Habe ich Ihre Antwort nicht mitbekommen?«

Der Klang seiner Stimme riss sie, als er sich zu ihrem Ohr hinabbeugte, aus ihrer vorübergehenden Lethargie. Obwohl sie darauf hätte verzichten können, dass sein Atem über ihr Ohr strich, war sie froh, dass er sie aus ihren Gedanken riss, die immer beunruhigender wurden. Sie bewegte sich hin und her, als seine Hände ihre Schenkel hinaufstrichen. »Tut mir leid. Ich ... ich muss auf ärztliche Anordnung eine Weile pausieren.«

Seine Hände verharrten auf ihren Schenkeln. »Warum denn?«

»Hauptsächlich wegen meiner Knie. Ich habe Knorpel- und Bänderprobleme, die Zeit brauchen, um richtig auszuheilen.«

»Wie lange wird es dauern, bis Sie wieder tanzen können?«

»Sechs Monate«, antwortete sie leise und dachte wieder an die Angst, die sie erfasst hatte, als sie den Arzt diese fatalen Worte hatte aussprechen hören. Er war der dritte Spezialist gewesen, den sie konsultiert hatte, weil sie die Diagnosen der ersten beiden nicht hatte akzeptieren wollen, die sie als Scharlatane abgetan hatte, welchen weniger an ihren Knien als vielmehr an ihrem Geld gelegen sei.

Die Hände begannen wieder mit der Massage. »Das hört sich ernst an.«

»Ist es aber nicht«, fuhr sie ihn an. Sie schloss die Augen und blendete die Fakten aus, die sie einfach nicht akzeptieren wollte. »Das ist es nicht«, sagte sie in sanfterem Tonfall, aber mit derselben Entschiedenheit. »Solche Dinge kommen bei Profi-Tänzern andauernd vor – Sehnenentzündungen, Muskelzerrungen, Schienbeinverletzungen. Ein paar Monate Ruhe, dann bin ich wieder in Ordnung.«

»Können Sie gar nicht tanzen?«

»Ich kann leichtes Training absolvieren, um die Muskelspannung zu erhalten. Nichts Anstrengendes.«

Sie schwiegen eine Weile, während Blair versuchte, zwei Dinge aus ihrem Bewusstsein auszublenden. Erstens den Kummer darüber, dass sie ihren geliebten Beruf für sechs Monate aufgeben musste. Zweitens die unglaublichen Gefühle, die den erogenen Zonen ihres Körpers bei jeder Berührung durch seine schwieligen Hände hinten auf ihren Schenkeln zu schaffen machten.

»Haben Sie alle diese Kartons selbst hier heraufgeschleppt?«, fragte er schließlich und brach damit das lange Schweigen.

»Ja. Pam hat mir für ein paar Tage ihren Kombi geliehen. Ich bin damit heute Vormittag von New York hierher gefahren und wollte nicht warten, bis jemand kommt und mir beim Ausladen hilft.«

»Es kann für Ihre Knie nicht gut gewesen sein, die ganzen schweren Sachen die Treppen heraufzutragen.«

»Das hat ihnen nicht geschadet.« Genau genommen hatten ihr die Knie, als sie die letzten Kartons in die zweite Etage hinaufgeschleppt hatte, bereits wehgetan, aber das wollte sie sich nicht eingestehen, genauso wie sie sich nicht eingestehen wollte, dass mit ihren Knien überhaupt etwas nicht in Ordnung war. Sie verhielt sich kindisch, und das wusste sie. Das Problem würde sich nicht dadurch lösen, dass sie es ignorierte. Aber sie war noch nicht bereit zuzugeben, dass sie das Tanzen vielleicht für immer würde aufgeben müssen. Das wäre gerade so, als würde sie sich eingestehen müssen, dass sie aufhören müsste zu atmen, denn für sie war das Eine so lebensnotwendig wie das Andere.

»Sie hätten doch sicher jemanden um Hilfe bitten können.«

»Pam hatte den Kindern versprochen, mit ihnen an den Strand zu gehen, und ich habe ihr gesagt, dass sie sie nicht enttäuschen soll. Sie hat erklärt, sie und Joe würden später herüberkommen und mir helfen, aber ich wollte nicht so lange warten und ihnen schon gar nicht zur Last fallen. In dem Haus gegenüber wohnt ein Mann. Er ist mein Vermieter. Pam meinte, ich soll mich an ihn wenden, wenn ich etwas brauche, aber ich habe ihn noch nicht kennengelernt. Er hat Pam den Schlüssel für mich gegeben, und ich habe ihn heute Vormittag bei ihr abgeholt.«

»Dann haben Sie ihn noch gar nicht gesehen?«

»Nein, er ist ein Freund von Pam, und sie hat den Mietvertrag für mich abgeschlossen. Er ist Schreiner oder so etwas.«

»Ich bin mir sicher, dass es ihm nichts ausgemacht hätte, einem zierlichen Persönchen wie Ihnen zu helfen, all diese Kartons hier heraufzuschleppen.«

»Wahrscheinlich nicht«, sagte Blair und tat die Möglichkeit damit ab, »aber ich möchte meinen Nachbarn gegenüber zu nichts verpflichtet sein.«

»Verstehe. Sie sind unabhängig.«

»Völlig. Und ich möchte, dass es so bleibt.«

Sie hörte, dass ein Stuhl über den Boden schrammte, als er ihn an das Ende des Tisches zog. Mit einem Blick über die Schulter stellte sie fest, dass er sich gerade hinsetzte. Sie war unglaublich erleichtert, dass er ihre Oberschenkel nicht mehr berührte.

Er nahm einen ihrer schmalen Füße in die Hand und fing an, mit dem Daumen über die Fußsohle zu streichen. »Um Himmels willen, was haben Sie denn mit diesen Füßen angestellt?«

Sie lachte. »Die sind hässlich, nicht wahr? Spitzenschuhe, Blasen, die zu Hornschwielen werden, größere Blasen, noch mehr Hornhaut – nach jahrelangem Tanzen sehen die Füße eines Tänzers wie Hufe aus.«

Er trug reichlich Lotion auf die Beulen und Hornhautverdickungen auf. Hätte sie weiter tanzen können, dann hätte sie nicht zugelassen, dass er sie behandelte. Es dauerte eine ganze Weile, bis sich Schwielen bildeten, die hart genug waren, um der brutalen Beanspruchung standzuhalten. Stattdessen genoss sie es jetzt, dass seine Finger über die Hornhaut strichen und sie massierten. Jeder ihrer Zehen wurde von seinen starken Fingern in die Mangel genommen.

Er hob nacheinander ihre Füße an und ließ sie kreisen. »Nein, nein, entspannen Sie sich«, sagte er leise, als sie anfing, ihm die Arbeit abzunehmen. »Lassen Sie mich das machen.« Als er mit ihren Füßen fertig war, stand er auf, beugte ihre Knie zurück und drehte sie auf die gleiche Weise, aber ganz vorsichtig, um ihr nicht wehzutun. Sie gab das bisschen an Kontrolle, an der sie stur festgehalten hatte, auf und ließ es zu, dass er die Verspannung ihrer überstrapazierten Muskeln löste, bis ihre Gelenke so beweglich waren wie schon seit Wochen nicht mehr.

Nachdem er dem zweiten Bein die gleiche Behandlung hatte angedeihen lassen, legte er es auf den Quilt zurück. Eine wohlige Müdigkeit bemächtigte sich ihrer, und sie hatte den Eindruck, ihre Knochen seien allesamt butterweich geworden. Unweigerlich fielen ihr die Augen zu. Sie wollte nicht, dass diese Stunde mit dem Mann, der so talentierte Hände hatte, je zu Ende ging. Er hatte bei ihr eine Entspannung herbeigeführt, wie sie sie gar nicht mehr für möglich gehalten hatte, nachdem sie die schicke Arztpraxis an der Park Avenue verlassen hatte und nach Hause gehumpelt war, während ihr unterwegs Tränen der Wut und Frustration über die Wangen liefen.

»Sie können sich jetzt umdrehen«, sagte ihr eine leise, unwiderstehliche Stimme. Sie dachte gar nicht daran, der Aufforderung nicht Folge zu leisten, und rollte sich mit noch geschlossenen Augen in einer behenden Bewegung herum. Sie hörte etwas, was ein leises, überraschtes Luftholen sein konnte, dann spürte sie, dass ihr kühle Handtücher über die Brust und den Unterleib gelegt wurden. Eigentlich hätte sie etwas an diesem Luftholen beunruhigen müssen, das wusste sie, aber sie war zu schläfrig, um sich darauf zu konzentrieren.

Er ging ans andere Ende des Tisches und stand hinter ihrem Kopf. Wegen des herrlichen Duftes, der ihr in die Nase stieg, wusste sie, dass er gerade wieder Lotion auf seine Hände verteilte. Als er sich vorbeugte, um die Flasche wieder auf den Tisch zu stellen, spürte sie, wie seine Oberschenkel gegen ihren Kopf drückten. Sie hörte das schmatzende Geräusch der Lotion zwischen seinen Händen, die dann sanft vorn auf ihre Schultern gelegt wurden. Mit langen, bedächtigen Bewegungen verteilte er die Emulsion auf ihren Oberarmen. Sie spürte seinen Atem wie Nebel über ihrem Gesicht.

Seine Finger drehten sich um ihre Schultern, während seine Daumen ihr Schlüsselbein ertasteten. Die Berührung war sanft und zaghaft und für eine therapeutische Massage völlig überflüssig, aber Blair sah keinen Anlass, ihn darauf hinzuweisen. Es war einfach zu angenehm, von diesen wunderbaren Händen massiert zu werden und sich zu fragen, welche flüchtige Berührung als Nächstes folgen würde.

Ihre Neugier wurde bald befriedigt, als seine Hände langsam zu ihrem Brustansatz wanderten. Unter seiner Berührung erwachte ihre Haut zu neuem Leben. Tief in ihrer Brust brach der Keim des Verlangens auf und verstärkte sich, bis sich ihre Brustwarzen aufrichteten. Blair sehnte sich danach, von diesen Händen, die solche Wunder vollbringen konnten, gestreichelt zu werden. Wäre sie nicht so gebannt gewesen, als seine Finger sich den Stellen näherten, die sich danach verzehrten, berührt zu werden, sie hätte seine Hände genommen, sie heruntergeschoben und sie auf ihre verlangenden Brüste und aufgerichteten Brustwarzen gedrückt. Als seine Hände sich zögernd auf sichereres Terrain zurückzogen, erkannte sie gar nicht, dass dieses eigenartig unklare Geräusch ihr eigener wimmernder Protest war.

Er hob ihren völlig entspannten Arm an der Hand an, streckte ihn aus und legte ihn sich an die Brust. Mit minimalem Druck bearbeitete er die zarten Muskeln. Seine Finger konnten ihren ganzen Arm umfassen, während sie sich langsam von ihrer Achsel bis zur Hand vorarbeiteten, die wie eine welke Blume an seiner breiten Brust lag. Sein Atem strich sanft über ihre Fingerspitzen, als er den Kopf senkte, um seine Bewegungen zu begutachten.

Blair fragte sich, was er wohl tun würde, wenn sie die Hand ausstrecken und das Grübchen in seinem Kinn berühren oder mit dem Zeigefinger durch seinen dichten Schnurrbart streichen würde. Ihr fehlte die Energie, einen solchen Gedanken in die Tat umzusetzen, selbst wenn sie die Kühnheit besessen hätte, die sie jedoch nicht besaß. Aber der Gedanke daran wärmte ihr Inneres und erfüllte es mit einem Gefühl der Schwere, als flösse zäher, süßer Sirup durch ihre Adern.

Schließlich kamen die Finger der massierenden Hand bei ihrem Handgelenk an. Sie umfassten es sanft, während der Daumen der anderen Hand konzentrische Kreise auf ihrer Handfläche beschrieb. Er hielt das Handgelenk und schüttelte ihre Hand, wobei er sie dazu veranlasste, allein ihm die Kontrolle zu überlassen. Methodisch massierte er jeden ihrer Finger, beginnend an der Wurzel, und arbeitete sich dann bis zur Spitze vor. Das fleischige Polster jedes Fingers wurde vom entsprechenden Glied seines Daumens liebkost. Es hätte ebenso gut seine Zunge sein können – so gründlich, zielstrebig, schnell und verführerisch war die Wirkung auf jede ihrer Fingerspitzen.

Mit der geringen Geistesgegenwart, die ihr noch blieb, befahl Blair ihren Augen, sich zu öffnen und zu vergewissern, dass dies nicht der Fall war. Ihr Blick fiel auf verblüffend blaue Augen, die auf sie herabstarrten. Er hob ihren anderen Arm an und legte auch diesen an seine Brust. Er hielt ihre beiden Arme fest, indem er seine Arme davor schob und mit den Ellenbogen gegen die Unterseite ihrer Arme drückte.

»Habe ich Sie schon einmal tanzen sehen?«, fragte er in einem Tonfall, in dem sich wohl ein Hypnotiseur erkundigt: »Sind sie schon eingeschlafen?« Seine Hände umfassten ihren Kiefer, und seine Daumen massierten ihn bis zu den Ohren.

Dankbar, dass sie ihre Muttersprache noch immer verstand, antwortete sie schroff: »Ich weiß nicht. Haben Sie mich schon mal tanzen sehen?«

»Nennen Sie mir ein paar Aufführungen, in denen ich Sie hätte sehen können.«

Als seine Hände ihren Halsansatz umfassten und er mit den Daumen über ihren langen Hals strich, gaben ihre Augen den Kampf, offen zu bleiben, auf. »Ich … ich war in einem Werbeclip für Orangensaft im Fernsehen zu sehen«, hauchte sie.

»Tatsächlich?« Jetzt massierte er ihre Schläfen und drehte dabei ihren Kopf von einer Seite zur anderen. Seine Schenkelmuskulatur drückte steinhart oben gegen ihren Kopf.

»Ich war ein Mensch in einem Flipper. Eine riesige silberne Kugel kam auf mich zugerollt, und ich habe einen Bocksprung drüber hinweg gemacht.«

»Das habe ich gesehen, aber ...«

»Sie hätten mich aber sowieso nicht erkannt. Ich hatte eine Perücke aus Silberfolie und eine riesige Sonnenbrille mit leuchtend gelben Gläsern in Form von Gänseblümchen auf.«

Er legte die Daumen mitten auf ihren Oberkopf und folgte mit den Fingern der herzförmigen Linie ihres Haaransatzes von der Stirn bis zu den Ohren. »Ich kann mir Sie mit einer silbernen Perücke nicht vorstellen. Ich kann Sie mir anders als mit glänzenden schwarzen Haaren überhaupt nicht vorstellen. Eine Sonnenbrille mit gelben Gläsern in Form von Gänseblümchen?«, fragte er leise. »Nein. Nur grüne Augen, so unergründlich wie das Meer.« Wie auf Befehl gingen sie auf und schenkten ihm ihre volle Aufmerksamkeit. Seine Zeigefinger fuhren den perfekt geschwungenen Bogen ihrer dunklen Augenbrauen entlang.

Blair wusste, dass sie das nicht zulassen sollte. Er konnte ja ein Perverser sein, aber ihr fiel kein Grund ein, wieso sie das Unvermeidliche verhindern sollte. Er hielt ihre Hände an seiner Brust fest, während er sich über sie beugte. Sie konnte jede Facette seiner diamantblauen Iris sehen, deren Leuchten jeden vernünftigen Gedanken unmöglich machte.

»Ich kann Sie mir nicht anders vorstellen als genau so, wie Sie sind. Ich würde gar nichts verändern.« Anstelle der Finger, die ihre Wangen gestreichelt hatten, spürte sie jetzt die seidige Berührung durch seinen Schnurrbart. Er kam ihrem Mund unmerklich, aber unaufhaltsam näher, bis er genau darüber war. Sie atmete den berauschenden Duft seines Atems ein. Genau in dem Moment, als sie erwartete, seine Lippen auf den ihren zu spüren, klopfte es an die Tür.

Sie verkniff sich ein bedauerndes Murren. Er seufzte, richtete sich auf, ließ ihre Hände los und legte sie vorsichtig auf den Quilt. Blair setzte sich hastig auf und griff nach dem Leintuch, und mit heiß geröteten Wangen beobachtete sie, wie er sich an den Kartons vorbei schlängelte, um die Wohnungstür zu öffnen.

»Hallo.« Es war eine männliche Stimme, die jedoch sehr jung klang. »Es tut mir leid, dass ich so spät komme, aber bei der Auftragsannahme ist es zu einer Verwechslung gekommen.« Der große blonde Mann schien nicht gewillt zu sein, darauf zu reagieren. Der junge Mann, der eine weiße Hose und ein weißes T-Shirt trug, auf dessen Brusttasche in roter Schrift YMCA stand, sagte in fragendem Tonfall: »Ich bin der Masseur.«

2

Die Worte des jungen Mannes trafen Blair wie ein Schlag mit einem Baseballschläger in die Magengrube. Sie saß auf der Tischkante, hielt das verdrehte Leintuch fest, und ihre dunklen Haare fielen ihr zerzaust über die Schultern. Aus ihrem eben noch geröteten Gesicht war inzwischen jede Farbe gewichen.

»Wir brauchen Sie jetzt nicht mehr«, sagte der Blonde beiläufig.

Der junge Mann schaute an den breiten Schultern vorbei auf die verlegene und zerzauste Blair und erfasste die Situation sofort. Als sein Blick zu dem größeren Mann zurückwanderte, funkelten seine Augen vielsagend. »Verstehe«, antwortete er verschmitzt. Sein süffisanter Tonfall war wie ein weiterer Schlag in die Magengrube.

»Gehen Sie und stellen Sie Miss Simpson Ihre Zeit in Rechnung.«

»Ja. Klar. Danke.« Er zwinkerte dem Blonden zu, dann griff er nach seiner Ledertasche mit der Ausrüstung und stapfte die Treppe hinunter.

Blair beobachtete, wie der Blonde die Tür zumachte, aber sie war schon vom Tisch aufgestanden, bevor sie ins Schloss fiel. Nun, da der erste Schock verflogen war, der ihr die Sprache verschlagen hatte, schrie sie vor Wut bebend: »Wer zum Teufel sind Sie? Wie können Sie es wagen, mich derart hinters Licht zu führen? Raus hier, oder ich rufe die Polizei!«

»Und wie? Sie haben noch keinen Telefonanschluss«, stellte er treffend fest. Sein Mund öffnete sich zu einem breiten Grinsen, und sie sah eine Reihe strahlend weißer Zähne. »Die Telefongesellschaft hat heute angerufen. Übermorgen kommt ein Techniker vorbei.«

»Wer ...«

»Sean Garrett. Ich bin Ihr Vermieter. Der Zimmerer und Nachbar, dem Sie zu nichts verpflichtet sein wollen.« Er musterte sie, wie sie verstört dastand, das Leintuch mehr schlecht als recht um sich geschlungen. »Sie schulden mir lediglich eine gründliche Massage.«

»Sie haben mich reingelegt!«, schrie sie. Ihre grünen Augen funkelten ihn wütend an.

»Nein, das habe ich nicht. Ich habe mit keinem Wort behauptet, ein Masseur zu sein. Sie haben mir keine andere Wahl gelassen.« Er ging auf sie zu, und sie ertappte sich dabei, wie sie instinktiv zurückwich. Seine Größe ließ das Zimmer, das sie bis dahin für geräumig gehalten hatte, kleiner wirken. »Genau genommen war ich mir bis zu einem bestimmten Punkt gar nicht sicher, welcher Service von mir erwartet wurde.« Der goldene Schnurrbart bebte über dem lächelnden Mund.

»Sie ...«

»Nun, Sie sagten, dass Sie mich jetzt mehr denn je bräuchten. Sie haben mich gefragt, ob es mir etwas ausmachen würde, es auf dem Küchentisch zu tun, da das Bett noch nicht hergerichtet sei. Und Sie haben angeboten, sich auszuziehen. Was soll ein Mann denn denken, wenn er so etwas hört?«

Während er das sagte, kam er mit diesem lüsternen Gang weiter auf sie zu. Sie war zurückgewichen, bis sie an die Arbeitsfläche der Küchenzeile gestoßen war. Schließlich setzte er sich auf die Kante des mit dem Quilt bedeckten Tischs und blockierte ihr so den Fluchtweg. Ihr war klar, dass sie in der Falle saß, aber weil sie sich das nicht anmerken lassen wollte, richtete sie sich auf, so gut sie konnte, straffte trotz ihrer lächerlichen Aufmachung die Schultern und reckte das Kinn.

»Sie wissen genau, dass ich Sie für einen anderen gehalten habe. Wenn Sie anständig wären, hätten Sie das Missverständnis aufgeklärt. Ich kann mir nicht vorstellen, wie ich hier wohnen kann, jetzt, da ich weiß, was für ein Mensch mein Vermieter ist. Sobald Sie fort sind«, sagte sie mit Nachdruck, »trage ich meine Sachen wieder zum Auto hinunter.«

Welche Reaktion sie auch immer erwartet hatte, es war jedenfalls nicht das schallende Lachen, in das er ausbrach. Dann lächelte er breit und warf den blonden Schopf höchst belustigt in den Nacken. »Der himmlische Körper und die unschuldigen Augen täuschen also. Dahinter verbirgt sich die Seele einer Tigerin. Ich mag Sie, Blair Simpson.«

»Ich Sie nicht!«, schrie sie. »Sie sind ein Lügner und Betrüger. Raus hier!«

»Ich habe nicht gelogen«, sagte er in einem so provozierend gelassenen Tonfall, dass sie dachte, gleich vor Wut platzen zu müssen.

»Und als was würden Sie das denn bezeichnen?«

»Ich habe Ihnen ehrlich gesagt, dass ich nicht für den YMCA arbeite. Ich sagte, dass ich selbstständig arbeite, was auch stimmt. Ich bin Handwerker. Sie haben mich gefragt, ob ich genügend Kunden habe, und ich habe geantwortet, dass Sie überrascht wären. Ich habe viele Kunden. Ich kaufe alte Häuser und restauriere sie von Grund auf, dann verkaufe ich sie an reiche Städter, die gern ein Ferienhaus nahe am Strand haben möchten. Sie sehen also, alles, was ich Ihnen gesagt habe, entspricht der Wahrheit.«

»Aber das war missverständlich.«

Er zuckte mit den Schultern, und sein Mundwinkel verzog sich zu einem spitzbübischen Grinsen. »Ich habe ja schon gesagt: Was soll ein Mann unter solchen Umständen denn machen? Kennen Sie einen richtigen Mann, der sich höflich umdreht und geht, wenn eine schöne Frau anbietet, sich auszuziehen und auf den Küchentisch zu legen?«

In der Überzeugung, dass sie ihn schockieren würde, reckte sie das Kinn und sagte verächtlich: »Genau, das tue ich.«

Er war, wie sein beiläufiges Schulterzucken verriet, keineswegs beeindruckt. »Ich kritisiere niemanden wegen seines Lebensstils. Allerdings kenne ich meine sexuellen Präferenzen. Und eine schöne Frau, die nur ein Leintuch um sich geschlungen hat, sich brav hinlegt und mich anfleht, dass ich sie berühre, übt einen gewaltigen Reiz auf mich aus.«

»Anfleht! Ich habe Sie nicht ... der einzige Grund, warum ich zugelassen habe, dass sie mich anfassen, war der, dass ich Sie für einen professionellen Masseur gehalten habe. Hätte ich gewusst ...«

»Jetzt versuchen Sie bloß nicht zu behaupten, dass es Ihnen nicht gefallen hat, weil ich es besser weiß. Sie haben ja buchstäblich geschnurrt. Sie haben es nicht einmal bemerkt, als Sie sich umgedreht und mir diesen tollen Anblick geboten haben.« Den letzten Satz sprach er ganz leise aus, er löste sich vom Tisch und machte die wenigen Schritte, die nötig waren, um direkt vor ihr zu stehen. »Von hinten sehen Sie fast wie ein Kind aus. Aber von vorn sind Sie trotz Ihrer zierlichen Figur unbestreitbar eine erwachsene Frau, Blair Simpson.«

Er hob die Hände und umfasste ihre Wangen. Sie konnte ihn nicht abwehren, denn ihre Hände waren damit beschäftigt, das Leintuch festzuhalten. »Lassen

Sie das«, sagte sie und versuchte vergeblich, den Kopf zur Seite zu drehen. Er hielt ihn fest. Sein Mund war nur wenige Zentimeter von ihrem entfernt.

»Ich sage Ihnen etwas. Ich versohle Ihnen den Hintern, wenn Sie jemals wieder einem Fremden die Tür aufmachen und ihn hereinlassen. Wissen Sie nicht, was mit Frauen passiert, die so leichtsinnig sind?« Der Schnurrbart strich ihr über die Lippen. »Da draußen laufen jede Menge Irre herum. Hätten Sie anstelle von mir einen von denen hereingelassen, dann hätte Ihnen etwas Schreckliches zustoßen können.«

Er presste die Lippen auf ihre, und das bisschen Willen, das ihr noch blieb, versickerte in ihrem Gehirn, wie die letzten Sandkörnchen durch eine Sanduhr rinnen. Seine Hände, die ihren Kopf umfassten, waren so sanft wie eben bei der Massage. Er ließ die Daumen über ihre Schläfe kreisen, was eine hypnotische Wirkung auf Blair hatte. Sie spürte, dass sie von seinem Körper angezogen wurde wie von einem Magneten.

Er drückte ihr ein paar sanfte Küsse auf den Mund, dann trat er zurück. Blair konnte sich nicht richtig auf ihn konzentrieren, so verwirrt war sie von dem Kuss und seinem grausamen und verfrühten Rückzug. Als sie endlich wieder alle Sinne beisammen hatte, war das Erste, was ihr von Verlangen benebelter Verstand wahrnahm, sein triumphierendes Lächeln. Die leidenschaftlichen Gefühle, die er gerade in ihr geweckt hatte, machten sofort blanker Wut Platz.

Mit einer Hand stieß sie ihn von sich und riskierte dabei, dass das Leintuch ins Rutschen geriet. »Raus hier!«, schrie sie. »Sie sind der einzige Irre, den ich je kennengelernt habe.«

»Ich gehe jetzt«, sagte er, drehte sich um und schlängelte sich an den Kartons vorbei in Richtung Tür. »Aber um acht Uhr habe ich das Abendessen fertig. Kommen Sie einfach zur Hintertür und klopfen Sie.«

»Abendessen? Sie glauben doch nicht im Ernst, dass ich nach alldem mit Ihnen zu Abend esse?«

»Ich wüsste nicht, was dagegen spräche. Da wir uns jetzt so gut kennen.« Sein Schmunzeln machte klar, woran er dachte.

»Auf Wiedersehen, Mr Garrett. Sie sehen mich am ersten des nächsten Monats, wenn die Miete fällig ist.«

»Ich sehe Sie um acht an meiner Hintertür, sonst komme ich und hole Sie.« Bevor sie darauf antworten konnte, fügte er leise hinzu: »Pam hat mir das mit Ihren Knieproblemen erzählt. Es tut mir wirklich leid, dass Sie eine Weile nicht tanzen können.«

Dann war er verschwunden, und Blair starrte die hölzerne Tür an, die er leise hinter sich zugezogen hatte.

»Willst du damit etwa sagen, dass du *nackt* dagelegen hast und Sean Garrett dich von oben bis unten massiert hat?« Niedergeschlagen beobachtete Blair, wie Pam Delgado sich noch einen Schokoladenkeks in den Mund schob und ihn genüsslich zerkaute, während ihre Freundin sie mit weit aufgerissenen Augen ungläubig anstarrte.

»Ja! Es war schrecklich!«

Pam lachte und verschluckte sich beinahe an ihrem Keks. »Ach, das war bestimmt schlimm«, spottete sie. »Glaubst du, du kannst mich zum Narren halten, Schätzchen? So sehr ich meinen Joe liebe und vergöttere, wenn mir Sean anbieten würde, mich auf dem Küchentisch zu massieren, wäre ich wahrscheinlich versucht, ihn gewähren zu lassen – so wie neunundneunzig Prozent der Frauen hier in der Stadt.«

Eine Stunde nachdem Sean gegangen war, war Pam

mit ihren fünf Kindern bei Blair eingefallen. Den vier ältesten hatte Pam Aufgaben zugeteilt. Zwei räumten die Kartons mit den Büchern und Aktenordnern aus und stellten sie in die Einbauregale im Wohnzimmer. Eines legte Handtücher und Bettwäsche in den Schrank im Badezimmer. Ein anderes packte Geschirr und Töpfe aus und räumte sie in den Küchenschrank. Pam und Blair saßen am Tisch, unterhielten sich und versuchten, den Lärm zu übertönen. Der jüngste Delgado, ein Junge, der vor wenigen Monaten ein Jahr alt geworden war, saß auf dem Schoß seiner Mutter und verschmierte sich mit einem durchweichten Keks.

»Na, dann gehöre ich zu diesem einen Prozent. Pam, warum hast du mir nicht gesagt, dass dieser Mann, der mein unmittelbarer Nachbar und mein Vermieter ist, ein ... ein perverses ...«

»Hat er etwas Perverses gemacht?«, fiel ihr Pam hastig ins Wort und wich dem Keks aus, den das Baby ihr hartnäckig entgegenstreckte. »Was?«

»Nein, er hat nichts Perverses gemacht«, antwortete Blair verärgert, stand auf, ging zur Arbeitsfläche, holte eine Flasche Mineralwasser und füllte Pams beinahe leeres Glas wieder auf. »Die ganze Situation war pervers. Er hat das Missverständnis ausgenutzt«, rief sie empört aus. »Ich habe mich so geschämt.«

Pams Blick wurde ein wenig freundlicher. »Na ja, ich verstehe schon, dass du bestürzt bist. Aber du musst zugeben, dass es schlimmere Schicksalsschläge gibt, als von Sean ausgenutzt zu werden. Ich kenne Frauen, die ...«

»Bitte hör auf, darauf herumzureiten«, bat Blair ein wenig irritiert. »Du weißt, dass ich nicht wie andere Frauen bin. Die stehen vielleicht auf Macho-Typen. Auf mich macht Sean Garrett den Eindruck, nichts anderes zu sein als ein hinterhältiger Schürzenjäger.«

»Das ist er aber nicht«, brachte Pam hastig zu seiner Verteidigung hervor. »Blair, er ist eine Stütze der Gemeinde. Außerdem ist er charmant und sieht verdammt gut aus. Das darfst du Joe nicht weitererzählen, aber ich wäre mit dem Volvo einmal beinahe in den Graben gefahren, als ich Sean bei der Arbeit auf einem Dach gesehen habe und er außer Shorts nichts anhatte. Ohne Hemd sieht er ...«

»Okay«, sagte Blair und hob die Hände zum Zeichen, dass sie sich geschlagen gab. »Er ist einfach wunderbar, und ich ärgere mich nur, dass mir nicht bewusst ist, was für ein Glück ich hatte, dass er mich absolut zum Narren gehalten hat.«

Pams Lächeln verschwand. Sie fasste über den Tisch und griff nach Blairs Hand. »Tut mir leid. Da ich weiß, wie ... na ja, wie eigensinnig du sein kannst, verstehe ich natürlich, dass du wütend bist, weil er dich so leicht hat reinlegen können. Aber Blair, du musst zugeben, dass es lustig ist. Ein paar der Sachen, die du mir erzählt hast ...« Sie konnte sich das Lachen nicht länger verkneifen und platzte los.

»Na, besten Dank«, sagte Blair und lächelte bitter. »Verräterin. Bist du sicher, dass du nicht von irgendeinem feindlichen Agenten abstammst?«

»Macht dich dieses Macho-Gehabe nervös?«

»Wessen?«, fragte Blair, und versuchte damit, Pams scharfsinniger Frage auszuweichen.

»Das von Sean.«

Blair lachte auf. »Natürlich nicht.«

»Ich habe mich nur gefragt«, erklärte Pam ostentativ beiläufig. Sie spielte mit den Locken des Babys. »Ich meine, du hattest seit Cole nichts mehr mit einem Mann.«

Blair wandte den Blick ab. »Nein, hatte ich nicht.«

Weder Pam noch sonst irgendjemand kannte die ganze Geschichte ihrer Beziehung mit Cole Slater, und das sollte auch so bleiben. In stillschweigender Übereinkunft hatten sie nie darüber gesprochen. Falls Pam neugierig war, mehr über diesen Abschnitt von Blairs Vergangenheit zu erfahren, so war sie doch eine zu gute Freundin, um sie danach auszufragen. Und Blair war dankbar dafür. Auch jetzt drängte Pam sie nicht. Sie lieferte ihr lediglich einen Schlüssel, falls Blair eine verschlossene Tür aufschließen wollte. Aber das war nicht der Fall. »Sean Garrett ist einfach nicht mein Typ, das ist alles.«

Pam lachte auf. »Wenn du eine Frau bist, dann ist er dein Typ.«

Blair musterte ihre Freundin, die mit jeder Schwangerschaft noch mehr zugenommen und inzwischen einen Umfang hatte, der bei Weitem nicht mehr als mollig beschrieben werden konnte. »Wenn du von Sean Garrett so fasziniert bist, warum hast du dir dann Joe und nicht ihn ausgesucht?«, zog Blair sie auf.

Pam breitete die Arme aus. »Weil Joe mich liebt, so wie ich bin.« Ihre Augen strahlten vor Glück. »Und wie er mich liebt!«, fügte sie mit einem übertriebenen Seufzen hinzu. Ihre Haut, die sie bei ihren Aufenthalten am Strand vernünftigerweise stets vor zu viel Sonneneinstrahlung geschützt hatte, war klar und glatt. Ihr Haar, das sie an ihrem Hinterkopf zu einem lockeren Knoten zusammengebunden hatte, war Sinnbild ihrer Lebenseinstellung. Sie sah glücklich und absolut erfüllt aus, und Blair verspürte einen Anflug von Neid.

»Ich weiß, dass du der Meinung bist, ich hätte mich gehen lassen«, stellte Pam in der für sie typischen Offenheit fest. »Ich weiß, dass ich dick geworden bin und der schlanken Tänzerin, die einst gegen jedes überflüssige Gramm angekämpft hat, überhaupt nicht mehr ähnlich sehe. Glaub bloß nicht, dass ich dich nicht anschaue und vor Neid auf deine schlanke Figur erblasse. Weil das nämlich der Fall ist. Feste Schenkel, ein flacher Bauch und Brüste, die nicht hängen, sind für mich Geschichte. Aber ich bin glücklich, Blair. Ich habe Joe und die Kinder, und ich liebe sie. Ich würde mit keinem Menschen tauschen wollen. Ich würde auch nicht mit dir tauschen – glamouröse Karriere hin oder her.«

Schrille Stimmen aus dem Wohnzimmerbereich legten den Schluss nahe, dass Andrew mit der Art und Weise, wie Mandy ihre Aufgabe erfüllte, nicht einverstanden war. Mandy erklärte, sie würde es Mama erzählen, wenn er sie nicht in Ruhe lassen würde. Andrew brüllte: »Petze! Petze!«

Die beiden Frauen beachteten sie kaum. Blair starrte auf ihre Hände hinab, und Pam sah hilflos drein, als sie den Kummer auf dem beneidenswert jugendlichen Gesicht ihrer Freundin sah.

»Ich wundere mich nicht, dass du mit einer dreißigjährigen Zigeunerin mit kaputten Knien nicht tauschen willst«, stellte Blair niedergeschlagen fest.

»Deine Knie werden heilen, und du wirst im Nu wieder tanzen können.«

»Und wenn sie nicht heilen? Was dann?«

»Dann machst du etwas anderes.«

»Ich kann aber nichts anderes, Pam.«

»Na ja, dann lernst du etwas anderes. Mein Gott, du bist schön und begabt, Blair, und die Tatsache, dass du dreißig bist, mag für dich als Profi-Tänzerin bedrohlich wirken, aber es gibt andere Dinge, die du machen kannst, die dir nur noch nicht in den Sinn gekommen sind. Ich weiß, dass du nicht so dumm bist, zu glauben, dein Leben sei jetzt, da du bald dreißig wirst und möglicherweise nicht mehr tanzen kannst, zu Ende.«

»Das Leben, das ich führen möchte, ist dann zu Ende.« – »Woher willst du wissen, was du möchtest? Du kennst kein anderes Leben als das Tanzen. Vielleicht liegt etwas Wunderbares vor dir, was du dir nicht einmal vorstellen kannst. Glaubst du etwa, ich hätte mir damals im Park gewünscht, dass mir die Handtasche entwendet wird, nur damit ich bei einem Polizisten namens Delgado, der schöne braune Augen und ein wunderbares Lachen hatte, Anzeige erstatten konnte? Dass deine Knie nicht mehr mitmachen, könnte am Ende das Beste sein, was dir je passiert ist.«

Blair erkannte, dass jede Diskussion sinnlos war, deshalb tätschelte sie Pams pummelige Hand und sagte: »Kann sein«, obwohl sie genau wusste, dass dies nicht der Fall war.

Mit Pams Hilfe, und weil die Kinder nur relativ wenig Chaos anrichteten, schafften sie es, in einer Stunde einen Großteil der Kartons auszupacken. Pam wies ihre älteren Sprösslinge an, die leeren Kartons die Treppe hinunterzutragen und sie in Seans Mülltonnen zu stecken.

»Dürfen wir Sean besuchen?«, fragte Mandy, das älteste der Mädchen, ihre Mutter.

»Nein. Wahrscheinlich ist er irgendwo bei der Arbeit.«

»Sein Laster steht aber unten. Und auch sein Auto«, stellte Andrew fest. Er war der Älteste von Pams Kinderschar und wurde in Kürze neun Jahre alt.

Pam seufzte. »Gut, aber nur für eine Minute.« Trotz ihrer Warnung, mit den Kartons auf der Treppe vorsichtig zu sein, stürmten Mandy und Andrew die Stufen hinunter.

»Andrew ist wahnsinnig verknallt in dich«, erzählte Pam. »Erst gestern hat er mich gefragt, ob ich dich auch hübsch finde. Normalerweise verachtet er jedes weibliche Wesen.«

»Ich dachte immer, Jungs wären als erstes in ihre Lehrerinnen verknallt.«

»Jetzt sind Ferien«, entgegnete Pam, und sie lachten beide los.

Schließlich kamen die beiden Kinder Eis schleckend die Treppe wieder heraufgehüpft. »Die hat uns Sean gegeben. Und die da sind für die anderen«, erklärte Andrew und gab seiner Mutter die drei Eis am Stiel.

»Kommt, wir gehen schnell, sonst tropfen wir Blairs Fußboden voll«, sagte Pam, die das Baby hastig auf den Arm nahm und nach Handtasche und Autoschlüssel griff.

»Ach, das hätte ich ja beinahe vergessen«, sagte Andrew zu Blair, als seine Mutter ihn gerade zur Tür hinausdrängte. »Sean meint, dass du dich für heute Abend leger anziehen sollst.«

Pam hielt in ihrem hektischen Versuch, ihre Kinder die Treppe hinunterzuscheuchen, inne und warf einen Blick über die Schulter. »Heute Abend?«, fragte sie mit leicht schriller Stimme.

»Er ist auf die Idee verfallen, dass ich mit ihm zu Abend esse«, murmelte Blair.

»Und das tust du nicht?«

»Nein!«

»Wetten, doch?«, fragte Pam und zwinkerte, dann half sie dem drei Jahre alten Paul, die Treppe hinunterzusteigen.

Als Pam ihr das erste Mal von dem Apartment über der Garage erzählt hatte, hatte Blair gefragt, ob die denn mit einer Badewanne ausgestattet sei. Denn was nach Aussage des Arztes ihren Knien besonders gut tun würde, das waren heiße Bäder. Pam hatte ihr versichert, dass es dort eine Wanne gab. Jetzt nahm Blair ihr erstes entspannendes Bad in der altmodischen, tiefen Wanne auf Füßen, und es fühlte sich wunderbar an. Die psychische Anspannung, die sich aufgebaut hatte, seit sie Sean Garrett auf ihrer Schwelle hatte stehen sehen, löste sich in dem dampfenden Wasser allmählich auf.

Als das Badewasser schließlich abzukühlen begann, stand sie leicht benommen auf. Das heiße Wasser hatte ihrem Kreislauf zugesetzt, und ihr wurde klar, dass sie den ganzen Tag noch nichts gegessen hatte. Sie trocknete sich ab und stellte fest, dass ihre Haut glatt war und noch ein wenig nach der Lotion duftete, die Sean aufgetragen hatte. Sie wollte gerade in ihren ältesten und bequemsten Bademantel schlüpfen, hielt dann aber inne und überlegte. Was wäre, wenn er seine Drohung wahr machen und sie holen würde, falls sie zur verabredeten Zeit nicht an seiner Hintertür erschien? Sie verfluchte ihn und ihre eigenen Schuldgefühle und tauschte den Bademantel gegen Jeans und ein Tank-Top – beides alt und abgetragen, allerdings nicht so bequem wie der Bademantel, den sie eigentlich hatte anziehen wollen.

Die Schachtel mit den Schokoladekeksen war buchstäblich vernichtet, aber der Rest der Lebensmittel, die Pam als eine Art Wohnungseinweihungsgeschenk mitgebracht hatte, standen aufgereiht auf der Arbeitsfläche und dem Kühlschrank. Blair begutachtete sie gerade, als sie Schritte auf der Treppe hörte.

»Das darf doch nicht wahr sein«, flüsterte sie. Sie warf einen Blick auf die Uhr, und die Digitalanzeige sagte ihr, dass es 20:01 Uhr war. Die schweren Schritte auf der Treppe wurden immer lauter. »Er kann mich nicht zwingen«, schwor sie sich und ging mit entschlossenem Schritt durchs Wohnzimmer. In dem Moment, als er an die Tür klopfte, riss sie sie auf, bereit, sich – falls nötig – zur Wehr zu setzen.

Ihre entschiedene Weigerung, mit ihm zu Abend zu essen, erstarb ihr auf den Lippen. Er wirkte alles andere als bedrohlich. Stattdessen sah er aus wie ein Junge, der sein erstes Rendezvous hat. Er trug Jeans und ein Sporthemd, das bis zur Brustmitte offen stand und einen Flaum krauser goldener Haare auf der kupferfarbenen Haut sehen ließ. Er hatte sich die Haare sorgfältig gebürstet, auf die der sanfte Lichtschein der Lampe über dem Eingang fiel, die Blair schon zuvor angeschaltet hatte. Seine Wangen glänzten nach einer frischen Rasur. Der Duft seines Aftershaves war schwach, aber wirkungsvoll und trug nicht gerade dazu bei, Blair die Benommenheit zu nehmen, die auf ihren Hunger und das heiße Bad zurückzuführen war. Sean hatte einen in grünes Papier gewickelten Strauß Gänseblümchen in der Hand.

»Hallo.«

»Hallo.« Ihre Stimme klang ganz fremd. Das Wort wurde aus einem Hals herausgepresst, der heftig zu schlucken hatte.

»Das ist ein Angebot zur Wiedergutmachung für das, was ich heute Nachmittag getan habe. Verzeihen Sie mir?«, fragte er zerknirscht. Sie antwortete nicht, sondern starrte auf die Blumen, die er ihr entgegenstreckte. »Die sollten unbedingt ins Wasser gestellt werden«, sagte er freundlich. Er trat einen Schritt vor, und wie in Trance machte sie ihm Platz und ließ ihn eintreten. Sein Arm streifte ihre Brust. »Haben Sie eine Vase?«

»In … in der Küche … glaube ich«, stammelte sie und ging zu dem Schrank, in den sie solche Nebensächlichkeiten geräumt hatte. Sie fand eine schmale Glasvase, füllte sie mit Wasser und trug sie ins Zimmer, um sie auf den Couchtisch zu stellen.

Er wickelte die Blumen aus und arrangierte sie sorgfältig in der Vase, und das mit Händen, die für eine so feine Tätigkeit zu groß wirkten. Doch Blair wusste ja bereits, wie sanft diese Hände sein konnten.

»Ja, das sieht wunderbar aus«, sagte er und knüllte das grüne Papier zusammen. Ganz lässig ging er in die Küche, machte die Tür unter der Spüle auf und ließ das Papierknäuel in den Mülleimer fallen, dessen Standort er auf Anhieb erraten hatte. »Das macht sich ja allmählich«, stellte er fest und ließ den Blick durch den Raum schweifen. Der sanfte Schein der Lampe ließ einige der Bereiche, die sie noch nicht richtig möbliert hatte, unbeleuchtet, und Blair musste zugeben, dass das Zimmer ein gewisses Flair verströmte.

Die Wände waren in sanftem Beige gestrichen, während die Fensterrahmen, die Türrahmen, die Wandleisten und der Stuck an der Decke weiß gehalten waren. Die Fenster waren hoch und breit und mit weißen Jalousien versehen.

»Haben Sie das Bett schon ausprobiert?«, fragte Sean und deutete auf das Sofa.

»Nein«, antwortete Blair und schüttelte den Kopf. »Ich habe es heute Nachmittag hergerichtet, aber ich habe mich ... nun, ich habe mich noch nicht hingelegt.«

»Ich hoffe, es ist bequem«, sagte er, schaute aber nicht zum Bett, sondern musterte ihren Mund. »Als ich die Möbel für dieses Apartment gekauft habe, wollte ich Sachen, die schlicht und bequem sind.«

»Alles ist bestens.«

»Gut.«

Sie starrten einander eine Ewigkeit an, dann wandten beide verlegen den Blick ab. »Das mit heute Nachmittag tut mir ehrlich leid«, sagte er schließlich. Erst als Blair den Blick hob und ihm wieder in die Augen sah, fuhr er fort: »Ich möchte, dass Sie wissen, dass es mir nicht leid tut, dass es geschehen ist oder dass ich Sie so gesehen beziehungsweise berührt habe.« Seine Stimme hatte das bewegende Basstimbre eines guten Cellos. »Es tut mir nur leid, dass Sie verlegen waren. Ich habe Ihnen einen blöden Streich gespielt, und Sie hatten allen Grund, wütend auf mich zu sein.«

Sie versuchte, die Feststellung, dass er sie gesehen und berührt hatte, aus ihrem Kopf zu verbannen und sich auf seine Täuschung und ihre Wut zu konzentrieren. Warum hatte er das Thema auf diese Weise angesprochen? Sie hatte sich ein ganzes Arsenal an Zurechtweisungen und Beschimpfungen zurechtgelegt, aber auf die konnte sie jetzt, wo er sich so brav entschuldigt hatte, nicht zurückgreifen. Er hatte sie ihrer einzigen Waffe beraubt – ihrer Wut. Das war wieder so ein gemeiner Trick.

»Sie haben recht. Ich war wütend.«

»Ich verspreche Ihnen, dass ich Sie das nächste Mal nur dann massiere, wenn Sie voll und ganz damit einverstanden sind.«

»Ich …« Sie durfte ihm auf keinen Fall sagen, dass es kein nächstes Mal geben würde.

»Das ist ein seltsamer Kunstdruck«, stellte er fest und schaute über ihre Schulter hinweg.

Sie drehte sich um und bemerkte, dass sein Blick auf Harvey Edwards Hände fiel. »Sie betrachten es aus dem falschen Winkel«, erklärte sie. Sie ging zu dem Bild, das in seinem Messingrahmen senkrecht an die Wand gelehnt stand, und drehte es in die Horizontale. »So ist es richtig. Ich hatte noch keine Zeit, es aufzuhängen.«

»Ach, ich verstehe«, sagte er und nickte. »Interessant, nicht wahr?«

»Mir gefällt es, wie die meisten seiner Arbeiten.« Sie betrachteten die Fotografie, die den überstreckten Oberkörper einer Ballerina zeigte, der von Männerhänden hochgehoben wird, die Stärke, aber zugleich großes Feingefühl verrieten. »Er fotografiert Tänzer. Auch das ist von ihm.« Sie deutete auf einen anderen Kunstdruck, auf dem vor tiefschwarzem Hintergrund ein Paar abgetragener blassrosaroter Spitzenschuhe dargestellt war. »Es heißt *Schuhe.*«

»Super Titel lässt er sich einfallen, nicht wahr?« Blair war von der Art und Weise fasziniert, wie sich die Fältchen um Seans Augen zusammenzogen, wenn er lächelte. »Haben Sie ein Paar solcher Schuhe?«

Sie lachte. »Mehrere hundert.«

»Wie kann man nur lernen, diese Bänder so um den Knöchel zu wickeln, dass sie nicht herunterrutschen?«

»Das ist Übungssache. Und die Bänder müssen genau an der richtigen Stelle angenäht werden.«

»Die sind beim Kauf noch nicht an den Schuhen?«

»Nein, das muss man selber machen. Und es bringt Unglück, wenn die Ballerina die Bänder nicht selbst annäht.«

»Das ist mir neu.«

Während dieser belanglosen Unterhaltung wurde insgeheim ein heftiger Kampf ausgefochten. Ihre Blicke wetteiferten miteinander, um festzustellen, wer in einer bestimmten Zeit die meiste Information über den anderen aufnehmen und registrieren konnte.

Ihre Augen stellten fest, wie schön seine Haare das Gesicht umrahmten und doch irgendwie ein wenig widerspenstig wirkten; wie sein Schnurrbart über seiner Oberlippe einen Bogen beschrieb; wie das Grübchen in seinem Kinn die Männlichkeit seines Gesichts wie ein kleines Ausrufezeichen betonte.

Seine Augen registrierten, wie häufig ihre Zunge nervös die Lippen benetzte; wie ihre Hände ihr eigenes, ganz besonderes Ballett aufführten, wenn sie gestikulierte; und wie lang ihre dunklen Wimpern waren, wenn sie die Lider unbewusst so verführerisch senkte.

»Hunger?«

Die Frage kam so unvermittelt, dass Blair aus ihrer eingehenden Begutachtung gerissen und wieder auf den Boden der Realität gebracht wurde. Wie vom Donner gerührt, brauchte sie einen Augenblick, um sich zu orientieren und ihre Sinne so weit zusammenzunehmen, dass sie antworten konnte: »Mr Garrett, ich glaube nicht, dass es eine gute Idee wäre, bei Ihnen zu Abend zu essen. Ich danke Ihnen für die Einladung, aber ich ...«

»Aber ich will meinen Nachbarn zu nichts verpflichtet sein«, beendete er an ihrer Stelle den Satz.

»Na ja, schon. Das und ...«

»Sie haben Angst, ich könnte wieder etwas Hinterhältiges tun wie heute Nachmittag und versuchen, Sie in mein Bett zu locken.«

»Nein ...«

»Sie haben Angst, ich könnte nicht versuchen, Sie in mein Bett zu locken?«

»Nein!«, rief sie geradezu verzweifelt aus. Seine durchdringenden blauen Augen machten sie nervös. Immer wieder wanderte sein Blick in Richtung ihrer Brüste. Warum hatte sie keinen BH oder ein anderes Top abgezogen? »Ich habe vor gar nichts Angst«, stellte sie fest, »aber ...«

»Vor dem Tratsch? Haben Sie Angst, es könnte unserem Ruf schaden, wenn wir zusammen essen? Sie haben recht, in einer Kleinstadt wie dieser hier weiß jeder über jeden Bescheid, aber ich versichere Ihnen, dass ich mehr zu verlieren habe als Sie. Mich kennt man hier. Sie nicht. Wenn ich mir keine Sorgen um das Getratsche mache, dann sollten Sie das auch nicht tun.«

»Das tue ich gar nicht«, entgegnete sie und verlor beinahe die Beherrschung. »Mr Garrett, ich bin eine erwachsene Frau und lebe seit vielen Jahren allein in New York. Ich kann sehr wohl auf mich aufpassen, und ich pfeife darauf, was die Wichtigtuer in dieser Stadt von mir oder von dem, was ich mache, halten.« Sie hielt inne, um tief Luft zu holen.

»Dann gibt es keinen Grund, warum Sie nicht mit mir zusammen zu Abend essen sollten. Sind Sie fertig?«

Sie hob zum Zeichen, dass sie sich geschlagen gab, die Hände. »In Ordnung«, rief sie aus. »Ich esse mit Ihnen.«

»Sehen Sie, wie leicht das war?«, fragte er mit einem liebenswürdigen Lächeln. »Kommen Sie.« Er führte sie in Richtung Tür.

»Nur einen Augenblick. Ich muss mir noch die Haare kämmen.«

»Nein, das müssen Sie nicht. Sie sehen gut aus, wie sie sind.«

»Aber ich muss mir wenigstens Schuhe anziehen.«

»Füße, die so viele Paare Spitzenschuhe abgenützt haben, verdienen einen Abend lang Freiheit. Gehen Sie barfuß.«

»Na, schön«, gab sie sich geschlagen. »Gehen wir.«

»Noch einen Augenblick. Da ist noch etwas«, sagte er, als sie sich mit einem fragenden Stirnrunzeln zu ihm umwandte. »Sie vergessen das Licht. Ich bezahle, wie Sie wissen, schließlich die Stromrechnung.«

Er knipste die Lampe auf dem Beistelltisch am Ende des Sofas aus, und im Zimmer herrschte bis auf den Schein der Lampe über dem Eingang, der durch die Jalousie hereinfiel, Dunkelheit. Blairs Hand lag auf dem Türknopf, als sie seine Hände sanft auf ihren Schultern spürte, und er sie umdrehte. Ihr Herz fing an, unregelmäßig zu schlagen, und ihre Atmung ging auf einmal flacher.

»Eine Sache haben wir noch nicht zu Ende gebracht, Blair.«

»Ich weiß nicht, was Sie meinen, Mr Gar…«

»Verdammt! Wenn du mich noch einmal Mr Garrett nennst, erinnere ich dich daran, wie vertraut wir miteinander sind«, warnte er sie leise knurrend. Die Dunkelheit hatte das Feuer, das in seinen blauen Augen loderte, nicht gelöscht. Mit jedem Wort, das er mit Nachdruck aussprach, strich sein warmer Atem über ihr Gesicht. Die Finger, die ihre Oberarme umfassten, waren wie Samtbänder – Besitz ergreifend und stark, aber warm und sanft.

Sie schluckte. »Welche Sache, Mr G… Sean?«

»Die.« Seine Hände wanderten über ihre Schultern, glitten unter ihre Arme und über den Rücken. Mit weit gespreizten Fingern zog er sie an sich, drückte sie gegen seinen festen, großen Körper. »Mein Gott, du bist so zierlich, dass ich mir wie ein Kinderschänder vorkomme, wenn ich dich so halte«, murmelte er gegen ihr Haar. Er drückte sie in einer Art an sich, die auf schockierende Weise zeigte, dass er genau wusste, wie er sie erregen konnte. »Aber ich weiß, dass du voll und ganz eine Frau bist. Ich könnte deine Taille beinahe mit meinen Händen umfassen, aber sie führt zu äußerst weiblichen Hüften.« Er strich mit seinen großen Händen über ihre schlanken Rundungen und ertastete ihre

Festigkeit. »Deine Brüste sind klein, aber schön rund und voll. Sie reagieren auf mich. Ich habe ihre Reaktion gesehen und kann sie jetzt an meiner Brust spüren.« Er schaute in ihr Gesicht hinab.

Sie wusste, dass ihre Augen weit aufgerissen und starr waren. Sie wusste, dass ihre Lippen vor Fassungslosigkeit leicht geöffnet waren. Sie wusste, dass ihr Gesichtsausdruck verriet, wie verblüfft sie über das, was da vorging, war, nämlich darüber, dass sie von den Armen eines überaus maskulinen Mannes gehalten wurde. Das Verblüffendste war jedoch, dass sie von ihm gehalten werden wollte.

»Du bist so klein, dass ich mir wie ein tollpatschiger Riese vorkomme. Aber ich werde dir nie wehtun, Blair. Das verspreche ich. Du sagst es mir, nicht wahr, wenn ich dir je wehtun sollte?«

Sie konnte nur benommen nicken. Sein Mund strich mit federleichten Küssen, die kaum als solche bezeichnet werden konnten, über ihre Lippen. Sie war noch nie von einem Mann mit Schnurrbart geküsst worden, und die maskuline Wirkung war wie ein Aphrodisiakum, das in ihr Verlangen weckte.

Als sein Mund fordernder wurde und seine Zunge keck ihre Lippen entlangfuhr, leistete sie Widerstand.

»Blair«, flüsterte er eindringlich an ihren Lippen, »lass mich dich schmecken. Mach den Mund auf.«

»Nein!«, schrie sie.

»Doch«, sagte er entschieden, als dulde er keine Widerrede. Sein Mund näherte sich ihrem, und er zog sie noch fester an sich. Ihr Rücken krümmte sich, um ihre Weiblichkeit gegen das zu schmiegen, was als deren Ergänzung geschaffen war. Zeitgleich stießen beide einen Seufzer der Erfüllung aus. Hände, die vergeblich versucht hatten, sich zurückzuhalten, legten sich jetzt um seinen Nacken. Ihre Weichheit entsprach seiner Härte.

Er eroberte sie mit Zärtlichkeit, und sie gab nach. Er kitzelte ihre Mundwinkel mit seiner Zungenspitze, bis ihre Lippen sich unwillkürlich entspannten. Als er die Zunge zwischen ihre Lippen schob, war das nicht drängend, sondern vielmehr überzeugend. Er fuhr über ihre Lippen, ihre Zähne, dann überwand er auch dieses letzte Hindernis und erkundete ihren Mund. Mit liebevollen Bewegungen liebkoste er jede neue Entdeckung. Er flirtete mit ihrer Zungenspitze, dann tauchte er tief ein. Das war mehr als ein Kuss, es war ein Liebesakt.

Als er schließlich zurückwich, lehnte sie sich benommen an ihn. Er strich ihr mit der Hand über das Haar, und sie hatte den Eindruck, als zittere sie ein wenig. Sie atmeten schwer, wie zwei Menschen, die gerade einen hohen Berg bestiegen haben.

»Ich glaube, wir gehen es falsch herum an«, sagte er. Sie spürte sein Lächeln an ihrer Wange. »Wir genießen das Dessert vor dem Essen.«

3

Als Sean sie die Treppe hinunterführte, vermied Blair, ihm in die Augen zu sehen, so verlegen war sie, wie hemmungslos sie auf ihn reagiert hatte. Sie fürchtete, ihm im hellen Lampenschein ins Gesicht schauen zu müssen, wenn sie erst einmal in seinem Haus auf der anderen Seite der kleinen Rasenfläche angekommen waren. Doch als sie durch die Hintertür eintrat, die er ihr aufhielt, wurde das Unbehagen von ihrer Begeisterung weggefegt.

»Sean«, rief sie aus, »das ist aber schön hier!«

»Gefällt es dir?«, fragte er offensichtlich erfreut über ihre Reaktion.

»Gefallen ist wahrlich untertrieben«, stellte sie fest. Er hatte sie auf eine verglaste Veranda geführt, vollgestellt mit Rattanmöbeln, Topfpflanzen und großen Polstern, die auf den Steinfliesen aufgestapelt waren. Zwei Deckenventilatoren mit Rattanflügeln drehten sich über ihnen. Die Kissen auf den Rattansesseln und dem Boden waren mit leuchtend blauem und braunem Stoff bezogen.

»Als ich das Haus gekauft habe, war die Veranda schon da, aber sie war nicht verglast. Ich dachte, sie könnte einen schönen Wintergarten abgeben. Ich kann die Glasscheiben je nach Bedarf zur Seite schieben.«

»Er ist wunderbar.«

»Komm und schau dir den Rest an.«

Sein offenkundiger Stolz auf das Haus war gerechtfertigt. Als er Blair in die Küche führte, stockte ihr der

Atem. Da sie in New York nie mehr als ein Ein- oder Zweizimmerapartment bewohnt hatte, war sie von der Größe des Raums überwältigt.

»Diesen alten Herd, der früher mit Holz befeuert wurde, habe ich umgebaut, jetzt funktioniert er mit Gas.«

Der freistehende Herd war aus schwarzem Gusseisen und mit Messing verziert. Er passte zu einem riesigen Bäckerregal aus dem gleichen Material, das an einer Wand stand. Auf den Regalflächen waren Küchengeräte aus Messing und Kupfer, Kochbücher und Pflanzen aufgestellt.

»Hast du das selbst dekoriert?«, erkundigte sie sich.

»Nein. Ich übernehme nur die Bauarbeiten. Dann übergebe ich die Häuser den Kunden, und sie engagieren ihre eigenen Innenarchitekten. Hier hat mir eine Freundin geholfen.«

Während Sean ihr den Rest des Erdgeschosses zeigte, fragte sich Blair, wer wohl diese »Freundin« mit dem hervorragenden Geschmack sein mochte. Das Esszimmer mit dem vierflügligen Erkerfenster war mit einem runden Tisch möbliert, der den Raum voll zur Geltung brachte. Im Wohnzimmer gab es einen alten offenen Marmorkamin, wie man sie aus Europa kennt. Inzwischen begriff Blair, warum Sean ihre Kunstdrucke aufgefallen waren und warum er sie zu schätzen wusste: An den hohen Wänden des Wohnzimmers hingen zahlreiche Kunstdrucke verschiedener Formen, Größen und Stile – und dennoch passten sie alle zu den Farben und der Beschaffenheit der Möbel, die eine geniale Mischung aus Alt und Neu darstellten.

Unter der gebohnerten Eichentreppe war eine winzige Toilette eingebaut. Die eine Wand des Treppenabsatzes bestand aus Buntglas, und Blair konnte sich die atemberaubende Wirkung vorstellen, wenn das Fenster von der Sonne beschienen wurde. Große Läufer betonten den alt wirkenden Parkettboden.

»Oben gibt es drei Schlaf- und drei Badezimmer. Die schauen wir uns später an. Ich bin am Verhungern«, erklärte er, nahm sie am Arm und führte sie in Richtung Küche zurück.

Sie ließ sich noch immer durch den Kopf gehen, was er gerade über die spätere Besichtigung der Schlafzimmer gesagt hatte, als sie wieder in der schönen Küche ankamen und er erklärte: »Ich hoffe, du magst Hühnchen und Wildreis.«

»Ja. Kann ich irgendwie helfen?«

»Alles ist fertig, aber du kannst den Salat anmachen, während ich den Wein einschenke.«

»Okay.«

Im Kühlschrank fand sie eine große Schüssel Salat, holte ein Dressing aus Essig und Öl aus einem der Fächer in der Tür und goss davon großzügig über den Salat. Sie trug die Schüssel ins Esszimmer, wo der Tisch bereits mit einfachem Geschirr, Stoffservietten und Kerzen gedeckt war.

»Hast du das alles selbst gemacht?«, fragte sie Sean, als er die Kasserolle hereinbrachte und sie auf einen silbernen Untersetzer stellte.

Er zuckte mit den Achseln. »Ja. Ich mache mir natürlich nicht jeden Abend so viel Arbeit. Normalerweise esse ich auf der Veranda ein Sandwich und trinke dazu eine Flasche Bier, aber das ist heute ein besonderer Anlass.«

Nervös stand sie neben ihrem Stuhl. »Ein besonderer Anlass?«

»Ich glaube schon.« Er schob ihr den Stuhl zurück, und sie nahm dankbar Platz, weil sie jetzt einen Vorwand hatte, ihre Knie zu entlasten. Aber anstatt sofort zu seinem Stuhl zu gehen, schlang er die Arme um ihre Schultern und beugte sich hinab, bis sein Mund direkt an ihrem Ohr war. »Ich könnte mich daran gewöhnen, mit dir zusammen zu essen.« Sein Mund glitt von ihrem Ohr auf der Seite ihres Halses hinab und biss mehrfach sanft zu. An ihrem Schlüsselbein angekommen, küsste er sie und liebkoste die Stelle mit der Zunge. Als er sich schließlich wieder aufrichtete, steckte er den Finger unter den Träger ihres Tank-Tops und streichelte ihr kurz über die Haut, dann nahm auch er am Tisch Platz.

Blair, die versuchte, ein wenig Ordnung in ihre Welt zu bringen, die plötzlich aus den Fugen geraten zu sein schien, fingerte nervös an ihrer Serviette herum, während sie sich diese auf den Schoß legte. »Ich komme mir irgendwie underdressed vor«, sagte sie und schob die nackten Füße unter ihren Stuhl.

»Das bist du nicht. Ich versuche nur, Eindruck zu schinden.«

»Ich bin beeindruckt. Wo hast du gelernt, ein so guter Gastgeber zu sein?«

Er lud ihr den Teller mit gewürztem Reis und einer Hühnchenbrust voll. »Ich denke, das habe ich einfach aufgeschnappt. Meine Eltern bewirten recht häufig Gäste. Was immer ich gelernt habe, habe ich von meiner Mutter übernommen.«

»Wo leben deine Eltern?«

»In New Jersey.«

Nachdem sie sich selbst eine dicke Scheibe Buttertoast genommen hatte, reichte sie ihm den Korb weiter. »Was macht dein Vater beruflich?«

»Er ist im Ruhestand.« Schnell wechselte Sean das Thema, indem er sie nach ihrer Familie ausfragte, und sie beendeten das Essen mit belangloser, unterhaltsamer Plauderei.

Als Pam ihr das erste Mal von ihm erzählt hatte, hatte Blair sich ihn fast als Analphabeten vorgestellt, der sich seinen Lebensunterhalt durch die Arbeit mit Hammer und Säge verdiente. Nun, da sie ihn kennen gelernt hatte, sah sie ihn auf einmal in einem ganz anderen Licht. Nachdem sie die hervorragenden Restaurierungsarbeiten an seinem Haus gesehen hatte, war seine berufliche Karriere in ihrer Einschätzung beachtlich gestiegen, und im Laufe ihres Gesprächs während des Essens erfuhr sie, dass er vielerlei sehr unterschiedliche Interessen hatte. Er war intelligent, sehr belesen und geistreich.

Die ganze Zeit, während sie seine unterhaltsame Gesellschaft genoss, suchte sie nach einem Makel, nach etwas an ihm, was sie abstieß, nach irgendeiner geheimen Schwäche, deretwegen man ihn verachten konnte. Es gab nichts dergleichen. Er war in jeder Hinsicht der attraktivste Mann, den sie je kennengelernt hatte. Seine ganze Anziehungskraft erschütterte die Fundamente, auf denen ihr bisheriges Leben aufgebaut war. Sein Lächeln erfüllte sie mit dem Wunsch, die Flucht zu ergreifen, aber zugleich sehnte sie sich danach, sich in seiner goldenen Wärme zu sonnen.

Sein Angebot, ein Dessert zu nehmen, lehnte sie ab. »Im Moment trainiere ich nicht sechs Stunden am Tag«, erklärte sie. »Ich werde anfangen müssen, Kalorien zu zählen.«

Doch sie akzeptierte eine Tasse Kaffee mit einem Schuss Kahlúa und einer dicken Schicht Schlagsahne obendrauf. Sean machte den Vorschlag, dass sie den Kaffee auf der Veranda trinken könnten, und sie erklärte sich sofort einverstanden. Es war kein Licht eingeschaltet, als sie es sich auf den dicken Polstern der Rattanmöbel bequem machten. Vom nahen Meer wehte eine Brise zwischen den Abschnitten der Glaswände hindurch. Grillen zirpten in den Eichen, und die Deckenventilatoren steuerten mit ihrem gleichmäßigen Brummen ein Schlaflied bei.

Blair kuschelte sich in die Ecke eines kleinen Sofas und schlug die Beine unter. Sie nippte an dem schaumigen heißen Getränk.

»Schmeckt er dir?«, fragte er.

Sie lächelte und leckte sich die Sahne aus den Mundwinkeln. »Sehr gut.«

Eine Weile beobachtete er sie schweigend, dann fragte er leise: »Wann hast du mit dem Tanzen angefangen?«

»Als ich vier war.«

»Vier?«

Sie lachte auf. »Da hat mich meine Mutter zu meiner ersten Ballettstunde angemeldet. Bei meinem ersten Auftritt war ich ein pink-weißer Muffin.«

»Hmmm.«

Sie fragte sich verwundert, wie er einer unschuldigen Feststellung nur einen sexuell so anzüglichen Unterton verleihen konnte. Es beunruhigte sie, dass sie in dem dunklen Raum mit den flackernden Schatten, die von den Deckenventilatoren hervorgerufen wurden, nicht sehen konnte, wohin er blickte. Deshalb fuhr sie rasch mit ihrer Geschichte fort.

»Seither tanze ich. Das ist mehr als ein Beruf. Es ist eine Lebensphilosophie, die bis auf andere Tänzer niemand verstehen kann. Wir alle essen, schlafen und atmen für das Tanzen. Wir verzichten auf eine Wohnung und aufs Essen, um unsere Stunden bezahlen zu können. Wenn wir nicht in einer Show auftreten, jobben wir als Kellnerinnen – wir machen alles, um uns über Wasser zu halten. Aber niemals verzichten wir auf unseren Unterricht. Wenn eine von uns pleite ist, kommt sie bei einer anderen unter, bis wieder bessere Zeiten anbrechen. Das ist ein ziemlich unstetes Leben. Ich vermute, deshalb bezeichnet man uns als Zigeuner. Wir tragen unsere wichtigste Habe in Stofftaschen mit uns herum – verschwitzte Trikots, geflickte Strumpfhosen, abgetragene Schuhe, Beinwärmer und Salben.«

»Aber du warst erfolgreich. Pam hat die vielen Shows aufgezählt, in denen du aufgetreten bist.«

»Ja, ich habe wirklich großes Glück gehabt.« Sie lächelte ihn an. »Ich bin gut, möchte aber unbedingt noch besser werden.«

»Hast du dir nicht gewünscht, aus der Chorus Line hervorzutreten und der Star zu sein?«, fragte er.

»Wenn du mich singen hören würdest, wüsstest du, dass das ein unerfüllbarer Traum ist. Ich könnte nicht einmal so tun als ob. Nach vielen Jahren Gesangs- und Schauspielunterricht habe ich eingesehen, dass es hoffnungslos ist, eine Hauptrolle zu übernehmen. Und seltsamerweise war ich nicht einmal wirklich daran interessiert. Nicht der Applaus war mein Antrieb, sondern vielmehr die Liebe zum Tanzen. Ich war zufrieden, die erste Tänzerin hinter Liza Minelli zu sein und Dialogfetzen zu sprechen wie: ›Mensch, das ist super‹ oder Ähnliches.«

»Damit hättest du einen Tony verdient«, antwortete er lachend. Aber sein Blick war ernst, während er in seine Tasse auf den Rest Kaffee starrte, den er schwenkte und daraus einen Mini-Whirlpool machte. Fast übertrieben beiläufig fragte er: »Hast du bei all diesem Herumziehen irgendwann mal längere Zeit mit jemandem zusammengelebt?«

Ein Jahr – würde er dies als längere Zeit betrachten? Ein anstrengendes Jahr, aber mit einigen Momenten des Glücks und der Gemeinsamkeit, deretwegen es sich gelohnt hatte. Sie wusste, was er sie eigentlich fragte – nämlich, ob sie je mit einem Mann zusammengelebt hatte. Hatte es einen Mann in ihrem Leben gegeben? »Ja«, beantwortete sie seine Frage wahrheitsgetreu. »Ich habe eine Weile mit einem Mann namens Cole Slater zusammengelebt. Das ist schon ein paar Jahre her.«

»Und?«, fragte er, als sie nicht näher darauf einging.

»Und seitdem lebe ich allein.«

»Verstehe.«

Das tat er nicht, aber sie wollte ihn nicht aufklären. »Ich helfe dir beim Abspülen«, stellte sie mit Bestimmtheit fest. Sie richtete sich von ihrer entspannten Sitzposition auf und griff nach der Tasse und der Untertasse, die sie auf der Glasplatte des Rattantischs abgestellt hatte.

»Davon halte ich dich nicht ab«, antwortete er freundlich und folgte ihr in die Küche.

Sie kamen überein, dass es am sinnvollsten sei, wenn sie das Geschirr abspülte und in die Spülmaschine stellte, während er aufräumte, da nur er wusste, wo die Sachen zu verstauen waren. Sie war gerade dabei, ein Geschirrtuch ordentlich zusammenzufalten, als er hinter sie trat, die Arme um ihre Taille schlang und sie an sich zog. Sein Schnurrbart und sein Mund kitzelten sie sanft am Nacken.

»Da unser Ruf bereits zum Teufel ist, haben wir nichts zu verlieren, wenn wir ihnen wirklich etwas zum Tratschen geben.« Er knabberte vorsichtig an ihrem Ohrläppchen und spielte mit der Zunge daran herum.

Leise hauchte sie seinen Namen: »Sean …«

»Hm?« Seine Hände fuhren ihre Rippen hinauf bis zu

ihren Brüsten. Er verstand ihr undeutliches Murmeln als Zustimmung und legte die Handflächen sanft auf ihren Busen. »O Gott, Blair, zu fühlst dich besser an, als ich es mir ausgemalt habe. So weich und rund, so ...« Sein Mund öffnete sich, und er küsste leidenschaftlich ihren Hals. Neugierig erkundeten seine Finger ihren Busen, und der Baumwollstoff ihres Tops konnte nicht verbergen, dass sich ihre Brustwarzen aufgerichtet hatten. »Ja, ja«, flüsterte er mit rauer Stimme.

Erst in diesem Augenblick bemerkte sie, dass sie die Hüfte gegen seinen Unterleib presste und er keiner weiteren Ermunterung bedurfte. Sie spürte seine Erregung deutlich an ihrer Hüfte. Entsetzt, wie sehr sie sich hatte gehen lassen, versuchte sie, sich aus seiner Umarmung zu winden, wurde jedoch von einer Hand festgehalten, die sich vorsichtig hinunter und unter ihr Top schob. Der Verschluss ihrer Jeans stellte für ihn kein Hindernis dar und wurde geschickt geöffnet. Dann legte sich diese freche Hand auf ihren Bauchnabel, und die Finger erkundeten dreist seine Größe, Finger, die so unverschämt waren, dass sie noch tiefer wanderten und mit dem Gummiband ihres Minislips spielten. Als ein Finger unter diese Demarkationslinie glitt, schrillten die Alarmglocken laut und deutlich durch den Nebel der Leidenschaft, der sie überwältigt hatte, und Blair machte sich los und wand sich aus seiner Umarmung. Ihre Augen waren aufgerissen, und ihre Lippen zitterten unkontrolliert, als sie ihn wie ein verängstigtes Reh ansah.

»Nein, Sean.« Ihr Haar flatterte hin und her, als sie entschieden den Kopf schüttelte.

»Warum?« Seine Brust bebte in dem Bemühen, seine schnelle Atmung unter Kontrolle zu bringen. Seine Pupillen waren geweitet und nahmen fast die gesamte blaue Iris ein.

»Warum?«, wiederholte sie und stieß erschaudernd die Luft aus. »Zum Einen, weil wir uns erst heute kennengelernt haben.«

»Was hat das damit zu tun? Von dem Augenblick, als ich dich gesehen habe, wusste ich, dass ich dich begehre. Und ob du es zugibst oder nicht, du begehrst mich genauso.«

»Tue ich nicht!«, rief sie aus, machte hastig die Jeans wieder zu und zog das Tank-Top über den Hosenbund. Sie war versucht, ihren Busen mit den Händen zu bedecken, um ihre aufgerichteten Brustwarzen vor seinem gierigen Blick zu verbergen. Sie wollte sie durch Willenskraft dazu zwingen, dass sie sich entspannten. Aber sie weigerten sich beharrlich. Ihr ganzer Körper, der trainiert war, jedem Befehl ihres Gehirns zu gehorchen, rebellierte. Er verriet sie mit eindrücklichen Erinnerungen an seine Berührungen, mit wehem Flehen um das, was er ihr geben konnte.

Sie nahm ihre ganze Willenskraft zusammen und sagte bestimmt: »Ich habe von Anfang an klar gemacht, dass ich nur vorübergehend hier bin. Ich habe weder Zeit noch Lust, mich mit jemandem einzulassen.«

»Ach ...«, stieß er verärgert durch die Zähne aus. Lange Augenblicke stand er mit den Händen in die Hüften gestemmt da und starrte sie über die geringe Distanz zwischen ihnen wütend an. Da wusste Blair, dass Sean Garrett seiner Sanftheit zum Trotz ein Temperament besaß, das jederzeit auflodern konnte, wenn er richtig provoziert wurde. Das Feuer in seinen Augen verriet jetzt weniger Begehren als vielmehr Wut.

Sein Zorn verstärkte den ihren nur noch mehr. War es ihr etwa nicht gestattet, nein zu sagen? Glaubte er gar, sie würde in seinen Händen zu Wachs werden und warte nur darauf, von ihm nach Belieben geformt zu werden? Ein weibliches Wesen ohne Rückgrat, das sich nach seiner Aufmerksamkeit verzehrte? Nachdem sie eine glücklich verheiratete Frau wie Pam von seinem Sexappeal hatte schwärmen hören, hätte sie sich über seine Arroganz eigentlich nicht wundern sollen. Es war unmöglich, dass er sich seiner männlichen Anziehungskraft nicht bewusst war. Nun, dieses eine Mal würde er jedoch eine Abfuhr bekommen.

Sie reckte aufmüpfig das Kinn und sagte: »Letztlich läuft es nur darauf hinaus, dass ich mit Ihnen nicht ins Bett gehen möchte, Mr Garrett.« Mit diesem genialen Schlusssatz machte sie kehrt und stolzierte durch die Küche davon. An der Hintertür holte er sie ein.

Bevor sie reagieren konnte, nahm er sie schnell auf die Arme. »Was fällt dir ein?«, fragte sie hochmütig, als er sich durch die Jalousientür drängte und daran machte, den Rasen zu überqueren.

»Solange ich hier bin, besteht kein Grund, wieso du diese Treppe hinaufsteigen müsstest. Du magst ja glauben, du brauchtest niemanden, und ich weiß, dass du nie um Hilfe bitten würdest, aber diese Anstrengung kann ich deinen Knien zumindest ersparen.«

Mühelos trug er sie die Treppe hinauf und stellte sie auf der obersten Stufe ab. So würdevoll, wie sie nur konnte, sagte sie: »Danke für das Abendessen.«

Bevor sie das letzte Wort richtig ausgesprochen hatte, wurde ihr Mund von heißen, inbrünstigen Lippen geküsst. Arme, stark wie Stahlbänder, schlangen sich um sie und pressten sie gegen seinen Körper, der sinnliche Begierde ausstrahlte. Ihr Mund war auf den Angriff nicht vorbereitet und fand, als seine Zunge hineindrängte, nicht die Kraft, Widerstand zu leisten.

Dann ließ der Sturm ebenso schnell wieder nach, wie

er losgebrochen war. Seine Arme entspannten sich und hielten sie zwar fest, aber zärtlicher. Seine Zunge erkundete langsam ihren Mund, dass ihr der Atem stockte.

Ihre Einwilligung spürend, wanderte seine Hand von ihrem Rücken und umfassten sanft ihre Brust. Sein Daumen fuhr am Brustansatz entlang, und sie hörte sich selbst erregt aufstöhnen. Während er ihre Zunge in seinen Mund lockte und sanft daran sog, erregte er ihre Brustwarze mit dem Daumen, bis sie steinhart war. Dies ging so lange weiter, bis sich Blair, von blindem Verlangen erfüllt, unwillkürlich an seinen festen Körper schmiegte und sich nach Erfüllung der Leere in ihrem Inneren sehnte.

Sie schwankte wie betrunken, als er sich von ihr löste. Hätte er sie nicht an den Oberarmen gehalten, dann wäre sie die Treppe hinuntergestürzt. Jetzt hatte er kein Lächeln mehr auf den Lippen, nur einen Gesichtsausdruck wilder Entschlossenheit. »Wie schade, dass Sie nicht mit mir ins Bett gehen wollen, Miss Simpson«.

Zwei Tage später kochte sie noch immer vor Wut über diese Feststellung. Sie hatte am Tag nach dem Abendessen bei Sean ihr Apartment aus Angst, sie könnte ihm unten über den Weg laufen, absichtlich nicht verlassen. Pam hatte ihr für unbestimmte Zeit das Zweitauto der Familie geliehen, aber sie hatte wirklich keinen Grund gehabt, irgendwohin zu fahren. Nachdem sie die Wohnung zu ihrer Zufriedenheit hergerichtet hatte, hatte sie den Tag genauso verbracht, wie ihr der Arzt empfohlen hatte, die meisten ihrer Tage zu verbringen – nämlich sich auszuruhen und die Beine hochzulegen. Sie hatte gelesen, sich in dem Fernseher, den sie sich aus New York mitgebracht hatte, zwei alte Filme angeschaut, etwas gegessen, wenn sie Hunger hatte, und immer wieder ein Nickerchen gehalten.

Sie hörte, wenn Seans ramponierter Laster in die Einfahrt zwischen ihrem Apartment und seinem Haus gerumpelt kam, aber sie weigerte sich, auch nur aus dem Fenster zu sehen, um einen flüchtigen Blick auf ihn zu werfen. Doch als er am frühen Abend in seinem Mercedes davonbrauste, fragte sie sich unweigerlich, wohin und zu wem er wohl fuhr. Dass er zu der Zeit, als sie einschlief, noch nicht zurückgekehrt war, machte sie unerklärlicherweise wütend – sowohl auf ihn als auch auf sich selbst, weil es ihr etwas ausmachte.

Am zweiten Morgen war sie verärgert auf sich selbst aufgewacht, weil sie es zuließ, dass sie sich über einen Mann wie Sean Garrett überhaupt Gedanken machte. Sie würde voraussichtlich sechs Monate hier sein. Trotz ihrer Drohung, sich eine andere Wohnung zu suchen und auszuziehen, wusste sie genau, dass sie das nicht tun würde. Es war einfach zu schwierig, an Apartments wie dieses zu kommen. Und warum sollte sie sich wegen der Probleme mit ihrem Vermieter zwingen lassen, irgendwo zu wohnen, wo es ihr gar nicht gefiel? Noch weniger würde sie wie ein Phantom leben und sich zu den Zeiten ins Haus und hinaus schleichen, an denen die Wahrscheinlichkeit am geringsten war, dass sie ihm über den Weg laufen konnte. Sie würde wie eine vernünftige und reife Erwachsene leben, aber dass sie das war, schien sie seit dem Zusammentreffen mit Sean Garrett völlig vergessen zu haben. Das war etwas, was sie gleich heute ändern würde.

Sie verwandelte ihr Bett wieder zu einem Sofa, dann ging sie in die Küche und beugte sich hinab, um den Teekessel aus dem Unterschrank zu holen. Schon allein die Bewegungen, die für diese Tätigkeiten nötig waren, machten ihr klar, dass ihre Muskeln nach nur einem Tag des Nichtstuns erschlafft und ihre Gelenke steif waren.

Sie zog sich rosa Strumpfhosen, Ballettschuhe, ein schwarzes Trikot und blaue Beinwärmer an und ging ins Wohnzimmer vor das Fenster. Diesen Bereich hatte sie absichtlich nicht mit Möbeln vollgestellt. Langsam und methodisch fing sie an, ihre Dehnübungen zu machen. Sie war gerade bei der zweiten Abfolge von Pliés, als sie jemanden die Treppe heraufkommen hörte. Einen Augenblick später klopfte es an der Tür.

Als sie aufmachte, rechnete sie damit, Sean vor sich stehen zu sehen, aber sie stieß einen Seufzer der Erleichterung aus, als sie feststellte, dass es der Mann von der Telefongesellschaft war.

»Miss Simpson?«

»Ja, kommen Sie herein.«

Sie trat zur Seite, und er kam, beladen mit einer Kabelrolle und einer rechteckigen Schachtel, herein. »Ein schmales Tischgerät, Elfenbein, Tastatur«, sagte er mit Blick auf den Bestellzettel, den er in der Hand hielt. Der Mann war jung, Anfang zwanzig mit langen Haaren und strahlenden, freundlichen Augen.

»Ja.«

»Wo wollen Sie es haben?«

Sie deutete auf den Beistelltisch am Ende des Sofas. »Ich dachte hier.«

Er schaute sich die Stelle genau an. »Das müsste gehen. Ich kann das Kabel an dieser Wandleiste unter dem Fenster anbringen und unter dem Teppich durchführen. So stolpern Sie nicht darüber. Wie wäre das?«

»Bestens.«

Er machte sich an die Arbeit und ging mehrere Male zu seinem Lieferwagen hinunter. »Lassen sie die Tür doch einfach offen stehen!«, rief ihm Blair zu. »Dann können Sie auch mit vollen Händen kommen und gehen.«

»Danke.«

Ihre Aufmachung war ihr egal, aber sie wusste, dass sie nicht zu schnell abkühlen sollte, deshalb zog sie sich eine Bluse über und knotete die Enden über der Taille zusammen. Sie ließ sie offen und krempelte die Ärmel bis zu den Ellenbogen hoch. Dann ging sie in die Küche, um eine Kanne Tee zu kochen, während der Telefonfritze ihr erzählte, dass er an der New York University studierte und nur in den Semesterferien als Telefoninstallateur arbeitete. Sein Studienfach war Marketing.

Bis der Tee fertig war, hatte er die Installation beendet. »Möchten Sie eine Tasse Tee?«, fragte sie gastfreundlich.

Er zögerte. »Haben Sie vielleicht eine Cola?«

Sie lachte. »Kommt gleich.« Sie füllte ein Glas mit Eiswürfeln und Cola und reichte es ihm. Er leerte das Glas in einem Zug, dann holte er tief Luft.

»Sind Sie so etwas wie eine Tänzerin?«, fragte er und blickte auf ihre Schuhe hinab.

»Ja, ich bin Profi-Tänzerin.«

»Echt? Wie wäre es, wenn Sie mir ein paar Schritte zeigen würden?«

»Wie wäre es, wenn Sie augenblicklich verduften würden?«

Als seien sie bei etwas Unerlaubtem ertappt worden, fuhren ihre Köpfe beim Klang von Seans todernster Stimme überrascht herum, und sie sahen seinen bösen Blick. Der junge Mann, der neben Blair stand, schluckte verängstigt.

»Ich … ich wollte gerade gehen«, stammelte er.

»Dann wollen wir Sie nicht aufhalten.«

Der junge Mann stellte das Glas auf den Tisch, aber es kippte um, und Eiswürfel schlitterten über die lackierte Oberfläche. Hastig stellte er das Glas wieder auf, warf die Eiswürfel hinein und trocknete sich nervös die Hand an seiner Jeans ab. Er wich zurück, um seine Ausrüstung zusammenzupacken.

Blair, der die Wut bis jetzt die Sprache verschlagen hatte, sagte zu ihm: »Danke für das Telefon.«

»Keine Ursache. Falls Sie irgendwelche Probleme haben, rufen Sie m...« Er warf einen ängstlichen Blick in Seans Richtung. »Rufen Sie uns an«, korrigierte er sich. Er drückte sich an Seans massiger Gestalt vorbei und stapfte eilig die Treppe hinunter, als sei er froh, mit dem Leben davongekommen zu sein. Sean knallte die Tür hinter ihm zu.

Blair stemmte die Hände in die Hüften und starrte ihn, als er sich zu ihr umdrehte, herausfordernd an. »Nun, ich hoffe, du bist mit dir zufrieden. Du hast es geschafft, einen absolut harmlosen Jungen einzuschüchtern.«

»Jungen? Woher willst du wissen, dass der harmlos ist? Habe ich dich nicht gewarnt, dass du hier keine fremden Männer hereinlassen sollst, wenn sonst niemand da ist?«

»Meine Mutter hat mich davor gewarnt, seit ich sechs Jahre alt war. Es ist nicht nötig, dass du mir dieselbe Leier vorbetest. Und außerdem war das kein ›fremder Mann‹. Ich wusste, dass er von der Telefongesellschaft kommt. Ich brauchte mir ja nur seinen großen Lieferwagen mit den leuchtend blauen und gelben Streifen auf der Seite anzuschauen.« Sie schrie aus voller Kehle und ließ ein wenig von dem Dampf ab, der sich in ihr aufgestaut hatte, seit er sie vorgestern Abend mit diesem heißen Kuss in Wallung versetzt hatte.

Seine Lautstärke war genauso unbeherrscht wie ihre, als er losbrüllte: »Selbst wenn er ein Musterknabe wäre, könnte er bei deinem Anblick auf dumme Gedanken kommen. Hast du dich mal im Spiegel angeschaut? Oder bist du es dermaßen gewöhnt, in einer solchen Aufmachung herumzustolzieren, dass dir gar nicht klar ist, wie einladend das wirkt?«

Völlig perplex schaute sie an sich hinunter. Dann sah sie zu ihm auf und sagte leichthin: »Das ist zufällig meine Arbeitskleidung. Und ich bin nicht herumstolziert. Ich habe gerade ein paar Dehnübungen gemacht, als er gekommen ist, und ja, ich bin es gewöhnt, Trikots und Strumpfhosen zu tragen.«

»Und natürlich hast du keine Ahnung, was diese wollenen Dinger ...«

»Beinwärmer.«

» ... wie dein Körper mit diesen Beinwärmern wirkt«, beendete er seinen Satz sarkastisch. »Und ist es reiner Zufall, dass sie bis kurz über deine Knie reichen und die Aufmerksamkeit auf das Ende deiner Oberschenkel lenken? Ganz zu schweigen davon, dass die Beinausschnitte dieses Trikots so hoch sind, dass dein fester, kleiner Hintern genauso gut ganz unbedeckt sein könnte. Ach, ich bin mir sicher, dass unser lieber Junge das alles gar nicht bemerkt hat, als du ihm in dieser Aufmachung die Tür geöffnet hast.« Während er das sagte, ging er langsam durch das Zimmer, bis er nur noch eine Armlänge von ihr entfernt stand.

»Genau genommen«, stieß sie hervor, »hatte ich das gar nicht an, als er hereinkam.« Frustriert fingerte sie am Knoten ihrer Bluse herum, bis er endlich aufging. »Ich hatte diese Bluse nicht an.« Sie zog sie aus, schleuderte sie zur Seite und ließ ihn den tiefen Ausschnitt und die schmalen Träger ihres Trikots sehen.

Sein Blick blieb an ihren kleinen Brüsten hängen, die sich unter dem schwarzen Stoff wölbten, der wie eine zweite Haut darüber gespannt war. Sean zog hörbar die Luft ein. Dann schoss sein Arm hervor, und er legte die Hand auf ihren Nackenansatz. Mit einer so schnellen und plötzlichen Bewegung riss er sie an sich, dass ihr wegen der Wucht des Zusammenpralls die Luft weg blieb.

Vergeblich trommelte sie mit der Faust auf ihn ein, als er den Mund auf ihren drückte. Er schlang den anderen Arm um ihre Taille und hob sie gegen sich gepresst an, um sie, die sich wehrte und wand, zum Sofa zu tragen. Sein Knie versank in dem Polster, als er sie hinlegte und sich neben sie schob. Er legte ein Bein über ihre Knie und hielt sie so fest, während seine Hände ihren Kopf umfassten und ihn für seinen Kuss stillhielten.

Und während all dessen hielt er sein Versprechen: Er tat ihr nicht weh, obwohl sie sich wand und mit aller Kraft zur Wehr setzte.

Als ihre Kraft zu schwinden begann, ließ auch der Druck seiner Lippen auf ihrem Mund nach, bis er nur noch an ihren Lippen sog und mit der Zunge darüber strich. Leise protestierte sie ein letztes Mal und gab dann ihrem Verlangen nach. Er zögerte nicht lange, schob die Zunge in ihren Mund und nahm davon Besitz. In einer seiner großen Hände hielt er sanft ihre Wange, während die andere zielstrebig zu ihrer Brust wanderte und sie ehrfürchtig liebkoste.

»Ich bin ein eifersüchtiger Irrer geworden, Blair«, sagte er, die Lippen an ihrem Mund. »Ich will nicht, dass irgendein anderer Mann dich ansieht.« Seine Hand glitt unter das elastische Trikot und schob es herunter, bis ihre Brust unbedeckt war.

»Nein«, stöhnte sie angesichts seines dreisten und Besitz ergreifenden Vorgehens. »Du hast kein ... Recht ... zu bestimmen, wer ...« Dann stöhnte sie aus einem anderen Grund auf. Bestimmt war er sehr enttäuscht. Tänzerinnen waren gewöhnlich flachbrüstig und ...

»Mein Gott«, flüsterte er.

Sein ehrfurchtsvoller Tonfall ließ sie die Augen aufschlagen. Er betrachtete sie aufmerksam. »Was für eine tolle Hautfarbe du hast, Blair! Wie schön.« Er legte den Kopf mit den blonden Haaren auf ihre Brust. Einen Augenblick dachte sie, sie würde sich die flüchtigen Berührungen nur einbilden, bis sie spürte, dass die Luft ihre feuchte Haut abkühlte. Dann spürte sie die geschickten Bewegungen seiner Zunge ganz deutlich. »Schön und so süß«, murmelte er gegen ihre Haut.

»Nein, nein, Sean. Bitte ...«

»Warum? Sag mir, warum?« Seine Zunge liebkoste sie ausgiebig, bis sie von der heißen, honigsüßen Falle seines Mundes überwältigt war.

Sie fuhr mit den Fingern durch seine dichte Mähne und hielt seinen Kopf fest. Sean streichelte sie mit einer Zärtlichkeit, dass sie hätte weinen können. »Weil ... weil ... in meinem Leben ... für so etwas ... kein Platz ist. Ich kann nicht ...«

Er richtete sich über ihr ein wenig auf und starrte sie mit Augen an, die intensiv wie Laserstrahlen wirkten. »Du möchtest nicht, dass irgendetwas oder irgendjemand deine Karriere behindert, ist es das?«

»Ja«, antwortete sie mit Nachdruck und wusste nicht, ob ihre Verzweiflung darauf zurückzuführen war, dass sie sich wünschte, er würde diese Tatsache akzeptieren, oder darauf, dass er den Mund von ihrer Brust genommen hatte.

»Sobald deine Beine geheilt sind, gehst du wieder zurück, und nichts wird dich aufhalten.«

»Genau.«

»Du willst hier gar nicht heimisch werden.«

»Nein.«

»Und du willst niemanden in deinem Leben haben. Du willst das nicht?« Er machte eine Bewegung auf sie zu, die überdeutlich klar machte, was er meinte. Das dünne Trikot und die Strumpfhose waren kein Schutz gegen sein erregtes Geschlecht.

»Nein.«

»Du brauchst das nicht.« Er presste sich noch fester an sie.

»Nein«, hauchte sie.

»Du bist eine Lügnerin. Du brauchst mich in diesem Moment so sehr, dass es dir wehtut.«

Vorsichtig drückte er mit dem Knie ihre Beine auseinander, und legte sich auf sie, umfasste sie unter sich, als wolle er sie vor jeder Gefahr beschützen. »So sehr, dass es schmerzt, Blair. Lass mich dich heilen«, flüsterte er leidenschaftlich. Sie strafte ihre eigenen Proteste Lügen, weil sie sich insgeheim flehend an ihn schmiegte und sie einander fest umklammerten.

Genau in diesem Augenblick hörten sie, dass an die Tür geklopft wurde.

»Schsch«, zischte ihr Sean ins Ohr. »Bitte, sag nichts.« Er kniff die Augen zusammen, als wolle er den Störenfried einfach ausblenden. Sein Gesichtsausdruck wirkte gequält.

»Tante Blair, ich bin's, Andrew«, rief eine piepsige Stimme. »Tante Blair, bist du da?«

4

Sean ließ den Kopf hängen, als wäre ein Wirbel in seinem Genick gebrochen. Mit einem langen, tiefen Seufzen stieß er die Luft durch die Zähne aus. Langsam wich er von ihr zurück.

»Tante Bl...«

»Ich komme, Andrew«, rief sie mit zittriger Stimme und fingerte am Träger ihres Trikots herum. Als sie die Beine vom Sofa schwang, vermied sie es, Sean in die Augen zu sehen, dann hastete sie zur Tür. »Hallo!«, sagte sie mit übertrieben gespielter Heiterkeit, als sie die Tür aufriss.

»Warst du im Bad oder so?«, fragte Andrew mit kindlicher Unbekümmertheit.

»Ach, nein ... Sean und ich, wir haben gerade mein neues Telefon ausprobiert. Erinnere mich daran, dass ich dir die Nummer für deine Mutter mitgebe.«

Als der Name seines Idols fiel, leuchteten Andrews dunkle Augen auf, und er ließ den Blick durch den Raum schweifen. »Hallo, Sean«, sagte er strahlend und drückte sich an Blair vorbei ins Zimmer.

»Hallo, Kumpel.« Sean hob die Hand, und Andrew klatschte mit ihm ab.

»Wie bist du hierher gekommen?«, wollte Blair wissen.

»Ich bin gelaufen«, antwortete Andrew stolz. »Ich kenne eine Abkürzung. Mom hat mich geschickt, um euch beiden zu sagen, dass sie heute Abend eine Party gibt. Na ja, es ist keine richtige Party, es kommen nur ein paar Leute zum Steakessen vorbei. Jedenfalls sollt ihr beide um acht Uhr kommen. Sie hat gesagt, dass ihr ja zusammen fahren und Benzin sparen könnt.«

»Toll«, sagte Sean.

»Ich weiß nicht«, antwortete Blair gleichzeitig.

Sie hätte den Jungen umarmen können, so dankbar war sie, dass er eine Katastrophe verhindert hatte. Was hatte sie nur dazu gebracht, es so weit kommen zu lassen? Seans Hände, seine Lippen hatten sie so verführt, dass sie sich selbst gar nicht wieder erkannte. Seine Berührung war tödlich, und sie hatte jedes Mal darauf reagiert, obwohl sie sich geschworen hatte, es nicht zu tun. Es war beängstigend, wie sehr sie jedes Mal die Kontrolle verlor, wenn er in ihrer Nähe war.

Als er sie das erste Mal geküsst hatte, war sie über die Macht seines Kusses und die überwältigende Wirkung auf sie bestürzt gewesen. Die unwiderstehliche Macht seiner Lippen, das Eindringen seiner Zunge in ihren Mund, das alles war für sie neu. Sie war schon viele Male geküsst worden, aber nie mit einer solchen Dominanz. Zuvor war sie immer distanziert geblieben, sich des Mannes kaum bewusst gewesen, der ein Verlangen befriedigte, das sie nicht recht verstehen konnte. Jetzt verstand sie. Was noch vor wenigen Tagen unvorstellbar gewesen war, war ihr jetzt vertraut. Die Nuancen von Seans Mund waren für sie fast zur Sucht geworden. Wohl wissend, dass es gefährlich, ja sogar tödlich war, sehnte sie sich nach stärkeren und häufigeren Dosen. Jedes Mal, wenn er sie küsste, rief er ein nagendes Verlangen wach, das ihren Lebensplan sehr wohl durcheinanderbringen konnte.

Noch alarmierender als ihre eigene körperliche Reaktion war seine Besitz ergreifende Haltung ihr gegenüber. Wer hatte ihm das Recht gegeben, über sie zu wachen und zu bestimmen, wen sie in ihre Wohnung lassen durfte und wen nicht, was sie anziehen sollte und was nicht? Sie hatte dreißig Jahre ohne seinen Schutz gelebt, und sie glaubte, diesen Schutz in den kommenden dreißig Jahren auch nicht zu brauchen.

Nach dem Debakel vor wenigen Minuten kam es gar nicht in Frage, den Abend mit ihm zusammen zu verbringen. »Ich bin schrecklich müde, Andrew, meine Beine haben mir heute Vormittag sehr wehgetan, und ich bin sicher, dass mich niemand vermissen wird.«

Andrew drehte sich mit entsetzt aufgerissenen Augen zu ihr um. »Du musst aber kommen, Tante Blair. Mom hat gesagt, dass sie diese Party macht, um dich den Leuten vorzustellen.«

»Ja, Blair, du musst unbedingt hingehen«, fügte Sean spöttisch hinzu.

Sie bemerkte seinen herausfordernden Blick. Sein Grinsen war anzüglich und dreist. Wenn sie sich vor dieser Einladung drückte, würde er das als Feigheit betrachten und hätte damit absolut recht. Sie warf ihm einen vernichtenden Blick zu. »Okay, Andrew«, antwortete sie mit zusammengekniffenem Mund. »Sag deiner Mom, dass ich komme.«

»Super. Sie hat gesagt, dass ich und Mandy bis halb neun aufbleiben dürfen, wenn wir versprechen, nicht zu stören.«

»Mandy und ich«, korrigierte ihn Sean. »Du, ich könnte heute einen Gehilfen brauchen. Ich arbeite an einem Haus am Strand. Hättest du Lust, dir ein paar Dollar zu verdienen?«

»Mensch, Sean, das wäre toll!«

Sean schmunzelte. »Los, ruf deine Mom an und sag ihr, wo du bist. Die Hintertür steht offen. Ich sehe dich gleich in der Küche. An einem so heißen Tag wie heute brauchen wir eine Kühlbox mit Wasserflaschen.«

»Okay. Wir sehen uns heute Abend, Tante Blair«, rief Andrew, während er aus der Tür sauste und aufgeregt die Treppe hinunter hüpfte.

Sobald der Junge außer Hörweite war, wandte sich Sean an Blair. »Tun dir deine Beine wirklich weh?«

Blair war entschlossen, ihm wegen seiner Überheblichkeit ordentlich die Meinung zu sagen, doch seine Freundlichkeit machte das Vorhaben jetzt wieder zunichte. Sie zuckte gleichgültig mit den Achseln.

»Ein bisschen.«

»Vielleicht solltest du deinen Arzt rufen.«

»Nein«, schnauzte sie ihn an. Dann fügte sie, weil sie glaubte, dass dies zu defensiv geklungen hatte, hinzu: »Gestern habe ich mich nicht viel bewegt. Ich muss die Muskelverspannungen nur mit ein bisschen Training lösen.«

»Ich dachte, du solltest deine Beine hochlegen.«

»Nun, ich habe dich nicht um deine Meinung gebeten oder? Und was du denkst, interessiert mich sowieso kein bisschen.«

»Wirklich nicht?«

»Nein.« Ihre Brust hob und senkte sich mit ihrer zunehmenden Verärgerung. Sie war wütend auf ihn, weil er immer so verdammt recht hatte, und wütend auf sich selbst, weil sie sich immer in die Defensive drängen ließ.

»Was hier passiert ist«, sagte sie und deutete mit einer ungeduldigen Geste in Richtung Sofa, »war ein Fehler und wird nicht wieder vorkommen. Und es gibt dir gewiss nicht das Recht, dich in mein Leben einzumischen.«

»Ich habe mich nicht eingemischt. Ich habe nur meine Sorge zum Ausdruck gebracht.«

»Ich brauche deine Sorge nicht.«

»Ja, das weiß ich. Du brauchst gar niemanden.«

»Ich bin froh, dass du das endlich begriffen hast. Dann kannst du jetzt ja aufhören, mich ständig zu belästigen.«

»Du bist nicht gern in meiner Gesellschaft?«

»Nicht sonderlich. Du bist anmaßend. Ich mag keine aggressiven Männer.«

»Du magst es nicht, wenn ich dich küsse?«

»Nein.«

»Du magst es nicht, wenn ich dich berühre?«

»Nein!«, schrie sie in der Hoffnung, der schrille Klang ihrer Stimme würde die Fragen übertönen, die er in sanftem Tonfall stellte.

»Wenn ich deinen Busen berühre und küsse?«

»Nein!«

»Blair, du lügst schon wieder.«

Er hatte recht. Noch jetzt zitterte ihr Körper bei der Erinnerung an seine Küsse. Sie sehnte sich danach, das seidige Streicheln seines Schnurrbarts wieder auf ihrer Haut zu spüren. Aber sie würde sich lieber die Zunge abbeißen, als ihm das ins Gesicht zu sagen. Sie verbannte die sinnlichen Gedanken aus ihrem Kopf und schaute ihn an, und ihr ganzer Körper bebte vor Zorn. Wieder kam er ihr zuvor. Er drehte den Spieß einfach um.

»Entspann dich, Blair. Ich habe mich keiner Frau je aufgedrängt. Wenn dir meine Liebkosungen zuwider sind, dann werde ich dich nie mehr als Liebhaber berühren. Aber ich sehe keinen Grund, warum wir nicht Freunde sein können. Ich hole dich kurz vor acht ab. Unterdessen empfehle ich dir als Freund, die Beine hochzulegen.«

Dann war er verschwunden, bevor sie auch nur mit einem Wort Einwand dagegen erheben konnte.

Laute Unterhaltung und Gelächter drangen ihnen ans Ohr, als sie auf das Haus der Delgados zusteuerten.

»Ich vermute, die Party ist schon voll im Gange«, stellte Sean fest.

»Klingt gerade so.«

Er war, genau wie angekündigt, wenige Minuten vor acht vor ihrer Tür erschienen. Sie war bereits fertig, musste nur noch ihren Schmuck anlegen. Er wartete direkt an der Tür, während sie ihre Perlenstecker in die Ohrläppchen steckte und sich mit ihrem Parfum ansprühte.

Sein Verhalten war untadelig. Über jeden Vorwurf erhaben. Als sie ihm im Spiegel verstohlen einen Blick zuwarf, bemerkte sie, dass er sie gar nicht ansah, sondern am Messingtürknopf herumfingerte.

»Der ist locker. Erinnere mich daran, dass ich ihn festschrauben muss«, und »Das ist aber ein schönes Kleid«, sagte er im gleichen sachlichen Tonfall.

»Danke.« Das weiße Neckholderkleid war bis zur Taille eng anliegend, unten dagegen weit ausgestellt und reichte ihr bis knapp über die Knie. Dazu trug sie ein Paar goldene Riemchensandalen, die am Knöchel zu schließen waren. Sowohl der weite Rocksaum als auch die Riemchen um ihre Knöchel betonten ihre perfekt geformten Waden.

Sie war sicher, dass er ihren nackten Rücken nur aus Höflichkeit flüchtig berührte, als sie die Treppe hinunter stiegen. Er führte sie zu seinem Mercedes und begann dann von Andrew zu erzählen, der mit einem Sack Nägel am Strand entlanggerannt war. Als er in dem tiefen Sand hinfiel, waren die Nägel in alle Richtungen davongeflogen, und Sean und Andrew hatten eine halbe Stunde gebraucht, um den Sand abzusuchen und dafür zu sorgen, dass sie auch wirklich alle Nägel wieder eingesammelt hatten.

»Ich hoffe nur, dass wir keinen übersehen haben und

dass nicht jemand am Ende einen Nagel in der Ferse stecken hat«, sagte er.

Blair lachte und antwortete: »Ich ebenfalls. War er den Dollar denn wert, den du ihm bezahlt hast?«

»Ich musste dem kleinen Schlingel sogar zwei Dollar geben. Inflation.«

Bis sie vor Pams Haus vorfuhren, hatte sie sich entspannt. Offenbar hielt Sean Wort. Er benahm sich wie ein guter Freund, nicht wie ein Möchtegern-Liebhaber.

Pam begrüßte sie mit herzlichen, überschwänglichen Umarmungen. »Unser Ehrengast ist angekommen!«, rief sie den anderen Gästen zu, die sich um die in dem voll gestellten Zimmer strategisch günstig platzierten Tabletts mit den Hors d'œuvre drängten.

Schnell waren Blair und Sean von jenen Leuten umringt, die Pams Freundin vorgestellt werden wollten, weil viele sie für eine Berühmtheit hielten. Blair warf Pam einen fassungslosen Blick zu, als ihr klar wurde, dass ihre Freundin ihre erfolgreiche Karriere so sehr ausgeschmückt hatte, dass sie großartiger klang, als sie tatsächlich war. Außerdem war sie sich bewusst, dass Sean genauso begeistert begrüßt wurde wie sie. Die Frauen schäkerten mit ihm herum, die Männer zeigten Respekt.

Trotz des Tohuwabohus beugte sich Blair brav zu jedem der im Schlafanzug erscheinenden Delgado-Kinder hinab, gab ihm oder ihr einen Gutenachtkuss, bevor diese mit einer strengen Ermahnung, jetzt auch wirklich ins Bett zu gehen, in Richtung Schlafzimmer davon trotteten.

»Diese Kinder!«, rief Pam aus, als das letzte im Flur verschwunden war. »Die bringen mich noch dazu, dass ich enthaltsam leben möchte.«

Genau in diesem Augenblick gesellte sich Joe Delgado, der eine Kochschürze mit dem Aufdruck »Hier grillt der Chef« trug und ein Dauergrinsen im Gesicht hatte, zu ihnen und schlang die Arme unmittelbar unterhalb ihres Busens um seine Frau.

»Nun, nicht ganz enthaltsam …«, erklärte Pam Blair vielsagend und zwinkerte anzüglich. Die beiden Frauen lachten los.

»Hab ich was verpasst?«, fragte Joe freundlich und begrüßte Blair mit einem Küsschen auf die Wange und Sean mit einem herzlichen Händedruck. Er war so schlank und drahtig, wie seine Frau mollig und weich war. »Das Zimmer macht sich großartig, Sean. Wir können es kaum erwarten, bis es fertig ist.«

»Welches Zimmer?«, fragte Blair, die jetzt ihrerseits den Eindruck hatte, etwas verpasst zu haben.

»Sean baut uns hinten am Haus ein Spielzimmer an. Habe ich vergessen, dir das zu erzählen?«, fragte Pam.

»Ja«, antwortete Blair und warf Sean, der so dicht neben ihr stand, wie er nur konnte, ohne sie zu berühren, verstohlen einen Blick zu.

»Ach, wir können es kaum erwarten, bis es fertig wird. Ich zeige es dir später. Zuerst wollen dich noch ein Dutzend Leute kennenlernen.«

In den folgenden Minuten beantwortete Blair die unzähligen Fragen, die auf sie einprasselten. Ob sie je mit Barischnikow getanzt hatte? War eine Zehnjährige noch zu jung, um mit dem Spitzentanz anzufangen? Ob sie eine bestimmte Diät einhielt, damit sie so schlank blieb? Wie viel wog sie eigentlich? Stimmte es, dass sie und Pam einst Unterricht bei Juliet Prowse genommen hatten? Ob ihre Fingernägel echt oder künstlich waren? Ob sie es vielleicht in Erwägung ziehen würde, das Casting der Teilnehmer für die Wohltätigkeitstalentshow der Eltern-Lehrer-Vereinigung zu übernehmen?

Bei dieser Frage gab sie stammelnd das höfliche Versprechen, es sich durch den Kopf gehen zu lassen. Sie fuhr beinahe zusammen, als große Hände ihre Schultern umfassten. »Was möchtest du trinken?« Nur einen kurzen Moment lehnte sie sich unbewusst gegen die große, starke Gestalt, die hinter ihr stand. Ihre nackte Haut traf auf den Stoff seines dunkelblauen Sommerjacketts und das kühle, weiche hellblaue Baumwollhemd. Sie war sich nicht einmal bewusst, dass sie den Kopf ein wenig zur Seite neigte, um den Schnurrbart an ihrem Ohr zu spüren.

»Weißwein mit Eis«, flüsterte sie und versuchte vergeblich, der Dame von der Eltern-Lehrer-Vereinigung zuzuhören, die ihr von der Qualität ihrer Talentshow vorschwärmte. Sean drückte sanft Blairs Schultern, dann ging er davon.

Nach wenigen Minuten kam er mit einem Glas mit eiskaltem, perlendem Wein zurück. Die Frau hatte die ganze Zeit unentwegt auf sie eingeredet.

»Blair, ich glaube, Pam sucht nach dir. Sie ist in der Küche.«

»Entschuldigen Sie mich«, erklärte Blair höflich, dann ließ sie sich von Sean wegführen.

»Danke«, raunte sie ihm zu.

»Diese Frau sollte zur Salzsäule erstarren«, sagte er und beugte sich zu ihr hinab, um ihr ins Ohr zu flüstern: »Die gleiche Schau hat sie vor ein paar Jahren mit mir abgezogen. Sie meinte, da ich irischer Abstammung bin, wäre es doch nett, wenn ich in ihrer Talentshow ›Danny Boy‹ singen würde.«

Blair verschluckte sich beinahe an ihrem Wein. Sie musste so sehr lachen, dass ihr Tränen in die Augen stiegen. »Das ist nicht dein Ernst, oder?«

»Und ob!« – »Und, hast du ›Danny Boy‹ gesungen?«

Er machte ein mürrisches Gesicht und zog die dichten Augenbrauen über seinen funkelnden Augen zusammen. »Ich habe sie mit einem Hundert-Dollar-Scheck bestochen.«

Beide lachten, als sie die Küche betraten, in der ein wahres Chaos herrschte. Pam holte gerade Schüsseln mit Kartoffel- und Krautsalat aus dem Kühlschrank. »Oh, ich bin froh, dass ihr beide vorbeikommt. Sean, geh und zeig Blair das neue Zimmer.«

»Soll ich dir nicht lieber helfen?«, fragte Blair.

»Nicht jetzt. Nun macht schon. Amüsiert euch.«

Sie gingen durch die Glasschiebetür, die in den Innenhof führte, hinaus. Der Duft von Holzkohle und gegrilltem Fleisch umfing sie. Joe legte gerade große Steaks auf den Grill.

»Du machst wirklich den Eindruck, als ob du das könntest«, zog Sean ihn auf.

»Roh, medium, durch«, zählte Joe auf und deutete mit seiner langen Grillzange auf die jeweilige Abteilung auf dem Grill, dann nahm er einen großen Schluck Bier.

»Lass das Biertrinken, bis mein Steak fertig ist«, sagte Sean. Joe salutierte mit der Zange. Sie lachten und spazierten ans andere Ende des Hofs weiter. »Pass auf, wohin du trittst.«

Sean führte sie durch das Holzgerüst des neuen Zimmers. »Und das soll ein Spielzimmer werden?«, fragte Blair und ließ den Blick über das kahle Betonfundament schweifen.

»Ja. Dort drüben kommt ein Kamin hin. Hier Bücherregale und ein eingebauter Schreibtisch, für den Fall, dass eines der Kinder Lust zum Lernen haben sollte«, erklärte er schmunzelnd. »Wir werden sogar einen kleinen Kühlschrank und einen Fernseher aufstellen.«

»Klingt toll.«

»Ich werde Oberlichter einbauen«, stellte Sean fest und blickte zu den unbedeckten Dachsparren hinauf. »Das hilft, Strom zu sparen, weil ich glaube, die Kinder werden kaum daran denken, die Lichter auszuschalten. Ich werde …« Er hielt inne und wandte sich ihr abrupt zu. »Das interessiert dich doch nicht wirklich, oder?«

»Doch.« Das entsprach der Wahrheit. Sie stellte fest, dass ihr die Begeisterung in seiner Stimme gefiel, wenn er von seiner Arbeit sprach. Seine Hände, die veranschaulichend gestikulierten, waren vielsagend. Sie hatten sich auf der nackten Haut an ihren Schultern so warm angefühlt. Beruhigend. Tröstend. »Die Kinder werden das Zimmer lieben.«

»Ich glaube, Pam und Joe ebenfalls. Es wird ihnen, wenn sich alle Kinder hier aufhalten, ein bisschen Privatsphäre ermöglichen.«

»Ich kann mir vorstellen, dass ihnen nur wenige private Momente bleiben.«

Er kicherte. »So selten können sie nun auch wieder nicht sein, sonst hätten sie nicht so viele Kinder.«

Sie lachte mit ihm mit, als sie zu ihm aufschaute, dann verstummten beide plötzlich. Der Moment war äußerst intim geworden. Der Mond schien durch die Dachsparren und tauchte Seans Gesicht, das auf sie herabblickte, in dunkle Schatten. Sie konnte seinen Gesichtsausdruck nicht erkennen, sie wusste nur, dass er sie musterte.

Das Mondlicht, das auf seine hellen Haare fiel, tauchte ihr Gesicht in seinen silbernen Schein. Sean hätte gern mit den Fingern über ihr glänzendes Haar gestrichen, das sie zurückgekämmt und zu einem klassischen Ballerina-Knoten im Nacken zusammengebunden hatte. Seine Lippen verlangten nach dem Geschmack ihres Mundes, der in dem schimmernden

Licht jetzt feucht und rosa aussah. Sie sehnten sich danach, ihr zartes Ohr mit dieser betörenden Perle zu erkunden, die fast genauso hell leuchtete wie ihre Haut. Sein Blick wanderte tiefer, bis zu der dunklen Spalte zwischen ihren kleinen Brüsten. In seiner Fantasie befand sich seine Zunge an dieser Stelle, und er spürte buchstäblich die Wärme, auf die er dort treffen würde.

In seinem Kopf kreisten Fantasien. Wieder hatte er die zartrosa Rundung ihrer Brüste vor Augen. Wieder spürte er das samtene Gefühl an seiner Zunge. Wieder hörte er ihr vergnügliches kehliges Schnurren, das sie von sich gegeben hatte, als er seinen Hunger nach ihrem Geschmack stillte.

Er konnte sich nicht erinnern, seit vielen Jahren eine Frau so sehr begehrt zu haben, wie er Blair von dem Augenblick an begehrt hatte, als sich ihre Blicke zum ersten Mal trafen. Seitdem hing er ständig Tagträumen nach. Sein Körper verlangte nach dem ihren. Das Ganze ergab überhaupt keinen Sinn. Sie war gar nicht der Typ, den er normalerweise bevorzugte. Aufgrund seiner Größe hatte er sich gewöhnlich mit größeren Frauen mit üppigeren Rundungen eingelassen. Blair kam ihm wie eine Puppe vor. Aber wie eine Puppe, die lebte und atmete und sich bewegte und in der Lage war, das Feuer in seinen Lenden zu entfachen, das ihm ständig zusetzte.

Das Ganze war falsch, das wusste er. Einmal hatte er sich in seiner Einschätzung gravierend geirrt, und er hatte alles verloren. Er war aus der Sache mit einer gesünderen Einstellung bezüglich der Prioritäten im Leben hervorgegangen und hatte es geschafft, sich wieder zu fangen. Jetzt war er auf allen Gebieten seines Lebens erfolgreich – bis auf einem. Er hatte niemanden, mit dem er seinen Erfolg teilen konnte. Bis jetzt hatte er niemanden gefunden, mit dem er das Risiko eingehen wollte, ein gemeinsames Leben zu beginnen. Die Liebe hing so häufig davon ab, ob alles gut lief. Wenn etwas danebenging …

Blair Simpson hatte ihre eigenen Probleme zu bewältigen. Sie machte gerade eine Krise durch, der sie sich zu stellen hatte. Er brauchte sie in seinem Leben nicht. Das würde alles nur komplizierter machen. Und sie behauptete, dass sie ihn nicht brauchte.

Und dennoch, als er so im Mondschein dastand, wurde sein Körper von Verlangen durchflutet. Nichts wünschte er sich mehr, als ihre unaufrichtigen Proteste wegzuküssen, Blair an sich zu drücken, sich tief in ihr zu vergraben und sie anzuflehen, ihn von seiner Qual zu erlösen.

Die Ernsthaftigkeit seiner Gedanken musste ihm ins Gesicht geschrieben gewesen sein, denn sie sprach vorsichtig seinen Namen aus. Er schüttelte den Kopf, um wieder klar denken zu können, dann trank er seinen Cocktail aus. »Ja, nun, ich denke, wir sollten wieder zu den anderen zurückgehen.«

Blair hatte nur ein paar Schlückchen von ihrem Wein getrunken. Ihre Finger waren steif vor Kälte. Sie hatte ihr Glas umklammert, als sei es der letzte Strohhalm, an dem sie sich festhalten musste, um nicht den Verstand zu verlieren. Sean trat zur Seite und führte sie durch den Innenhof zurück. Joe stand noch immer am Grill, und war jetzt mit einem Strafverteidiger in eine Unterhaltung über die Straßenkriminalität vertieft.

In der Küche war das absolute Chaos ausgebrochen. Pam hörte zuerst einem ihrer Kinder zu, dann dem anderen, da sie widersprüchliche Versionen einer Kissenschlacht vortrugen. Ein drittes Kind heulte, und Tränen liefen ihm über das Gesicht. Unterdessen fischte Pam

Maiskolben aus einem Topf mit kochendem Wasser und legte sie auf eine Platte.

Trotz des offenkundigen Ungehorsams der Kinder und Pams Besorgnis brachen Sean und Blair in Gelächter aus. »Was ist denn hier los?«, erkundigte sich Sean.

»Ich glaube, sie sind einfach zu aufgedreht, um ins Bett zu gehen.« Streng schaute sie auf die Kinder hinab. »Ich rufe Daddy, und der wird bestimmt fuchsteufelswild.«

Die Kinder schenkten dieser Androhung ebenso wenig Glauben wie den zuvor ausgesprochenen. »Soll ich sie ins Bett bringen?«, fragte Blair.

»Aber du bist mein Gast«, protestierte Pam.

»Ich bin deine Freundin, und du hast alle Hände voll zu tun. Kommt, Kinder, jetzt ist Schluss mit dem Theater«, sagte Blair so entschlossen, dass sie ihre Aufmerksamkeit erregte. »Andrew, los jetzt«, befahl sie und deutete herrisch in Richtung Schlafzimmer. »Komm schon, Mandy.«

»Ich nehme den hier«, erklärte Sean, hob den kleinen Paul in die Höhe und setzte ihn sich auf die Schultern. Paul jauchzte vor Vergnügen auf und krallte sich in Seans blonden Haaren fest.

»Ich habe dich da nicht mit einbezogen«, sagte Blair, als sie alle aus der Küche trotteten und durch den hinteren Flur gingen, der zu den beiden Kinderzimmern führte.

»Ich konnte doch nicht zulassen, dass du hier das Regiment allein übernimmst.«

Da die beiden Zimmer durch eine Tür miteinander verbunden waren, konnten Blair und Sean die Kinder ins Bett bringen und zugleich ein Auge auf diejenigen werfen, die bereits unter ihren Decken lagen. Nur das

Baby schlummerte schon in seinem Gitterbettchen, aus dem es nicht herausklettern konnte. Die beiden Mädchen schliefen in einem Doppelbett im gleichen Zimmer wie das Baby. Die beiden Jungs schliefen in Etagenbetten im anderen Raum. Da Andrew der ältere war, hatte er Anspruch auf das obere Bett.

»Jetzt sei ein gutes Vorbild für deine kleine Schwester und schlaf«, flüsterte Blair Mandy zu. »Lass deine Mom und deinen Dad ihre Party genießen. Okay?«

»Okay«, antwortete Mandy und gähnte. Angela, die etwa vier Jahre alt war, wenn sich Blair richtig erinnerte, war bereits im Begriff, einzuschlafen. »Lässt du die Lampe an?«

»Mandy ist ein Baby, Mandy ist ein Baby«, rief Andrew von seinem Hochbett herunter.

»Lass das, Andrew!«, ermahnte ihn Sean streng.

»Aber das ist sie doch«, beharrte Andrew. »Sie muss mit Angela schlafen. Ich möchte, wenn ich schlafe, niemanden neben mir haben.«

»Mommy und Daddy schlafen auch zusammen in einem Bett«, protestierte Mandy.

»Sonst darf keiner bei ihnen schlafen, und wir dürfen nicht in ihr Zimmer kommen – nur wenn es blitzt und donnert«, meldete sich Angela schläfrig zu Wort.

Durch die Tür sah Blair Seans amüsierten Blick, dann konzentrierte sie sich wieder auf die Mädchen.

»Und am Samstagmorgen dürfen wir erst in ihr Zimmer kommen, wenn *The Lone Ranger* zu Ende ist«, erklärte Paul und setzte sich angesichts dieser wichtigen Information in seinem Bett auf.

Sean konnte sich ein Lachen nicht verkneifen, aber er überspielte es, indem er so tat, als müsse er husten, dann drückte er Paul wieder in die Kissen.

»Ihr Bett ist wirklich groß«, erzählte Mandy.

»Tatsächlich?«, fragte Blair. Mit übertriebener Sorgfalt legte sie die Tagesdecke zusammen.

»Sean hat eines, das genauso groß ist, nicht wahr, Sean? Ich habe es gesehen«, erklärte Andrew.

»Hast du Seans Bett schon mal gesehen?«, wollte Angela von Blair wissen.

»N... nein. Und jetzt Gute Nacht.«

»Hast du ein Bett, das so groß ist wie Seans?«, fragte Mandy.

»Nein, du Dummkopf«, antwortete Andrew. »Hast du dieses Sofa nicht gesehen, auf dem sie schlafen muss?«

Mandy verzog mitfühlend das Gesicht. »Vielleicht lässt Sean dich in seinem großen Bett schlafen, wenn du ihn darum bittest. Er wohnt ja nicht weit von dir weg.«

»Unserem Daddy macht es nichts aus, dass Mommy bei ihm schläft, glaube ich«, fügte Angela hinzu.

Blairs Wangen waren inzwischen glühendrot angelaufen, und dabei konnte sie sich nicht erinnern, jemals rot geworden zu sein.

»Okay, das reicht jetzt«, sagte Sean mit einschüchternder Stimme. »Gute Nacht.« Er vergewisserte sich, dass alle vier Augenpaare geschlossen waren, dann wandte er sich zum Gehen. Nach einem kurzen Blick auf das schlafende Baby, das zum Glück nicht in der Lage gewesen war, etwas zu dieser Unterhaltung beizusteuern, folgte ihm Blair in den Flur. Sie versuchte, an ihm vorbeizugehen, aber er blockierte ihr den Weg.

»Möchtest du mich nicht um einen Gefallen bitten?«, fragte er, und seine blauen Augen funkelten.

»Nein.« Sie spürte, dass ihre Wangen noch immer gerötet waren.

Er brach in schallendes Gelächter aus. Dann legte er die Hand auf ihren Nacken und sagte. »Komm, wir holen uns was zum Essen.«

Trotz all der Ablenkungen während der Vorbereitung war Pams Essen fantastisch, genauso wie Joes Grillsteaks. Die Gäste luden sich ihre Teller am Büffet voll, dann suchten sie sich entweder im Wohnzimmer oder im Innenhof einen Sitzplatz.

Blair bemerkte, dass sie und Sean Zielscheibe vieler verstohlener neugieriger Blicke waren. Er gab sich nach außen hin nicht sonderlich liebevoll, aber er entfernte sich auch nie weit von ihr. Er beteiligte sich an den Gesprächen um sie herum, doch er flüsterte ihr ständig irgendwelche privaten Bemerkungen ins Ohr. Als sie sich mit einem anderen Gast unterhielt, spürte sie, dass er sie aufmerksam beobachtete.

Da er sie während des Essens mit allem versorgt hatte, bestand sie, als sie fertig waren, darauf, ihre Teller in die Küche zu tragen. Sie schob die Reste in den großen Plastikmülleimer, der in der Ecke stand, stellte die Teller in die Spüle und spülte sie ab. Sie war gerade dabei, sich die Hände an einem Papiertuch abzutrocknen, als einer der Gäste hinter ihr hereinkam.

»Das war mal ein Schmaus!«, stellte er fest und strich sich über seinen dicken Bauch.

Er erinnerte sie an den typischen »Grapscher«, an einen jener lästigen Männer, die glaubten, sie könnten sich mit keiner Frau unterhalten, ohne sie zu betatschen. Solche Männer hatten Blair schon immer wütend gemacht. Was veranlasste diese Typen, zu glauben, dass sie von ihren verschwitzten Händen angefasst werden wollte oder dass ihr das gar gefiel? Von dem Augenblick an, als sie ihm vorgestellt wurde, war sie ihm aus dem Weg gegangen. Er hatte gesagt: »Ich hätte selbst darauf kommen müssen, dass Sie Tänzerin sind – bei solchen Beinen.« Er hatte seine Feststellung für amüsant gehalten. Sie hatte sie, wie auch ihn selbst, abstoßend gefunden.

»Ja, das Essen war köstlich.«

Er hatte sich absichtlich zwischen sie und die Tür gestellt. »Fahren Sie häufig in die City?«

»Ich bin gerade erst vor wenigen Tagen hierher gezogen, Mr ...«

»Stan Collier. Nennen Sie mich doch Stan. Das tun alle meine Freunde«, sagte er in schmierigem Tonfall.

»Ich hatte noch nicht die Gelegenheit, nach New York zu fahren.«

»Ich muss jeden Tag mit dem verdammten Zug in die City pendeln. Und natürlich übernachte ich in der Firmenwohnung, wenn ich aus beruflichen Gründen, zum Beispiel wegen eines Geschäftsessens, am Abend in der Stadt bleiben muss. Das ist ein nettes, kleines Apartment. Sehr anonym.«

Blair konnte es nicht fassen. Wäre er nicht so widerlich gewesen, hätte man fast Mitleid mit ihm haben müssen. Was machte er hier als Gast der Delgados? Gewiss befürworteten weder Pam noch Joe solche Aufdringlichkeiten.

»Ich bin mir sicher, dass es sehr nett ist. Jetzt müssen Sie mich entschuldigen ...«

»Ich habe mir jedenfalls gedacht, dass Sie, falls Sie in die City kommen und noch keine Verabredung zum Mittagessen haben, dann könnten Sie ...«

»Versuch's bei einer anderen, Collier. Miss Simpson ist nicht interessiert.« Der beleibte Stan fuhr erstaunlich behende herum, als Seans Stimme durch den Raum dröhnte. Blair lehnte sich erleichtert gegen die Arbeitsfläche. Sie hatte vor diesem fetten Idioten keine Angst gehabt, doch sie wollte auf Pams Party nur ungern eine Szene heraufbeschwören.

»Hey, Garrett, entspann dich«, sagte Stan Collier übertrieben draufgängerisch. Ihm standen Schweißperlen auf der fleischigen Stirn. »Ich habe mit ihr nur herumgealbert. Verstehst du etwa keinen Spaß?«

»Doch, ich verstehe Spaß«, antwortete Sean ohne das geringste Anzeichen eines Lächelns auf dem angespannten Gesicht. »Aber ich habe nichts Spaßiges gehört. Du etwa, Blair?« Er streckte die Hand aus, und sie ergriff sie hastig, als sei sie eine Rettungsleine. Sean schlang die Arme um sie – mehr des Betrachters als ihretwegen. Nichtsdestotrotz drückte sie sich an ihn und genoss das Gefühl der Sicherheit, das sein starker Körper ausstrahlte.

Sie gingen aus der Küche. »Ich hoffe, du wolltest tatsächlich gerettet werden. Vielleicht findest du Stan ja anziehend«, murmelte er ihr, den Kopf zu ihr hinabgebeugt, ins Ohr.

»Unbedingt«, sagte sie und erschauderte in seinen Armen. »Wissen Pam und Joe über ihn Bescheid?«

»Jeder in Tidelands weiß über ihn und sein Geschäker Bescheid. Oder zumindest über das, was er für Geschäker hält. Ich bin mir nicht sicher, ob die Eroberungen, mit denen er prahlt, nicht reines Wunschdenken sind.«

»Und warum laden Pam und Joe ihn hierher ein?«

»Seine Frau ist ein Schatz. Alle mögen sie und tolerieren Stan ihr zuliebe. Das mit dir war keine Ausnahme. Er zieht bei jeder Frau die gleiche abgedroschene Nummer ab.«

»Und ich dachte schon, ich sei etwas ganz Besonderes«, sagte sie und zog eine übertriebene Schnute.

Er lachte, dann wurde er ernst, als er auf sie herabblickte. »Das bist du, aber ich bezweifle, dass jemand mit Stans unkritischem Geschmack überhaupt erkennen kann, wie außergewöhnlich du bist.« Er beugte sich noch tiefer zu ihr hinab und strich mit dem Zeigefinger über die winzige Perle in ihrem Ohr. »Ich dagegen bin sehr kritisch.«

Sie brachte keinen Ton heraus. Ihre Halsmuskeln hatten sich um ihre Stimmbänder zusammengezogen. Die geistreiche Bemerkung, mit der sie, wie sie wusste, hätte kontern müssen, wurde nicht ausgesprochen. Stattdessen stand sie schweigend da und verlor sich in seinen tiefblauen Augen.

»Möchtest du vielleicht einen Kaffee?« Hätte er sie gefragt: »Möchtest Du mit mir ins Bett?«, hätte es nicht deutlicher wie eine Aufforderung klingen können.

Blair, sag ihm, dass du dir deinen Kaffee selbst holen kannst, schrie eine Stimme in ihrem Kopf. Stattdessen bildeten ihre Lippen die Wörter: »Ja, bitte. Ohne Zucker, dafür mit einem Schuss Milch.«

Er entfernte sich, den Blick noch immer auf ihr Gesicht gerichtet.

Ganz benommen steuerte Blair auf einen Sessel zu und nahm Platz. Sie tat, als höre sie zu, als eine der Damen zu beklagen begann, wie schlecht die Tanzschule der Stadt sei, doch in Blairs Kopf drehte sich alles. Ihr Herz weigerte sich, langsamer zu schlagen, obwohl sie es mit ihrer Willenskraft dazu zwingen wollte. Das Dröhnen in ihren Ohren übertönte die Tirade der Frau. Sean hatte Wort gehalten. Er hatte sich ihr gegenüber auf eine Weise verhalten, die untadelig war und im Einklang zu ihrer Übereinkunft stand, dass sie nur Freunde waren.

Warum aber übte er eine so irrwitzige Anziehungskraft auf sie aus?

Sie wollte sich nicht eingestehen, wie angenehm es war, umsorgt und hofiert zu werden. Im Moment gefiel es ihr, die Kontrolle seinem männlichen Beschützerinstinkt zu überlassen, obwohl sie bislang immer unabhängig gewesen war. Hätte sich jemand wie Stan vor ein paar Monaten an sie herangemacht, hätte sie ihm mit einer saftigen Beleidigung eine Abfuhr erteilt, die ihm die Sprache verschlagen, ihn gekränkt und sein Ego verletzt hätte. Sie wollte nicht zugeben, wie wunderbar es gewesen war, Sean diesen Kampf für sie ausfechten zu lassen.

Das Vergnügen, das sie darin fand, von seiner maskulinen Kraft umgeben zu sein, war genauso verführerisch wie seine Küsse.

»Das ist eine wunderbare Idee!«, rief Pam aus und riss Blair damit aus ihrer Träumerei. »Was hältst du davon, Blair?«

»Ach, ich …«, stammelte sie. Als sie nach der Untertasse griff, die Sean ihr hinhielt, wurde ihr klar, dass sie im Mittelpunkt der ungehörten Unterhaltung um sie herum gestanden hatte. »Ich weiß nicht«, sagte sie unentschlossen.

Worüber war nur geredet worden? Was hatte sie denn nun schon wieder verpasst?

Pam klärte sie auf.

»Die Tanzschule hier ist unglaublich schlecht, weißt du. Ich hätte gern, dass Mandy anfängt, Ballettunterricht zu nehmen, aber ich glaube nicht, dass diese Stunden ihr Geld wert sind. Und wie du weißt, kann es zu irreparablen Schäden führen, wenn ein Kind nicht von Anfang an richtig unterrichtet wird. Meinst du, es würde dir Spaß machen, ein paar Stunden zu geben, während du hier bist?«

»Nun …«

»Ich weiß, dass ich liebend gerne Ballettstunden nehmen würde«, meldete sich eine der Damen zu Wort. »Nichts Anstrengendes, Sie wissen schon, nur Dehnübungen, um ein paar Pfunde loszuwerden.«

Einige der anderen Frauen pflichteten ihr vollkommen begeistert bei.

»Ich soll Ballettunterricht geben?«, fragte Blair, die endlich begriff, in welche Richtung das Gespräch führte.

»Ja! Warum nicht?«

5

Blair starrte in die erwartungsvollen Gesichter um sich herum und lachte verlegen. »Nun, ich bin eigentlich keine Lehrerin.«

»Aber du bist Tänzerin. Und die Beste, die ich je gesehen habe. Jetzt tu nicht so bescheiden«, drängte Pam weiter, als sie sah, dass Blair im Begriff war, abzulehnen. »Du liebst das Tanzen. Und da du deinen Beruf eine Weile nicht ausüben kannst, wäre das doch das Naheliegendste.« Die anderen nickten zustimmend.

»Würde das deinen Beinen schaden?« Blair wandte sich der leisen, tiefen Stimme zu, die nahe an ihrem Ohr zu vernehmen war, und blickte in Seans durchdringende Augen.

»Ich glaube nicht. Der Arzt sagte, dass ihnen leichtes, regelmäßiges Training gut tun und helfen würde, ihre Kraft zu bewahren. Damit würde die Rückkehr nach sechs Monaten Schonung nicht ganz so schwierig werden.«

»Dann ist es abgemacht!«, stellte Pam fest und strahlte.

»Mal langsam, mal langsam, Pam. Wie du weißt, braucht man dazu ein Studio.«

Verblüfft runzelte Pam die Stirn. »Ja, da hast du recht.«

»Du brauchst einen großen Raum mit Holzfußboden?«, erkundigte sich Sean.

Blair wandte sich Sean zu. »Ja.«

»Ich habe vor ein paar Monaten eine alte Schulsporthalle gekauft, und zwar in der Absicht, sie eines Tages in ein Fitnessstudio umzuwandeln. Das ist ein solcher Raum. Den könntest du nutzen. Ich übernehme die nötigen Umbaumaßnahmen.«

»Fantastisch!« Pam klatschte erfreut in die Hände.

»Aber ich möchte keinen eigenen Betrieb aufmachen«, protestierte Blair. Sie hatte das Gefühl, von einer Strömung mitgerissen zu werden, gegen die sie nicht anzukämpfen vermochte.

»Ich werde dir für das Gebäude keine Miete berechnen, und du wirst von deinen Schülern keinen Beitrag verlangen. Wir betrachten es einfach als Gemeindeprojekt.« Schweigend ließ Sean den Blick über die Runde schweifen und sah, dass alle einverstanden waren.

»Aber ich brauche CDs und ein Gerät, mit dem ich sie abspielen kann ...«

»Ich habe bei der Polizeiauktion letzten Monat einen CD-Player ersteigert. Den stifte ich«, erklärte Joe.

»Unter uns gesagt, wir haben doch jede Menge CDs mit Tanzmusik«, fügte Pam hinzu. »Blair, du siehst also, du wirst keine Schwierigkeiten haben.«

Blair kaute nachdenklich auf ihrer Unterlippe herum. Wenn sie während ihres einwöchigen Aufenthalts hier eines gelernt hatte, dann war es, dass in Tidelands die Zeit nicht so schnell verstrich wie in New York. Sie würde sechs Monate hier sein. Und wenn sie in dieser Zeit nichts tat, würde sie wahrscheinlich durchdrehen. War das womöglich die Lösung?

»Ich könnte Schülern bis zwölf Jahren Grundkurse in Ballett geben«, sagte sie bedächtig. »Für euch Frauen könnte ich Trainingsstunden geben, denke ich, aber ich werde keine anstrengenden Übungen vormachen können.«

»Die können wir selbst machen«, meldete sich eine der Frauen zu Wort.

Pam ergriff Blairs Hände. »Dann sagst du ja? Bitte, Blair. Das würde auch dir guttun. Wenn ich davon nicht überzeugt wäre, hätte ich den Vorschlag doch nicht gemacht.«

Blair blickte zu Sean auf. Er sah sie in dieser irritierenden Art und Weise an, aber er ließ mit keiner Miene erkennen, ob er ihr zu- oder abriet. Sie wandte den Blick wieder Pam zu, zuckte mit den Achseln und erklärte: »Wie du gesagt hast, warum eigentlich nicht?«

Bis auf Sean und Blair, die darauf bestanden hatten, Pam beim Aufräumen zu helfen, waren sämtliche Gäste bereits gegangen. »Was brauchst du denn so lange? Putzt du die Fenster?«, fragte Pam spöttisch, als Blair gerade die letzten Teller in die Spülmaschine räumte.

»Nur, wenn ich nicht mehr hinausschauen kann«, antwortete sie, machte die Spülmaschinentür zu und startete das Gerät, das loskeuchte, als läge es in den letzten Zügen. »Ob das Ding diesen Spülgang wohl überlebt?«, wollte Blair wissen.

»Ich hoffe es. Es wird mich doch nicht ausgerechnet heute Abend im Stich lassen. So grausam kann es doch nicht sein. Habe ich dir und Sean eigentlich schon gedankt, dass ihr meine kleinen Racker ins Bett gebracht habt?«

»Es war uns ein Vergnügen«, sagte Sean, der gerade vom Innenhof hereinkam, wo er sich zusammen mit Joe noch eine letzte Tasse Kaffee gegönnt hatte. Sean zwinkerte Blair zu, die zu kämpfen hatte, um nicht gleich loszukichern.

Doch Pam bemerkte ihre Belustigung nicht; sie ging zu Joe hinaus und warf sich in seine ausgestreckten

Arme. »Tolle Party, Schatz«, sagte er und drückte sie an sich. »Du hast dich selbst übertroffen.«

»Danke, aber ich bin fix und fertig!«

»Dann verabschieden wir uns«, stellte Sean fest, nahm Blair an der Hand und führte sie durchs Wohnzimmer in Richtung Eingangstür.

»Ich wollte euch nicht hinauswerfen«, erklärte Pam, als sie und Joe ihnen zur Tür folgten.

»Ich glaube, Blair ist auch müde. Und jetzt hat sie über vieles nachzudenken.«

»Habe ich wirklich zugestimmt, Kindern und Hausfrauen Ballettunterricht zu geben?«, fragte sie finster.

»Und ob!«, antwortete Pam fröhlich.

»Solange ihr begreift, dass es nur vorübergehend ist. Nur solange ich hier bin.«

Pams Lächeln verschwand. »Daran möchte ich gar nicht denken. Ich habe mich schon so daran gewöhnt, dass du hier bist.«

Alle schwiegen einen Augenblick, dann sagte Sean: »Sie ist mindestens sechs Monate hier. Ich entlasse meine Mieter nicht so ohne weiteres aus ihren Verträgen.« Da lachten alle und waren dankbar, dass er die traurige Stimmung rasch vertrieben hatte.

»Falls ich meinen dicken Körper noch in ein altes Trikot quetschen kann, bin ich die Erste, die aufkreuzt, wenn du mit deinem Unterricht anfängst«, sagte Pam.

»Nimm nicht zu viel ab. Ich habe deine Rundungen inzwischen so lieb gewonnen«, erklärte Joe hinter ihr. Er umfasste sie und küsste sie im Nacken.

»Ich denke, das ist unser Stichwort«, stellte Sean trocken fest.

»Gute Nacht und danke für die Party«, sagte Blair, während Sean sie nach draußen führte.

»Gute Nacht!«, riefen Pam und Joe wie aus einem Munde.

»Joe, ich muss mit dir noch besprechen, was für eine Art von Dachziegeln ihr haben wollt, aber da morgen Samstag ist, rufe ich erst nach *The Lone Ranger* an«, scherzte Sean.

Sie hörten, wie Pam überrascht nach Luft schnappte und Joe laut loslachte, dann wurde die Tür geschlossen.

Sean und Blair lachten noch immer aus vollem Halse, als er den Mercedes in der Einfahrt vor seinem Haus sachte abbremste.

»Kaffee? Einen Schlummertrunk?«, fragte er und stellte den Motor ab.

»Nein. Mit dem, was du gesagt hast, hattest du recht. Ich habe tausend Sachen im Kopf. Ich muss mir Übungen überlegen, Musik aussuchen.« Sie seufzte theatralisch. »Worauf habe ich mich da nur eingelassen?«

Er kicherte, machte die Tür auf und kam um das Auto herum, um ihre aufzuhalten. Kaum war sie ausgestiegen, da nahm er sie schon auf die Arme. »Wir müssen jetzt mehr denn je auf deine Knie aufpassen«, erklärte er. »Vielleicht stellst du für die Frauen von Tidelands, die an der Schwelle zur Fettleibigkeit stehen, ja die allerletzte Hoffnung dar.«

Schon am frühen Abend hatte er sein Jackett ausgezogen und sich die Hemdsärmel hochgekrempelt. Sein Arm war wie eine zum Leben erweckte warme Eisenstange, die ihren Rücken stützte. Um das Verlangen zu unterdrücken, das sie in sich aufsteigen spürte, fragte sie: »Glaubst du, dass jemand wirklich Interesse haben wird, zu den Tanzstunden zu kommen?«

»Ganz bestimmt. Die sehnen sich alle danach, so auszusehen wie du. Das ist natürlich unmöglich, aber du gibst ihnen neue Hoffnung.« Auf der obersten Stufe angekommen, beugte er kurz den Kopf herab und drückte ihr einen flüchtigen Kuss auf die Stirn. »Gute Nacht, Freundin. Danke, dass du mit mir zur Party gegangen bist. Ich habe mich sehr amüsiert.«

Er stellte sie ab, aber sein Kuss, so kurz und unpersönlich er auch gewesen war, hatte ihr dermaßen zugesetzt, dass sie nicht darauf vorbereitet war, auf eigenen Beinen zu stehen. Ungeschickt belastete sie ihr Knie und spürte, dass die überstrapazierten Bänder nachgaben.

»Au!«, schrie sie auf, als ihr der Schmerz wie ein Messerstich in die Kniescheibe fuhr.

»Was ist? Mein Gott, Blair, was ist passiert?« Sean ging in die Hocke, um ihre Knie besser untersuchen zu können, während sie sich hinabbeugte und sich das verletzte Gelenk massierte.

»Es ... es ist nichts«, sagte sie unsicher und versuchte, den Anflug von Benommenheit, den der Schmerz ausgelöst hatte, zu überwinden. »Ich bin falsch aufgekommen, das ist alles. Es tut höllisch weh.«

»Mein Gott, das tut mir leid«, sagte er mit besorgter Stimme und hob den Saum ihres Kleides an, um die Hände um ihr Knie zu legen.

»Das ist nicht deine Schuld, Sean. Das passiert mir ständig. Dieses Mal stehe ich immerhin vor meiner eigenen Tür. Das letzte Mal, als das Knie nachgegeben hat, war es ausgerechnet an einem Samstag, als ich bei Bloomingdale einkaufen war.«

Sie versuchte, seine Besorgnis und ihre Schmerzen mit einem Lachen beiseitezuwischen, aber seine Miene war sorgenvoll, als er sie an sich drückte und die Tür öffnete. Er nahm sie wieder auf die Arme, trug sie in die dunkle Wohnung und setzte sie in einen Sessel. »Sean ...«

»Bleib da sitzen«, befahl er und ging, um die Lampe auf dem Beistelltisch anzuknipsen. »Hast du irgendwelche Tabletten, die du dagegen nehmen kannst?«

Sie schüttelte den Kopf. »Die Schmerzmittel, die der Arzt mir verschrieben hat, habe ich mir nicht besorgt. Ich wollte mit so etwas erst gar nicht anfangen.«

»Aspirin?«

»Ja, ich könnte ein paar Aspirin nehmen.«

»Wo sind die?« Er klappte das Sofa aus und verwandelte es in ein Bett. Es hatte etwas beunruhigend Persönliches, als er es mit dem Bettlaken bezog, auf dem sie die letzte Nacht geschlafen hatte.

»Im Badezimmer. Im Schränkchen über dem Waschbecken. Aber es ist wirklich ...«

Sie sprach nur noch zu seinem Schatten, weil er bereits im Bad verschwunden war. Sie hörte ihn in dem Schränkchen herumkramen, einen leise ausgestoßenen Fluch und laufendes Wasser. Dann kam er mit einem Glas Wasser und zwei Aspirintabletten zurück, die auf seiner breiten Handfläche wie kleine Punkte wirkten.

»Solltest du dein Knie nicht mit irgendetwas einreiben? Mit einer Salbe oder so?«

Sie schluckte die Aspirintabletten. »Nein. Ich lege es beim Schlafen einfach nur hoch. Mach dir keine Sorgen. Morgen ist es wieder in Ordnung.«

»Was ist passiert?« Er kniete sich vor sie hin, und bevor sie ihn aufhalten konnte, fingerte er an den dünnen Riemchen um ihre Knöchel herum und zog ihr die goldenen Sandalen aus.

»Eine Sehne oder ein Band oder dergleichen wurde gezerrt, als ich mein Bein belastet habe. Sie sind überstrapaziert und halten bestimmte Belastungen eben nicht aus.«

Er blickte aus seiner knienden Position zu ihr auf.

»Musst du noch ins Bad, bevor ich dich ins Bett stecke?«

Diese Frage verschlug ihr die Sprache, aber dann wurde ihr klar, wie lächerlich das war. »Ja, das sollte ich wohl lieber«, antwortete sie, ohne ihm direkt in die Augen zu sehen.

Er nahm sie wieder auf die Arme und trug sie bis zur Tür. Als er sie abstellte, vergewisserte er sich, dass sie auf ihrem weniger angeschlagenen Bein stand. »Hüpf die restliche Strecke.«

»Du übertreibst mit deiner Fürsorge.«

»Jemand muss sich doch um diese Verletzungen richtig kümmern. Denn es ist sonnenklar, dass du das nicht machst.«

Sie funkelte ihn wütend an, dann knallte sie ihm vor der Nase die Tür zu. »Hopp!«, rief er ihr nach.

Als sie fertig war, wartete er vor der Tür auf sie, und es war klar, dass er sich nicht von der Stelle gerührt hatte. »Was ziehst du zum Schlafen an?«

»Sean«, entgegnete sie genervt.

»Okay, wenn du lieber nackt schlafen willst …«

»In der obersten Schublade der Kommode sind ein paar T-Shirts«, antwortete sie resigniert. Er bestand allem Anschein nach darauf, Clara Barton, den Engel des Schlachtfelds, zu spielen, und sie hatte keine andere Wahl, als sich zu fügen.

Er kam mit einem T-Shirt mit dem Aufdruck *42nd Street* zurück.

»Bist du in diesem Musical aufgetreten?«

»Ja. Hast du es gesehen?«

»Ja.«

»Dann erinnerst du dich bestimmt an mich. Ich war die mit den Steppschuhen.«

»Das war sehr lustig«, antwortete er.

Diese lockere Unterhaltung diente nur dem Zweck, sie von dem bevorstehenden Augenblick der Wahrheit abzulenken. Sie musste aus dem Kleid schlüpfen.

»Ziehst du das über den Kopf und nach unten aus?«, fragte er mit rauer Stimme.

»Ich schaffe das schon.«

»Nach oben oder unten?« Seine Entschlossenheit, die seinen Blick so hart und scharf wie Diamanten machte, duldete offenkundig keine Widerrede. Sie brachte jedenfalls nicht genügend Willenskraft dafür auf.

»Nach unten«, flüsterte sie, senkte den Blick und starrte auf den Boden.

Sie hielt den Kopf geneigt, sodass er die Knöpfe des Neckholders aufmachen konnte. Als sie offen waren, schob er das Oberteil des Kleids langsam hinunter. Sie sah, dass sich seine Hände nervös und unentschlossen bewegten, als sie den Stoff bis zu ihren Hüften schoben.

»Da ist ein Knopf«, murmelte Blair. Mit einer Bewegung, die sie für eine ungeduldige Geste hielt, fuhr sie an seinen Händen vorbei, um nach dem Knopf an ihrer Taille zu suchen. Aber als sie an dem Stoff herumtastete, stießen ihre Hände mit seinen zusammen und berührten sich in einer Art Liebkosung. Durch ihre Bewegung wurden seine Hände angehoben, bis seine Fingerspitzen nur wenige Millimeter von ihren Brüsten entfernt waren. Beide bedauerten, dass der Knopf bald gefunden und geöffnet war.

Das Kleid fiel um ihre Füße auf den Boden, und sie stand, nur mit einem winzigen Slip bekleidet, vor ihm.

»Ich hebe es später auf«, sagte Sean. Sie spürte seinen warmen Atem an ihrem Gesicht, ihrem Nacken und ihrer Brust. Unglaublich warm. Er nahm das T-Shirt, streifte es ihr über den Kopf und half ihr, in die Ärmel zu schlüpfen. Dann zog er es bis knapp zu ihrem Slip herunter. »So.« Er klang erleichtert.

Wieder nahm er sie auf die Arme, trug sie zum Bett und legte sie so vorsichtig darauf, wie es vielleicht eine Mutter mit ihrem Neugeborenen tut. Er wandte sich rasch ab, als sie sich beeilte, sich zuzudecken.

»Soll ich das in den Schrank hängen?«, fragte er, ihr den Rücken zugewandt, als er das Kleid aufhob.

»Ja, danke«, antwortete sie leise und schloss die Augen, um gegen ihr Verlangen, er möge sich neben sie legen, anzukämpfen.

Vorsichtig arrangierte er das Kleid auf einen Kleiderbügel und hängte ihn in den Schrank. »Möchtest du sonst noch etwas? Einen Tee? Wein?«

Sie schüttelte den Kopf. Ihre Haare, die sie gerade von den Nadeln befreit hatte, fielen ihr über die Schultern herab. »Nein, ich habe alles.«

Er setzte sich auf die Bettkante und schaute sie eine ganze Weile an. Hätte er sie jetzt in den Arm genommen, dann hätte sie sich nicht dagegen gewehrt, wie sie sich später eingestand. Sie wünschte sich nichts sehnlicher, als seine Lippen auf ihren zu spüren – fest und hartnäckig, ihre Bedenken in den Wind schlagend. Sie wünschte sich seine sanften Hände auf ihrem Körper, die sie zu Reaktionen veranlassten, welche, wie sie wusste, direkt unter der Oberfläche brodelten; Reaktionen, die viel zu lange unterdrückt worden waren und darauf brannten, eine Chance zu erhalten und endlich ausgelebt zu werden. Sie wünschte sich, von ihm Wörter ins Ohr geflüstert zu bekommen, kühnes, erregendes Liebesgeflüster, das auszusprechen sie keinem anderen Mann je gestattet hätte. Ob er es ehrlich meinte oder nicht, sie sehnte sich danach, es aus seinem schönen Mund, durch diesen sinnlichen Schnurrbart zu hören.

Aber er nahm sie nicht in die Arme. Vielmehr fragte er sie leise: »Wäre es nicht besser, du hättest ein Kissen unter dem Knie?«

»Ja, wahrscheinlich.«

Er nahm das zweite Kissen, jenes, auf dem der Vorhang ihrer dunklen Haare nicht ausgebreitet lag, und hob die Bettdecke an. Er biss die Zähne zusammen, um sich beim Anblick ihrer nackten Beine zwischen den weichen Laken ein Aufstöhnen zu verkneifen. Ihr Busen wirkte im Liegen flach, nur die Brustwarzen waren aufgerichtet und erregten ihn. Ihr Bauch war unterhalb ihres Rippenbogens nach innen gewölbt, und die wenigen Zentimeter Haut zwischen dem Saum ihres T-Shirts und dem Spitzenrand ihres Slips wirkten auf ihn unglaublich verführerisch.

Um Sachlichkeit bemüht, schob er das Kissen unter ihr Knie und legte das Bein vorsichtig darauf. Er konnte nicht widerstehen, mit der Hand über ihr Schienbein zu streichen und dann hinten den festen Muskel ihrer Wade zu umfassen. Ihre Augen weigerten sich, offen zu bleiben, und sie seufzte, als sie die Lider mit dem langen Wimpernkranz wieder schloss.

Die nächste Berührung, die sie spürte, war, als er mit den Fingern über den samtigen Streifen Haut ihres Bauches fuhr, der ihn so faszinierte. »Blair, bitte schau mich an.«

Langsam hob sich der Schleier dunkler Wimpern. Der Schein der Lampe beleuchtete die eine Seite seines Gesichts, während die andere im Dunkeln lag. Das Grübchen in seinem Kinn wirkte tiefer, männlicher und markanter denn je. Seine Haare glänzten in dem goldenen Licht.

»Ich begehre dich«, sagte er eindringlich. »Das weißt du. Daraus habe ich keinen Hehl gemacht.« Er streichelte ihr mit dem Handrücken über die zarte Wange. »Wenn dir klar wird, wie gut wir miteinander befreundet sind«, sagte er und deutete ein Lächeln an, »dann küsse ich dich hier.« Mit einer federleichten Berührung zeichnete er ihre Lippen nach, dann strich er ihren Hals hinab zu ihrer Brust. »Und hier.« Durch den weichen Baumwollstoff ihres T-Shirts streichelte er ihre Brustwarze und wurde mit einer eindeutigen Reaktion belohnt. »Hier«, sagte er und massierte ihren Nabel auf hypnotisierende Weise. Seine Hand glitt tiefer und berührte sie erneut. »Hier«, sagte er schroff. »Überall.«

Reflexartig bog sie sich ihm entgegen, und ein leiser Schrei der Hilflosigkeit entschlüpfte ihren Lippen. Er umfasste ihr Gesicht und fuhr mit den Daumen über ihre Wangenknochen.

»Sean«, hauchte sie.

»Gute Nacht.« Er beugte sich hinab, um sie flüchtig auf den Mund zu küssen, und sein Schnurrbart streifte nur kurz ihre Lippen.

Schnell knipste er das Licht aus, ging durch das Zimmer und zur Tür hinaus. Blair lauschte seinen Schritten, bis es still wurde. Dann hörte sie, wie seine Hintertür hinter ihm zufiel.

Sie lag allein in der Dunkelheit. Allein mit dem Abdruck seiner Finger, der auf ihrer Haut an all den Stellen brannte, an denen er sie berührt hatte. Allein mit ihrer Fantasie und den erotischen Bildern vor Augen. Allein mit dieser immer größer werdenden Leere tief in ihrem Inneren, die sich danach sehnte, ausgefüllt zu werden.

Sie trank gerade am Küchentisch ihre zweite Tasse Tee und bewegte vorsichtig ihr Knie, als sie ihn die Treppe heraufkommen hörte. Vorsichtig klopfte er an.

»Herein!«, rief sie. Sie war gleich nach dem Aufstehen in Shorts und ein trägerloses elastisches Top geschlüpft und hatte getestet, wie stark ihr Knie war. Zum Glück konnte sie schmerzfrei gehen.

Er schob die Tür auf, kam herein und machte gleich ein finsteres Gesicht. »Warum bist du denn nicht im Bett?«

»Ich trinke Tee«, antwortete sie.

»Schlaubergerin. Tut dein Knie nicht weh?«

»Ich könnte schlau sein und so etwas sagen, wie ›Nur, wenn ich lache‹ oder ›Nur wenn ich atme‹, aber für solche Banalitäten habe ich mich noch nie hergegeben.«

»Dann tut es also weh.«

Sie lachte über die tiefe Sorgenfalte auf seiner Stirn. »Bitte entspanne dich. Nein, es tut nicht weh. Ich glaube nicht, dass ich damit in *A Chorus Line* auftreten oder beim Boston Marathon mitlaufen könnte, aber ich kann immerhin gehen. Möchtest du eine Tasse Tee?«

»Ich hasse Tee.«

»Tatsächlich? Ich dachte, alle Iren trinken so gerne Tee. Wie war das mit dem Vortrag von ›Danny Boy‹?«, stichelte sie.

»Es muss dir eindeutig besser gehen. Du bist wieder so schlagfertig. Wärst du nicht bereits so mitgenommen, wäre ich versucht, dich für deine Unverschämtheit zu bestrafen.«

»Und wie? Indem du mir eine wohlverdiente Tracht Prügel gibst?«

Sein Blick wanderte an ihr hinauf und hinunter und blieb an dem gespannten Stoff über ihrem Busen hängen. »Es gibt andere, angenehmere Arten der Bestrafung.« Er brauchte es ihr nicht zu demonstrieren. Allein die Erwähnung und die vernehmbare Anspannung in seiner Stimme führten dazu, dass es ihr die Sprache verschlug und jede Schlagfertigkeit dahin war. »Ich komme, weil ich dich fragen wollte, ob du vielleicht Lust hast, dir dein neues Studio anzuschauen.«

Blair hoffte, ihre Rolle gut gespielt zu haben. Ihre flapsigen Bemerkungen waren nur ein Ablenkungsmanöver gewesen, weil ihr Herz höher geschlagen und sie schweißnasse Hände bekommen hatte, als sie ihn die Treppe hatte heraufsteigen hören. Er hatte ihre Träume beherrscht. Die ganze Nacht war sie von der Erinnerung an seine Küsse verfolgt und von Fantasien zukünftiger Küsse gequält worden.

Sie hatte sich immer wieder eingeredet, dass sie nur wegen ihrer schmerzenden Knie und der unbequemen Rückenlage nicht schlafen könne, aber selbst als bereits der Morgen dämmerte, war sie davon noch nicht wirklich überzeugt gewesen. Sie hoffte nur, dass sie die schwachen dunklen Ringe unter ihren Augen erfolgreich überschminkt hatte.

Dass sie ständig an einen Mann dachte, den sie kaum kannte, jagte ihr Angst ein. Das ging alles viel zu schnell, und sie schien ihr eigenes Leben einfach nicht mehr im Griff zu haben. Sie konnte sich nicht erinnern, wann es aus dem Ruder gelaufen war, aber sie glaubte, dass es zu dem Zeitpunkt passiert war, als sie einem Masseur die Tür geöffnet hatte und ihr Blick auf Sean Garrett gefallen war.

Außerdem wurde ihr klar, dass es zwischen ihnen kein Mittelding geben konnte. Sie konnten nicht einfach nur Freunde sein, das zu behaupten war einfach nur albern. Das wussten sie beide. Er hatte ihr ohne Umschweife seinen Wunsch gestanden, dass er ihr Geliebter sein wollte. Sie schien auf diese Entscheidung zuzusteuern und wusste doch ganz genau, dass es ihr unmöglich war, sich mit einem Mann einzulassen, geschweige denn mit einem, mit dem sie absolut nichts gemeinsam hatte.

Das Einzige, was ihr übrig blieb, war, darauf zu verzichten, ihn allzu häufig zu sehen. Aus den Augen aus dem Sinn. Lass es gar nicht erst zur Versuchung kommen – das hatte sie an diesem Morgen beim Aufstehen beschlossen. Doch jetzt wurde dieser Entschluss auf die Probe gestellt.

»Ich kann selbst hinfahren, wenn du mir sagst, wo es ist. Bestimmt hast du etwas anderes zu tun.« Sie stand vom Tisch auf und ging zur Spüle, um ihre Tasse auszuschwenken. Es war ihr egal, ob die Tasse sauber war oder nicht, aber diese Beschäftigung bot ihr einen vernünftigen Vorwand, ihm den Rücken zuzukehren. Sie fand ihn so verdammt attraktiv. Seine Jeans waren ihm um die Hüften zu eng, die Schenkel und sein Geschlecht zeichneten sich deutlich ab. Das Poloshirt lag eng an und betonte die wohlgeformten Rundungen seiner breiten Schultern und der Brust sowie seine schmale Taille.

»Heute ist Samstag. Am Samstag arbeite ich gewöhnlich nicht.«

»Nun, dann möchtest du mich nicht dorthin fahren, weil das für dich ja Arbeit bedeuten würde. Ich fahre heute oder morgen selbst hin.«

»Aber du kommst nicht in das Gebäude rein, weil …« Er kramte in der Tasche seiner Jeans, was er ihrer Meinung nach nicht hätte tun sollen, weil das den Stoff über seiner Männlichkeit noch mehr spannte. »Weil ich im Besitz des einzigen Schlüssels bin.«

Ihrer Erleichterung, dass er ihn endlich herausgefischt hatte, machte Verärgerung Platz. Er ließ den Schlüssel an seinem Messingring nur wenige Zentimeter vor ihren Augen hin und her baumeln. »Ich vermute, es ist zu viel verlangt, dass du mir den Schlüssel einfach gibst?«

Er verzog den Schnurrbart zu einer gespielt mitleidigen Miene. »Tut mir leid.« Seine funkelnden Augen verrieten, dass genau das Gegenteil der Fall war.

»Hm. Ich bin mir sicher, dass du todtraurig bist.«

Da verzog sich der Schnurrbart zu einem breiten Grinsen. »Komm schon. Lass uns gehen. Hast du schon gefrühstückt? Wie wäre es, wenn wir uns unterwegs ein paar Donuts besorgen?«

»Donuts!«, rief sie aus. »Wenn ich überhaupt etwas frühstücke, dann esse ich einen Becher Magerjoghurt.«

Er zuckte mit den Achseln. »Ich sehe schon, dass es einiger Arbeit bedarf, dich vom geraden und tugendhaften Pfad abzubringen und auf eine Bahn der Sünde und Wollust zu locken. Komm schon.«

Er ließ ihr kaum Zeit, nach ihrer Tasche zu greifen, dann schleppte er sie aus der Wohnung, trug sie die Treppe hinunter und setzte sie auf den Beifahrersitz seines uralten Pick-ups.

»Du musst nicht versuchen, mich zu beeindrucken«, sagte sie sarkastisch, als sie das eingerissene Plastikpolster kritisch beäugte, aus dem Büschel der Baumwollpolsterung wie Blüten herausquollen. Auf dem kahlen Metallboden lagen alte und längst vergessene Baupläne und eine Vielzahl von Werkzeugen verstreut, von denen Blair einige nicht einmal identifizieren konnte.

Sean grinste nur, als er den ersten Gang einlegte und der Laster aus der Einfahrt tuckerte. »Wenn du mich liebst, liebst du auch meinen Pick-up.«

Ungeachtete ihres Protests hielt er bei einer Bäckerei an, um eine Tüte Donuts zu kaufen. Er legte sie auf den Sitz zwischen ihnen, und Blairs Magen knurrte, als der

Hefeduft die Fahrerkabine erfüllte. Sean brüllte vor Lachen. Er hielt bei einem Lebensmittelladen an und kaufte eine Packung Milch, dann fuhren sie in dem ramponierten Laster die holprige Straße entlang zu dem leer stehenden Gebäude, das er ihr überlassen wollte, damit sie es als Studio nutzen konnte.

Er ließ das Frühstück für später liegen, kam um den Wagen herum, um sie herauszuheben und sie zur Tür des Gebäudes zu tragen. »Das ist nicht nötig, Sean«, protestierte sie, als er den Gehsteig entlangging, statt den ausgetretenen Pfad über die verdorrte Wiese zu nehmen.

»Darüber lässt sich streiten, zumal ich gestern Abend dein schmerzverzerrtes Gesicht gesehen habe, aber in jedem Fall gibt es mir die Möglichkeit, dich anzufassen.«

Sie hatte nicht zugeben wollen, wie sehr sie sich darauf gefreut hatte, wieder von seinen Armen gehalten zu werden. Sie liebte das Gefühl seiner harten Brust an ihrer Seite. Wie selbstverständlich hatte sie die Arme um seinen Nacken geschlungen und die Hände direkt unterhalb seiner Haare, die ihm bis zum Kragen reichten, verschränkt. Das Gefühl seines nackten Arms unter ihren nackten Beinen elektrisierte ihren Körper geradezu. Die Hand des anderen Arms, der ihren Rücken stützte, war um ihre Seite gelegt und berührte mit den Fingerspitzen sanft ihre Brust.

»Und außerdem, was ist schon eine kleine Vertraulichkeit unter guten Freunden?«, flüsterte er ihr ins Ohr.

Sofort löste sie ihre Arme und war verärgert, als er lediglich auflachte. Er stellte sie vorsichtig ab und vergewisserte sich, dass ihr Bein nicht wie am Vorabend nachgab. Dann steckte er den Schlüssel ins Schloss und warnte sie: »Es sieht nicht gerade großartig aus, also bekomm keine Panik. Lass mir eine Woche Zeit, dann ist alles tipptopp.«

Er hatte gut daran getan, sie vorzuwarnen. Denn andernfalls wäre ihr entsetzter Aufschrei wohl noch lauter ausgefallen. Der Saal war eine einzige Katastrophe. Der Boden war kaum zu sehen, weil überall alte Holzbalken und Abfall herumlagen. Große Gipsstücke hatten sich von der Decke gelöst und waren heruntergefallen. Die Wände waren aus Gründen, die Blair nur erahnen konnte, verschrammt und durchlöchert. Der ganze Raum sah aus, als hätte hier ein zorniger Riese gewütet und Beweise seiner üblen Laune hinterlassen.

Blair drehte sich um und sah hilflos zu Sean auf, Entsetzen stand ihr ins Gesicht geschrieben, und ihre grünen Augen wirkten verwirrt. Beruhigend legte er den Arm um ihre Schulter. »Kopf hoch! Ich hab dir gesagt, dass du nicht in Panik geraten sollst.«

»Aber das ist ... das ist unmöglich!«

»Nichts ist unmöglich. Du hättest ein paar ›Vorher‹-›Nachher‹-Aufnahmen der Häuser sehen sollen, die ich renoviert habe. Die waren seit einem Jahrhundert oder noch länger im Verfallen begriffen. Bei diesem Gebäude hier sind es nur etwa vierzig Jahre.« Er lachte, weil sie so verdutzt dreinschaute. »Gleich Montag früh lasse ich eine Firma kommen, die alles entfernt, was nicht niet- und nagelfest ist. Ein Maurer wird kommen und die Reparaturen an den Wänden durchführen, ein anderer die an der Decke und so weiter. Sieht der Boden für dich okay aus?«

Er schob einen Haufen wurmstichiger Holzbalken zur Seite, damit sie den Boden darunter sehen konnte. Sie ging in die Hocke. »Ja, ich glaube schon.«

»Jemand wird ihn abschleifen und frisch versiegeln.

Das Deckenfenster sieht intakt und dicht aus, aber das prüfe ich nach.«

Nun, da der erste Schock überwunden war, begann sie allmählich, ein paar der Vorzüge dieses Raums zu erkennen. Sie schaute zum Deckenfenster hinauf, das über die gesamte Länge des Saals führte. »Das gefällt mir«, sagte sie. »Es gibt nichts Schlimmeres als ein düsteres Studio.«

»Was brauchst du, Blair? Ich gestehe, dass ich absolut keinen Schimmer habe, wie ein Tanzstudio auszusehen hat.«

»Eine Wand muss verspiegelt werden.« Während sie sprach, machte er sich in Gedanken Notizen. »Eine Ballettstange natürlich. Ich glaube, ich kann dir Tipps geben, wo man diese Sachen in New York bekommt.«

»Okay. Was noch?«

»Ich denke, es sollte so etwas wie einen Umkleideraum geben.«

»Hinten ist eine große Umkleide mit Toiletten und Duschen. Ich sorge dafür, dass sie renoviert werden und funktionieren. Außerdem gibt es ein kleines Büro, das du nutzen kannst. Vielleicht möchtest du deine Stereoanlage, die CDs und was immer du sonst noch verwendest, dort einschließen. Ich richte es her.«

»Sean«, sagte sie besorgt. »Ich möchte nicht, dass du dafür große Ausgaben hast. Und ich weiß, dass es dich eine Menge Geld kosten wird. Ich denke, ich sollte Pam lieber sagen, dass das nicht funktioniert. Du …«

»Lass die Kosten meine Sorge sein. Ich habe dir das Gebäude freiwillig angeboten. Es nützt niemandem etwas, wenn es hier vor sich hin rottet. Und so ist es ein Schandfleck. Da kann es genauso gut als Studio für Ballettunterricht dienen.«

»Aber es ist ja nur vorübergehend!«, schrie sie.

»Tatsächlich?« Sein Blick war so durchdringend, dass er ihr Gehirn in Brand zu setzen schien.

Einen Moment verschlug sein bohrender Blick ihr die Sprache. »Ja. Sobald ich kann, werde ich in New York meinen Beruf wieder ausüben«, stellte sie schließlich entschieden fest.

»Dann solltest du dir keine Sorgen machen, was ich in der Zwischenzeit unternehme«, entgegnete er kühl. »Ich habe dir gestern gesagt, dass ich dieses Gebäude in der Absicht gekauft habe, es eines Tages in ein Fitnessstudio zu verwandeln. Das jetzt wird nur die erste Renovierung sein. Ich betrachte sie als Investition.«

Von seiner bissigen Feststellung und der feindseligen Haltung getroffen, wandte sie sich von ihm ab und ging vorsichtig davon, stieg über den am Boden liegenden Bauschutt. Sie musste Distanz zwischen sich und ihn bringen. Platz. Luft. In seiner Nähe konnte sie einfach nicht klar denken. Einen kurzen Augenblick lang war sie, als er sie herausgefordert hatte, unsicher gewesen, ob sie ihre Arbeit wirklich wieder aufnehmen wollte. Selbstverständlich wollte sie das! Das war schließlich ihr Leben. Aber der Zwischenfall hatte ihr klargemacht, welch große Gefahr seine Sinnlichkeit für ihr Urteilsvermögen darstellte.

Je eingehender sie den Saal inspizierte, desto unmöglicher kam es ihr vor, ihn in irgendetwas Vernünftiges zu verwandeln, geschweige denn in einen Raum, in dem man Tanzunterricht geben konnte. Sean machte sich selbst an die Erkundung und klopfte hin und wieder an die Wände, um Balken oder hohle Stellen ausfindig zu machen.

Blair gelangte zu der Tür zu dem kleinen Büro, das Sean erwähnt hatte, und nachdem sie ein paar Mal fest dagegen drückte, ging sie auf. Sie hatte durch die staubige Glasscheibe oben in der Tür hineingespäht und gesehen, dass dieser Raum so schmutzig und voller Bauschutt war wie der Rest des Gebäudes, deshalb war sie über den muffigen Geruch nicht überrascht, der ihr in die Nase stieg.

Was sie jedoch nicht erwartet hatte, war die Mäusefamilie, die in alle Richtungen davonflitzte, als sie durch das Öffnen der Tür aufgeschreckt wurde. Nur Blairs schriller Schrei hielt eine Maus davon ab, über ihre in Sandalen steckenden Füße zu huschen. Blair schrie noch immer, als die verängstigte Maus eine andere Richtung einschlug und sich mit hin und her schlagendem Schwanz unter dem olivgrünen metallenen Aktenschrank in der Ecke verkroch.

»Blair?«, rief Sean besorgt und kämpfte sich hastig über die Schutthaufen zu ihr durch.

Sie dagegen flog, ungeachtet der Gefahr, der sie ihre verletzten Beine aussetzte, geradezu über den von Schmutz bedeckten Boden.

»Sei vorsichtig, Blair!«, warnte Sean. »Nein … Warte …«

Als er sie an sich riss, warf sie sich ihm an die Brust, schlang die Arme um seinen Nacken und die Beine um seine Hüfte. Sie vergrub das Gesicht an seinem Hals. Schnell trug er sie zu einer weniger verschmutzten Stelle unweit der Eingangstür. Mit der einen Hand strich er ihr übers Haar, während die andere ihren Hintern stützte. Sie zitterte am ganzen Leib. Ihr ungleichmäßiger Atem strich über die Haut an seinem Hals.

»Schsch. Es ist alles in Ordnung. Ich bin ja da«, murmelte er in ihr Haar und hielt sie fest. »Was war es? Eine Schlange? Eine Spinne? Eine Ratte?«

Mit aschfahlem Gesicht blickte sie zu ihm auf. Ihre grünen Augen waren entsetzt aufgerissen. »Ratten? O mein Gott. Ich dachte, es wären Mäuse. Ratten?« Sie erschauderte, kniff die Augen zusammen und legte das Gesicht wieder an seinen Hals, der breit wie eine Säule war.

»Vielleicht waren es ja nur Mäuse, und ich wette, die hatten genauso viel Angst vor dir wie du vor ihnen.«

Sie schüttelte den Kopf. »Ich hasse solche Tiere. Kleine, wild herumflitzende Biester mit Knopfaugen. Wie sich jemand eine weiße Ratte, eine Wüstenspringmaus oder so etwas als Haustier halten kann, war mir schon immer unbegreiflich«

»Ich verspreche dir, dass ich dir nie etwas schenke, was kleiner als ein Bernhardiner ist.«

Da wurde ihr klar, dass er ihr direkt ins Ohr sprach. Dass sein Mund ihre Haare zur Seite geschoben hatte und feuchten Dampf auf ihrer Haut hinterließ. Sein Schnurrbart kitzelte sie am Hals, und seine Zähne rieben sanft über ihre Haut.

Sie hob den Kopf und wich so weit zurück, wie sie nur konnte. »Ich komme mir wie eine Idiotin vor, dass ich mich so an dich geschmissen habe.«

»Ich versichere dir, das hat mir nichts ausgemacht.« Seine Augen funkelten schelmisch, und sein Mund war zu einem zufriedenen Lächeln verzogen.

Da wurde Blair mit einem Schlag ihre Haltung bewusst. Er hatte die Hände unter ihre Hüften gelegt und drückte sie an sich. Sie hatte die Knöchel auf Hüfthöhe hinter seinem Rücken verschränkt. Angesichts der vieldeutigen Haltung ihrer Körper errötete Blair heftig.

»Jetzt … jetzt ist wieder alles gut. Du kannst mich herunterlassen.«

»Kein Problem. Wirklich«, entgegnete er ganz ungeniert.

»Sean«, sagte sie mit drohender Stimme, und er lachte.

»Lass mich dich wenigstens hier rausbringen.« Er trug sie in dieser Haltung, bis sie durch die Tür waren. Sie versuchte, seinem Blick auszuweichen, der direkt auf sie gerichtet war. Er genoss jede Bewegung, jeden Ruck, jede Berührung ihrer Körper. Als sie im Freien waren, stellte er sie bedauernd auf dem Betonboden ab und machte sich daran, die Tür wieder abzuschließen. Bis er damit fertig war, hatte sie die Hälfte der Strecke zum Wagen bereits zurückgelegt.

»Ich sollte dich eigentlich tragen!«, rief er ihr zu.

»Ich habe dir gesagt, dass es mir gut geht. Wenn ich meine Beine nicht gebrauche, werden sie steif.«

Sie meinte, ihn einen deftigen Fluch ausstoßen zu hören, aber sie zog sich in die Kabine des Pick-ups hinauf und knallte die quietschende Tür hinter sich zu. Hätte er sie noch einmal angefasst, dann wäre sie explodiert, hätte sich in ihre Bestandteile aufgelöst und nie mehr zu Blair Simpson zusammengesetzt werden können. Vielleicht würden die Fragmente zu einer anderen Person zusammengefügt werden können, doch wenn sie es zuließ, dass er sie noch einmal auf diese Weise berührte, so wie jede Zelle ihres Körpers danach verlangte, berührt zu werden, dann war sie nicht mehr Herr über sich selbst. Dann war sie verloren.

Er startete den Laster und sagte leichthin: »Mach dir um die Renovierung keine Sorgen. In ein paar Tagen wirst du den Saal nicht wiedererkennen.«

»Das hoffe ich«, antwortete sie missmutig. Wie konnte er nur so locker sein, wo sie doch innerlich bebte? War er es gewohnt, Frauen in den Armen zu halten, sie ungeachtet jedes Anstands, jeder Moral oder Schicklichkeit an sich dahinschmelzen zu sehen? Ging er nach jeder Umarmung unbekümmert davon, als wäre nichts geschehen?

»Und als Allererstes werde ich ein paar Fallen aufstellen, damit das Gebäude garantiert mausfrei wird.«

»Danke«, sagte sie kurz angebunden.

»Hast du noch immer Hunger oder hat dir der Schreck den Appetit genauso verdorben wie die gute Stimmung?«, fragte er und bog in die Straße ein, die zu dem kleinen öffentlichen Park der Gemeinde führte. Sie ignorierte seine Stichelei und saß wie versteinert neben ihm, als er unter den weit ausladenden Ästen einer Eiche anhielt und den stotternden Motor ausschaltete. »Das Frühstück ist serviert, Madam«, sagte er in dem ernsten, ausdruckslosen Tonfall eines steifen Butlers.

»Fahr zur Hölle!«, entgegnete sie, aber ihre Mundwinkel zuckten bereits, weil sie lachen musste.

»Ts, ts, keine vulgäre Sprache, bitte. Vielleicht habe ich dann keinen Respekt mehr vor dir. Und falls ich je aufhören sollte, dich zu respektieren, dann nimm dich in Acht.« Sein Zeigefinger fuhr von ihrem Knie am Innenschenkel hinauf. Sie packte seine Hand, unmittelbar, bevor sie am Saum ihrer Shorts ankam.

Sie hätte sich gewünscht, ihre Stimme hätte überzeugender geklungen und weniger gezittert, als sie sagte: »Nun, ich habe noch nie Respekt vor dir gehabt.«

Sie musste sich mit der Schulter kräftig gegen die Wagentür stemmen, damit sie aufging, und als sie schließlich nachgab, wäre Blair beinahe mit dem Kopf voraus aus dem Laster gefallen. Sean lachte noch immer, als er sich zu ihr an den Picknicktisch setzte und die Milchpackung und die Tüte Donuts mitbrachte. »Das war sehr graziös. Was bietest du als Zugabe?«

Sie suchte nach einer passenden Replik, stellte aber bedauernd fest, dass ihr keine einfiel, und schloss sich stattdessen seinem Lachen an, während sie sich auf den Holztisch setzte. Er griff in die Tüte und holte einen glasierten Donut heraus. »Für dich.« Als er sah, dass sie im Begriff war, abzulehnen, warf er ihr einen tadelnden Blick zu.

»Vielleicht einen halben«, gab sie klein bei.

»Nein, nein. Wir haben, wenn wir die aufgegessen haben, noch welche, die mit Sahne gefüllt und mit Schokolade überzogen sind«, stellte er fest und biss mit seinen starken weißen Zähnen die Hälfte seines Donuts ab.

Sie schaffte es, zwei zu essen, und leckte sich genüsslich die Sahne von den Fingern. Als sie fertig waren, warf Sean die Krümel auf den Boden. »Du hast doch keine Aversion gegen Vögel, oder? Die haben nämlich auch Knopfaugen.«

»Aber sie flitzen nicht herum.«

»Das stimmt«, sagte er schmunzelnd und wischte sich die letzten Krümel von den Händen. Sie beobachteten, wie sich eine Schar Spatzen gierig über das unerwartete Mahl hermachte. »Möchtest du etwas Milch?«, fragte er und öffnete die Packung.

»Nur einen Schluck. Haben wir Becher?«

»Becher!?«, fragte er gespielt entgeistert. »Wo bleibt der Spaß beim Picknicken, wenn man konventionelle Symbole der Zivilisation wie Becher benutzt?« Er reichte ihr die Milchpackung.

Besorgt beäugte sie die V-förmige Öffnung. »Ich glaube nicht, dass ich daraus trinken kann, aber ich versuche es.« Sie nahm einen Schluck, dann spürte sie, dass ihr aus den Mundwinkeln Milchrinnsale bis zum Kinn hinunter liefen. Sie setzte die Packung ab, lachte und versuchte, die tropfende Milch mit den Händen abzuwischen.

Ihre Handgelenke wurden von starken Fingern umklammert. Sean sprang vom Tisch und stellte sich vor sie. »Darf ich?« Fasziniert beobachtete er, wie die beiden Milchrinnsale zu einem verschmolzen und dann ihren Hals hinunterliefen, bis sie schließlich ganz oben auf ihrem Brustansatz einen kremigen weißen Tropfen bildeten.

Er starrte den Tropfen lange an, dann senkte er den Kopf und leckte ihn auf. Er hörte ihr kurzes, leises genüssliches Stöhnen und schmunzelte gegen die Haut unter seinen Lippen. Ganz langsam küsste er alle Milchreste weg, leckte sie mit der Zunge auf. Er arbeitete sich an ihrer Brust bis zum Hals hoch, ließ sich jede Menge Zeit und erledigte diese Aufgabe sorgfältiger, als eigentlich nötig war.

Als er nach einigen Minuten bei ihrem Mund ankam, leckte er sanft ihre Lippen und quälte sie, weil er nicht mehr tat.

Als er schließlich ein wenig zurückwich, hörte er sie protestierend aufstöhnen. »Alles sauber«, sagte er fast tonlos.

Blair fühlte sich, als baumele sie an gespannten Fäden über einem Kessel brodelnden Verlangens. Sie hatte den Eindruck gehabt, diese Fäden würden einer nach dem anderen reißen, als Seans Mund alle weiblichen Regungen ihres Körpers entfacht und ihre Sinne geweckt hatte. Jetzt hatte sie das Gefühl, das Schicksal habe vorherbestimmt, dass sie in diesen tosenden Abgrund fiel und darin unterging.

»Noch nicht ganz«, flüsterte sie und beugte sich vor. Ein Stückchen Zuckerguss eines Donuts hing an seinem Schnurrbart. Es löste sich an ihrer Zungenspitze auf. Von ihrem Mut ermuntert, fuhr sie mit der Zunge an der Unterseite seines Schnurrbarts entlang und kitzelte seine Oberlippe, indem sie sie immer wieder vorschnellen ließ.

Die Finger um ihre Handgelenke spannten sich an, und seine Brust drückte gegen ihre, als er sich vorbeugte. Seine Stimme klang messerscharf, als er knurrte: »Miss Simpson, wenn Sie keine Vorliebe für Sex auf öffentlichen Picknicktischen haben, schlage ich vor, Sie hören augenblicklich auf und lassen das sein.«

Ihr Kopf fuhr hoch.

Er zwinkerte ihr zu, küsste sie heiß und innig, dann sagte er: »Und außerdem haben wir noch eine Menge Arbeit zu erledigen.«

6

Beide hatten tatsächlich eine Menge Arbeit, und die folgende Woche verging wie im Flug. Sean teilte sich seine Zeit auf, er erfüllte seinen aktuellen Auftrag, den Anbau am Haus der Delgados, und arbeitete zugleich an dem neuen Tanzstudio. Er hatte für jeden Bereich Spezialisten beauftragt, die die notwendigen Arbeiten übernahmen, doch er schaute jeden Nachmittag bei ihnen vorbei, um sich zu vergewissern, dass alles seinen hohen Ansprüchen gemäß ausgeführt wurde. Wenn Blair ihn nicht begleiten konnte, berichtete er ihr über den Fortgang der Arbeiten.

Diese Berichte lieferte er gewöhnlich beim Abendessen, entweder in seinem Haus, in ihrem Apartment oder in einem der guten Restaurants am Strand. Blair machte sich zwar Gedanken, weil sie so viel Zeit miteinander verbrachten, aber sie rechtfertigte dies, indem sie sich selbst einredete, es ginge schließlich ums Geschäftliche.

Eines Abends kreuzten Pam und Joe vor ihrer Wohnungstür auf und brachten den versprochenen CD-Player vorbei. »Wir dachten, dass du vielleicht ein paar Tage brauchst, bis du dich damit vertraut gemacht hast und ihn bedienen kannst«, sagte Joe, der ihn herein trug und auf den Küchentisch stellte.

»Wo sind die Kinder?«, erkundigte sich Blair.

»Zu Hause, Andrew passt auf. Er herrscht, wenn wir nicht da sind, wie ein Despot, deshalb müssen wir zurück sein, bevor ein Meuchelmord passiert. Mandy hat sich übrigens für deine Stunden am Montag und Mittwoch angemeldet.«

»Ich glaube, das hat jedes kleine Mädchen der Stadt getan«, sagte Blair. Sie erzählte ihnen, dass ihr Telefon, nachdem die Anzeige in der örtlichen Zeitung erschienen war, unentwegt geläutet hatte. Allerdings war die Mundpropaganda ebenso verantwortlich für die große Aufmerksamkeit, die ihre Tanzstunden weckten. »Auch der Kurs für Damen füllt sich allmählich. Ich werde die Zahl der Anmeldungen begrenzen müssen, sonst kann man sich gar nicht mehr rühren.«

»Ich wusste doch gleich, dass das eine hervorragende Idee ist«, erklärte Pam. »Nur noch drei Tage, dann fängst du an. Wird das Studio auch rechtzeitig fertig?«

»Sean hat es mir fest zugesagt. Es macht sich weit besser, als ich zu hoffen gewagt habe.«

»Nur Sean konnte das in so kurzer Zeit hinkriegen. Er ist ein Sklaventreiber, aber die Männer, die für ihn arbeiten, würden für ihn durchs Feuer gehen, wenn er sie darum bitten würde«, erklärte Joe.

»Du siehst ganz fit aus«, stellte Pam mit kritischem Blick fest. »Wie geht es deinen Knien?«

»Sie halten jeden Tag ein bisschen länger durch.« Sie hatte jeden Vormittag vorsichtig trainiert und am Nachmittag die Beine ausgeruht, sie mit warmen Umschlägen behandelt und mehrere Stunden hochgelegt. »Möchtest du mir noch immer bei den Fitnessübungen helfen? Kannst du die Stunde halten, wenn ich dir die Schritte zeige?«

»Ich kann es kaum erwarten, wieder meine Tanzschuhe anzuziehen!«

Genau in diesem Augenblick stieß Sean die Tür auf und streckte den Kopf herein. »Ich habe nur zwei Cheeseburger, zwei Portionen Pommes Frites, zwei Becher

Malzmilch – einen mit Schokolade- einen mit Vanillegeschmack, aber wir teilen einfach. Nicht wahr?«, fragte er Blair mit einem schelmischen Zwinkern.

Sie eilte herbei, um ihm das mitgebrachte Essen abzunehmen, und er schüttelte Joe die Hand. »Wir wollten gerade gehen, außerdem hat Pam einen Schmorbraten im Ofen.«

»Schmorbraten«, sagte Sean und leckte sich über die Lippen.

»Ich tausche mit dir: Eine Portion Schmorbraten im Kreis von fünf Kindern gegen einen Cheeseburger, den ich in Ruhe essen kann«, bot Pam ihm an. Sean und Blair lehnten dankend ab. »Dafür habe ich vollstes Verständnis.«

Die Delgados verabschiedeten sich eilig, doch Pam konnte es sich nicht verkneifen, Blair verschwörerisch zuzuzwinkern. Die Botschaft, die dieses Zwinkern vermittelte, stand nach Blairs Meinung außer Frage. Sie wusste, dass sie und Sean in der ganzen Stadt so manches Stirnrunzeln hervorriefen und die Herzen der romantisch Veranlagten höher schlagen ließen.

Diese Leute wären enttäuscht gewesen, hätten sie den wahren Stand der Dinge gekannt. Seit dem morgendlichen Picknick hatte Sean sie nicht mehr angerührt, es sei denn, es war aus Höflichkeit unumgänglich gewesen. Er hatte keine sexuellen Anspielungen gemacht, keine persönlichen Gespräche angefangen, keine romantischen Szenen heraufbeschworen. Er behandelte sie wie eine geschätzte Freundin oder eine vertraute Geschäftspartnerin.

Jeden Abend, wenn sie sich verabschiedeten, drückte er ihr mit der Hingabe eines liebevollen Verwandten einen flüchtigen Kuss auf die Wange oder auch nicht, aber es kam zu keiner Wiederholung jener atemberaubenden Küsse, die sie zuvor getauscht hatten. Blair redete sich ein, sie sei froh, dass er endlich ihre Wünsche beherzige, aber sie fragte sich, warum sie sich selbst bei den einfachsten Aufgaben nur so schwer konzentrieren konnte; warum sie sich mit Leib und Seele auf ihr leichtes Trainingsprogramm stürzte, als versuche sie, einen lästigen Parasiten loszuwerden; warum sie nur von einer Rastlosigkeit erfüllt war, die sie nicht recht erklären konnte.

Wie versprochen, hatte Sean das Studio rechtzeitig fertig, bevor die Kurse anfangen sollten. Am Abend vor dem großen Tag nahm er Blair zu einer letzten Inspektionsrunde mit. Die Spiegelwand reflektierte ihre erstaunte Miene über die Verwandlung des Saals. Der Boden war abgeschliffen und dann so lackiert worden, wie es für ein Tanzstudio notwendig war. Die aus New York gelieferte Ballettstange war genau nach ihren Angaben vor der Spiegelwand angebracht worden. Die Kacheln der Duschen im Umkleideraum glänzten, das Büro war mit einem kleinen Schreibtisch, einem neuen Aktenschrank, einem Sessel und einem Telefon ausgestattet worden.

»Hundertprozentig mausfrei«, erklärte Sean, als er die Bürotür aufmachte.

Sie war völlig verblüfft, schaffte es aber, hervorzustoßen: »Sean, das ist … das ist zu viel. Ich wollte, dass es schön wird, aber das hier ist ja der reine Luxus! Ich habe in Manhattan nie in einem so schönen Studio gearbeitet.«

»Ich habe dir schon gesagt, dass es eine Investition ist«, erklärte er achselzuckend. »Ich plane nur ganz eigennützig für die Zukunft.«

Sie glaubte ihm nicht, wollte sich aber nicht mit ihm herumstreiten. Falls er bezweckt hatte, sie mit Begeisterung für ihr neues Projekt zu erfüllen, dann hatte er sein Ziel eindeutig erreicht. Sie konnte es kaum erwarten, am nächsten Vormittag ihre erste Ballettstunde zu geben.

Als diese erste Stunde vorüber war, hatte ihre Begeisterung jedoch einen ordentlichen Dämpfer bekommen, und sie war schon fast im Begriff, das Handtuch zu werfen. Sie hatte es mit fünfundzwanzig aufgeregten kleinen Mädchen und fünfundzwanzig unausstehlichen Müttern zu tun gehabt. »Das kann doch nicht wahr sein«, sagte sie zu Pam, als sie im Büro in den bequemen Sessel sank. Insgeheim dankte sie Sean für seinen Weitblick, dass er neben dem Schreibtischstuhl auch diesen Sessel hier aufgestellt hatte.

Pam lachte, während sie Mandy vor sich schob, um ihr die Zöpfe neu zu flechten. »Warte nur, bis du fünfunddreißig übergewichtige, aus der Form geratene Hausfrauen vor dir hast, die in zwei oder drei Wochen einen Körper wie deinen haben wollen. Die werden sich hier die Lunge aus dem Leib tanzen und dann nach Hause fahren und schnurstracks zu ihrem Geheimversteck mit den Süßigkeiten gehen.« Pam hatte mit dem Gummiband zu kämpfen, das sie um das Zopfende wickeln wollte. »Was machst du denn da?«

»Ich mache ein Plakat«, erklärte Blair und, schrieb mit einem Filzstift schwungvoll einen letzten Buchstaben auf einen weißen Karton. Dann hielt sie sich ihr Werk vor die Brust, damit Pam es lesen konnte.

»In der ersten Stunde jeden Monats sind Mütter willkommen. Sonst bringen Sie Ihr Kind bitte nur bis zur Tür. Danke, Blair«, las Pam vor. »Du lernst aber schnell.«

Sie lernte in den folgenden Wochen tatsächlich eine ganze Menge. Sie lernte, dass erwachsene Frauen daran erinnert werden mussten, dass sie nicht gleichzeitig quasseln und anstrengende Übungen machen konnten. Sie lernte, dass Kinder nie mit Kaugummi im Mund tanzen sollten, wollten sie nicht mit kaugummiverklebten Haaren nach Hause gehen. Sie lernte, Pfützen aufzuwischen, wenn kleine Mädchen nicht rechtzeitig zur Toilette rannten und dort mit Trikots und Strumpfhosen zu kämpfen hatten. Sie lernte, dass Frauen verärgert reagierten, wenn man ihnen sagte, dass sie bitte keine Kaffeebecher mit ins Tanzstudio bringen sollten.

Doch jeden Abend beim Essen, das sie in stillschweigendem Einverständnis nun immer gemeinsam einnahmen, erzählte sie Sean diese Vorkommnisse mit strahlenden Augen und lebhaften Gesten. Ihr war nicht klar, wie glücklich sie aussah, wie selten sie von ihren Knien sprach, die ihr kaum Probleme bereiteten, wenn sie bei der Vorführung der Schritte vorsichtig war. Sobald sie abends erschöpft auf ihr Sofabett fiel, schlief sie den Schlaf des Gerechten, doch sie war am nächsten Morgen stets bereit und voller Tatendrang.

Als sie eines Freitagnachmittags nach der letzten Stunde die Tür abschloss, wartete Sean in seinem am Straßenrand geparkten Mercedes auf sie. Sie winkte ihm zu, während sie bewusst den Gehsteig entlangging und nicht etwa über den Rasen lief, der dank Seans täglicher Bewässerung inzwischen aussah, als könnte er vielleicht doch überleben.

»Warum bist du so spät dran?«, rief er durchs Autofenster. »Die anderen sind alle schon lange weg.«

Blair war sich sicher, dass alle gesehen hatten, dass er auf sie wartete. »Ich habe noch ein bisschen trainiert und dann geduscht.«

»Magst du Champagner?«

»Nur, wenn er richtig gekühlt ist«, rief sie ihm zu.

»Dann hast du aber Glück. Er stand den ganzen Tag im Eis.« Sean stieg aus dem Auto aus, führte sie von dem geliehenen Wagen der Delgados weg, den sie noch immer fuhr, und schob sie zur Beifahrerseite seines Mercedes. »Pam hat gesagt, dass sie sich von Joe hierher fahren lässt und das Auto zu deiner Wohnung zurückbringt. Wir feiern heute Abend mit einem Picknick am Strand.«

»Und welchem Anlass verdanke ich diese zweifelhafte Ehre?«

»Der Tatsache, dass du nach zwei Wochen Tanzunterricht für die Frauen und Mädchen von Tidelands noch nicht durchgedreht bist«, neckte er sie, startete den Motor und fuhr vom Straßenrand los. Er hatte Shorts und ein T-Shirt an. Die untergehende Sonne fiel auf seine Beine und ließ die Härchen, die seine Haut bedeckten, golden glänzen.

»Das schreit natürlich nach einer Feier, aber macht es dir etwas aus, dass deine Begleiterin so angezogen ist?« Sie war nach der Dusche in ein sauberes Trikot geschlüpft und hatte sich einen Jeanswickelrock angezogen.

Ihre Haare waren noch immer feucht, in der Mitte gescheitelt und einfach zum Trocknen offen gelassen, was bedeutete, dass sie ganz glatt herunterhingen.

Er musterte sie aus dem Augenwinkel. »Ich denke, das geht so.«

Als sie ihm einen vernichtenden Blick zuwarf, lachte er. »Du weißt, dass ich dich immer schön finde.« Er streckte den Arm aus, schob die Hand unter ihren Rock und legte sie auf ihr Knie. Der Schock, der sie beide durchfuhr, traf sie mitten ins Herz. Es war seit Wochen das erste Mal, dass er sie anders berührte als mit freundlicher Kameradschaftlichkeit, und das entfachte die ganze aufgestaute Anspannung und Leidenschaft, die beide verzweifelt zu unterdrücken versucht hatten.

»Wie geht es deinen Beinen?«, fragte er leise.

»Gut«, antwortete sie mit kehliger Stimme, dann räusperte sie sich. »Ich habe gestern mit dem Arzt gesprochen. Er sagt, ich soll so weitermachen. Er will mich in einem Monat wieder sehen.«

Die Finger um ihr Knie spannten sich kurz an, dann zogen sie sich langsam zurück. Sean fuhr in die Einfahrt eines Hauses am Strand. Es war im viktorianischen Stil erbaut, von einer umlaufenden Veranda umgeben, besaß an der Vorderfront zu beiden Seiten Türmchen mit Kuppeln, und das hölzerne Verandageländer war kunstvoll geschnitzt.

»Das ist eines der Häuser, die ich für einen Kunden restauriert habe. Es besitzt einen eigenen Strandabschnitt, und ich habe die Erlaubnis, ihn zu nutzen, wann immer die Besitzer nicht da sind. Zufällig weiß ich, dass sie sich in Europa aufhalten, deshalb sind wir garantiert ungestört.«

Die Intensität dieser Feststellung führte dazu, dass ihr Herz ein paar Schläge aussetzte und dann wie wild weiter pochte. Der Sonnenuntergang tauchte die ganze Szene in einen indigoblauen Farbton. Die Ozeanbrise wehte ihr entgegen, als sie die Autotür öffnete und ausstieg.

»Nicht so schnell«, sagte Sean, als sie das Gartentor aufstieß, das auf das Anwesen führte. »Ich kann das nicht alles allein tragen.«

»Was in aller Welt hast du denn alles dabei?«

Er nahm eine Decke, einen großen Picknickkorb und eine Kühlbox aus Styropor vom Rücksitz. »Kannst du die Decke und den Korb tragen? Die da ist schwer«, erklärte er und deutete auf die Kühlbox.

»Das Styropor?«

»Nein«, antwortete er trocken. »Der Inhalt. Zwei Flaschen Champagner.«

»Zwei?«

»Ja. Ich habe vor, dich betrunken zu machen und dann lüstern über dich herzufallen.«

Sie lachte auf und stolzierte durch das Tor. Gemeinsam gingen sie um das Haus herum und den Pfad durch das hohe Gras entlang, der zum Strand führte. Sean breitete die Decke aus, Blair ließ sich darauf nieder und streckte die Beine aus. Nachdem die mitgebrachten Sachen in Reichweite platziert waren, genossen beide die salzige Luft und atmeten sie tief ein.

»Ach, es geht doch nichts über Mutter Natur«, seufzte Sean. Seine Begeisterung für die Natur ging sogar noch weiter. Er zog sich das T-Shirt über den Kopf und hüpfte jeweils auf einem Bein herum, bis er sich seiner Sportschuhe entledigt hatte. Dann knöpfte er zu Blairs großem Entsetzen seine Shorts auf, ließ sie auf seine Knöchel herunterfallen und stand – völlig nackt vor ihr!

Ihr verschlug es den Atem, sie konnte nicht einmal losschimpfen. Die Luft war ihr beim Anblick seiner so gelassen dargebotenen Männlichkeit aus den Lungen gepresst worden.

Wie gelähmt saß sie da und sah, dass er die Hand zu ihr ausstreckte. »Kommst du mit?«

Noch immer sprachlos, schüttelte sie den Kopf. Er beharrte nicht darauf. Stattdessen drehte er sich um und ging aufs Wasser zu. Seinem sich entfernenden Rücken rief sie atemlos nach: »Jetzt noch nicht.«

Mit dem arroganten Gang eines Meeresgottes steuerte er auf die glitzernden Wogen zu. Die wie Spitzen wirkenden Wellen umspülten seine Knöchel und Waden, als küssten sie diese ehrfurchtsvoll. Er hechtete in eine Welle, die ihn wie eine Geliebte umfing. Als Blair ihn wieder auftauchen sah, kraulte er aufs Meer hinaus. Beim Zurückschwimmen bewegte er sich nur wenig und ließ sich von der Strömung treiben.

Er stand auf und bildete mit den Händen einen Trichter vor dem Mund. »Komm doch. Es ist super.«

Sie schüttelte den Kopf und fand immerhin ihre Stimme zurück, sodass sie ihm zurufen konnte: »Zu kalt.« Später erinnerte sie sich, dass sie ihm nicht einmal ins Gesicht gesehen hatte. Ihr Blick war an dem faszinierenden Dreieck aus Haaren hängengeblieben, der an seinem Bauch zu dem hinunterführte, was sich unmittelbar unter der Wasseroberfläche befand. In dem schwächer werdenden Licht war dieser Körperteil je nach Laune der Wellen zu sehen, die ihn mit einem Rhythmus umspülten, als wollten sie Blair bewusst necken.

Als er aus dem Wasser gerannt kam, wandte sie den Kopf zur Seite und murmelte irgendetwas über den spektakulären Sonnenuntergang. Sein Atem ging wegen der Anstrengung keuchend, genau wie ihrer. Aber sie atmete erleichtert durch, als sie aus den Augenwinkeln sah, dass er wieder in seine Shorts schlüpfte. Dankbar atmete sie aus, als sie hörte, dass er den Druckknopf zudrückte.

»Wow«, sagte er und fuhr sich mit den Händen durch die nassen Haare. »Das war klasse. Jetzt habe ich Hunger. Wie sieht es bei dir aus?«

Hunger? Sie spürte eine Leere in ihrem Inneren, aber die war nicht auf jene Art von Hunger zurückzuführen, von der er sprach. Niemals, und sollte sie tausend Jahre alt werden, würde sie vergessen, wie er im Schein der letzten Strahlen der Abendsonne ausgesehen hatte, die seinen Körper in dunkle Bronze tauchten und ihn in einer Weise beschienen und im Schatten ließen, die jeden Künstler zum Schwärmen gebracht hätte. Angezogen war er atemberaubend. Nackt war er der Inbegriff der Männlichkeit in ihrer perfektesten Form.

Um ihre Verlegenheit zu kaschieren, fragte sie schnippisch: »Was gibt es denn?« Sie blickte über seine Schulter hinweg, weil sie noch nicht bereit war, ihm in die aufmerksamen blauen Augen zu sehen.

»Hummersalat, gefüllte Eier, Baguette, verschiedene Appetithäppchen und Erdbeertörtchen.«

»Das ist ja ein fürstliches Mahl! Sag bloß nicht, dass du das alles selbst vorbereitet hast.«

»Die Lorbeeren würde ich ja gerne einheimsen, aber nein, ich habe den Chefkoch vom Lighthouse beauftragt, mir den Korb zu packen.« Er nahm die erste Flasche Champagner aus der Kühlbox und kratzte die daran hängenden Eisstückchen ab, dann sagte er: »Eins nach dem anderen.«

Geschickt entfernte er die Folie, löste den Draht und zog den Korken aus der Flasche. Der Duft des Champagners drang aus dem Flaschenhals und ließ ihnen das Wasser im Munde zusammenlaufen. Sean holte zwei Stielgläser aus dem Korb, schenkte großzügig ein und stellte die Flasche in die Kühlbox zurück.

Er hob sein Glas und stieß mit ihr an. »Auf die anmutigste und schönste Tänzerin mit … mit dem größten Sexappeal, die ich je kennengelernt habe.«

Blair lachte, aber sie dankte ihm mit einem majestätischen Nicken für die Komplimente. Beide tranken und seufzten genüsslich, so gut schmeckte ihnen der prickelnde Champagner. Dann beugte er sich zu ihr hinüber und drückte seine Lippen auf ihre. »Glückwunsch, du hast deinen Job gut gemacht.«

»Danke.«

Der Kuss war nicht leidenschaftlich, aber so zärtlich, dass Blairs Brüste schmerzten. Ihrer Meinung nach war der Kuss viel zu schnell vorbei.

Sie half Sean, den Korb auszupacken, und gemeinsam machten sie sich wie hungrige Wölfe über das köstliche Mahl her. Die erste Flasche Champagner war schon nach wenigen Minuten geleert. Sie hatten die zweite bereits angebrochen, als Blair sich die letzten Krümel eines Erdbeertörtchens von den Fingern leckte und sich gut gesättigt auf die Decke zurückfallen ließ.

»Ich platze gleich«, sagte sie und rieb sich den Bauch.

»Gut«, antwortete Sean gelassen. Nachdem er die Reste im Korb verstaut und ihn zur Seite gestellt hatte, streckte er sich neben ihr aus.

Sie drehte den Kopf zur Seite, um ihn anzusehen. »Das war wunderbar. Vielen Dank. Es ist herrlich hier.«

»Du bist wunderbar«, murmelte er undeutlich. »Du siehst wunderbar aus. Klingst wunderbar. Schmeckst wunderbar.« Der Abstand zwischen ihnen wurde immer geringer, bis er den Mund auf den ihren drückte und ihr einen innigen Kuss gab. Ein Appetit mochte ja gesättigt sein, doch ein anderer nagte noch immer in beiden.

Er kostete ihren Mund, als handelte es sich um eine essbare Frucht, die eigens für ihn erdacht und erschaffen war. Ihre Finger fuhren durch sein dichtes silberblondes Haar und hielten seinen Kopf fest, sodass sie seinen Mund mit der Gründlichkeit einer Feinschmeckerin erkunden konnte.

Als sie sich voneinander lösten, schnappten beide nach Luft und versuchten, den von Leidenschaft verklärten Blick auf den anderen zu fokussieren. »Das wollte ich in den letzten Wochen jedes Mal tun, wenn ich mit dir zusammen war. Mein Gott, war das schwer, die Hände von dir zu lassen.« Während er das sagte, knabberte er an ihren Fingerspitzen und leckte eine Fingerkuppe nach der anderen gierig ab.

»Warum hast du es nicht getan?«

»Um dir Zeit zu lassen. Du warst noch nicht so weit.«

»Und du glaubst, dass ich jetzt so weit bin?« Ihre Stimme wurde immer leiser, als seine Zunge verführerisch zwischen zwei ihrer Finger bis zum Ansatz hinabtauchte.

»Falls nicht, hab wenigstens Erbarmen, Blair. Ich sterbe vor Verlangen nach dir.«

Wieder küsste er sie, und die Hand, die an ihrer Seite hinabwanderte, ließ einen erwartungsvollen Schauer durch ihren ganzen Körper rieseln.

»Kalt?«, fragte er.

»Ein bisschen.«

»Setz dich hin.« Er zog sie hoch, bis sie zwischen seinen angezogenen Knien gegen seine nackte Brust gelehnt saß. Er legte ihr sein T-Shirt um die Schultern, schob die Hände unter ihren Armen durch und verschränkte sie über ihrem Bauch. »Du wirkst immer noch so winzig«, flüsterte er. Mit starker erotischer Symbolik erkundete er mit der Zunge die kleine Höhle ihres Ohrs. »Ob du wohl Schaden nimmst, wenn wir miteinander schlafen?«

»Das finden wir erst heraus, wenn wir es machen, oder?« Sie nahm seine Hand in ihre und führte sie zu ihrer Brust hinauf. »Berühre mich, Sean.«

Sie begriff nie, woher sie auf einmal den Mut nahm. Sie begriff nie, wieso ihre sorgfältig gehütete Vorsicht auf einmal verflogen war. Und sie konnte auch nicht sagen, wann ihre Verteidigungsmauer zu bröckeln begonnen hatte. Die Vergangenheit bedeutete ihr gar nichts mehr. Die Zeit mit Cole hätte genauso gut nie stattgefunden haben können, so wenig Auswirkung hatte sie auf diesen Augenblick mit Sean. In diesem Moment wollte sie nicht daran erinnert werden, wer sie war, noch wer er war oder gar daran, was für ein gegensätzliches Leben sie beide führten. Plötzlich war es lebenswichtig, dass er sie berührte, dass dieses Verlangen, das sie von dem Augenblick an gequält hatte, als sie ihn zum ersten Mal gesehen hatte, endlich gestillt wurde.

Er schob auch die andere Hand hinauf und legte sie dankbar für ihr Geschenk auf ihre Brüste, dann streichelte er sie sachte. »Du bist fantastisch. Fantastisch.« Er legte die Daumen an ihre Seite, während die Finger die Wölbung der Unterseiten ihrer Brüste umfassten. Es war, als hätte sie gar nichts an, denn das Trikot war so dünn, dass es nichts verbarg. Er hob ihren Kopf an, küsste ihren Hals und streichelte sie in aller Ruhe.

»Ich möchte dich wieder sehen«, sagte er, während seine Daumen ihre Brustwarzen mit hypnotisierender Gleichmäßigkeit umkreisten. »Als ich dich neulich Abend ausgezogen habe, waren die ganz prall und aufgerichtet. Lag das daran, dass ich mich um dich gekümmert habe?« Sie nickte, dann lehnte sie den Kopf an seine Schulter, sodass er besser an ihrem Hals hinabschauen konnte.

»Ich möchte sie wieder so anschwellen sehen, wenn ich sie berühre. Ich will sie küssen, sie schmecken, sie an meiner Zunge, in meinem Mund, an meinem Gesicht spüren.«

Sie stöhnte auf, als eine Hand unter das Trikot glitt, um das einzufordern, worauf er mit seinen anschaulichen Worten seinen Besitzanspruch angemeldet hatte. Seine Handfläche brannte heiß auf der kühlen Haut ihrer Brust. Die Brustwarze richtete sich zwischen seinen Fingern auf, die sie so geschickt erregten. Sie reckte das Kinn weiter zurück, suchte und fand seinen Mund, der ihr ebenso gierig und heiß entgegenkam. Ihre Zungen führten einen leidenschaftlichen Kampf auf, in dem beide als Sieger hervorgingen. Und die ganze Zeit streichelte er sie mit einer von Fürsorglichkeit gezügelten Gier.

Als der Kuss inniger wurde, legte er sich zurück, zog sie mit sich und drehte sie um, sodass sie auf ihm lag. Er tauschte ein Vergnügen gegen ein anderes. Eine Hand fuhr durch ihr Haar, während die andere unter ihrem Rock zu ihrer Hüfte hinaufglitt. Sie hielt den Atem an, als seine Finger beim hohen Beinabschluss ihres Trikots anlangten, dann seufzte sie freudig auf, dass er sich davon in seiner Liebkosung nicht aufhalten ließ. Seine starken Finger schoben sich unter den dehnbaren Stoff und ertasteten den glatten, runden Muskel ihres Hinterns.

Sie riss den Mund von seinen gierigen Lippen los und fragte: »Sean, warum hast du dich vorhin ganz ausgezogen?«

Sein Atem ging stoßweise. »Um dir eine Reaktion zu entlocken. Um dich zu schockieren, damit du irgendwie reagierst. Um zu sehen, ob ich auf dich überhaupt anziehend wirke. Tue ich das?«

Sie vergrub den Kopf an seiner dicht behaarten Brust. Seine Unsicherheit ging ihr zu Herzen. »Ja, ja«, flüsterte sie, die Lippen an seiner salzig schmeckenden Haut. »Du bist schön. Der Meinung war ich von Anfang an.«

»Weißt du, wie sehr ich dich begehrt habe, Blair? Weißt du, dass mir mein Körper keine Minute Ruhe gelassen hat, seit ich dich zum ersten Mal gesehen habe?« Er bewegte sich ein wenig und fragte mit heiserer Stimme: »Weißt du, wie gern ich jetzt in dir sein möchte?« Wie hätte ihr, wo er doch die Hand auf ihrem nackten Po hatte und sie an sich drückte, der Beweis seines Verlangens entgehen können, der an ihrem Schoß pulsierte?

Jetzt machte sie ihrerseits eine Bewegung, die ihm den Atem verschlug. »Ich glaube schon.« Sie wusste es instinktiv. Sachte wiegte sie sich auf ihm hin und her.

»Süße ...« Er drehte den Kopf in den Nacken und grub einen Krater in den weichen Sand unter der Decke, während er die Augen zusammenkniff und die Zähne in einer Weise fletschte, die entweder eine Grimasse großer Ekstase oder schrecklicher Qualen sein konnte. »Blair, um Himmels willen, lass das. Ich möchte mit dir schlafen, aber nicht hier. Komm.«

Er rollte sie von sich herunter und machte sich mit schnellen, hektischen Bewegungen daran, die Reste ihres Picknicks einzusammeln. Sie konnte kaum mit ihm Schritt halten, als er zielstrebig auf das Auto zusteuerte. Der Wind zerzauste ihm die Haare, die kühle Abendluft ließ seinen nackten Oberkörper frösteln, doch er beachtete das alles gar nicht, so zielstrebig ging er auf den Wagen zu.

Sobald die Picknicksachen auf dem Rücksitz verstaut waren, startete er den Motor und ließ ihn aufheulen. Blair saß zusammengekauert direkt neben ihm, nicht auf dem Beifahrersitz, den sie verschmäht hatte. Ihr Kopf lag an seiner Schulter, ihre Hand auf seinem Schenkel. Abwechselnd drückte und streichelte diese Hand und wurde mit jedem Block, den sie entlangfuhren, ein wenig kühner.

»Das solltest du lieber sein lassen«, warnte er sie, als sie bei einer Ampel ruckartig zum Stehen kamen.

»Was sonst?«, forderte sie ihn leise flüsternd heraus.

Er ergriff ihre Hand und drückte sie auf die Stelle, die

keinen Zweifel ließ, dass er die Sache keineswegs unter Kontrolle hatte. »Wenn du an etwas herumspielen willst, dann spiel daran herum. Der sehnt sich danach.«

Einen Augenblick erstarrte sie und war entsetzt, was er getan hatte. Aber als der erste Schock erst einmal verflogen war, wurde ihr klar, dass sie keinen überzeugenden Grund hatte, ihre Hand zurückzuziehen. Ihre vorsichtig tastenden Finger ließen ihn beinahe durchdrehen.

»Tolle Idee«, stellte er gequält fest. »Gott sei Dank, dass wir gleich zu Hause sind.«

Schwungvoll bog er in die Einfahrt ein. Der Anblick, der sie erwartete, als er das Auto quietschend zum Stehen brachte, war völlig überraschend und unerwünscht. Zwei Autos waren vor der Treppe, die zu Blairs Apartment hinauf führte, abgestellt. In unterschiedlichen Posen standen mehrere Männer und Frauen an die Autos gelehnt da. Ein paar hockten auf der Treppe und dem Geländer. Geplauder und Gelächter erfüllte die Abendluft. Es sah aus, als kampiere eine Gruppe Zigeuner für die Nacht vor ihrer Tür.

Und genau das war der Fall.

Sean stieß einen lauten Fluch aus. »Was zum Teufel ist das?«

Blair schüttelte sich verdutzt und rutschte schnell auf den Beifahrersitz. »Das sind Freunde von mir«, erklärte sie atemlos, wich seinem wütenden Blick aus, stieß die Autotür auf und begrüßte ihre Freunde stürmisch, obwohl ihr der Sinn eigentlich gar nicht danach stand.

Sie wurde von einem der jungen Männer in die Höhe gehoben, eine ganze Weile über seinem Kopf gehalten, dann von einem Freund zum nächsten weitergereicht und herzlich umarmt. Alles in allem mussten es wohl zwölf oder fünfzehn Freunde sein, die hierhergekommen waren, um ihr einen Besuch abzustatten, allerdings konnte sie sie nicht genau zählen, weil sie nie lange genug ruhig standen.

»Wo wart ihr denn?«

»Wir warten schon seit Stunden.«

»Ist das da Sand zwischen deinen Zehen?«

»Ich hoffe, wir haben euch nicht bei irgendwas gestört.«

Fragen und Bemerkungen prasselten wie Maschinengewehrfeuer auf sie nieder. »Puh«, sagte sie und fuhr sich mit den Fingern durch das zerzauste Haar. »Sean und ich, wir haben nach meinem Unterricht zur Feier des Tages ein Picknick ... Ach, das ist Sean Garrett, mein Ver... mein Freund.« Sie deutete auf den großen blonden Mann mit dem verkniffenen, angespannten Gesichtsausdruck, der mit gespielter Gelassenheit an den Mercedes gelehnt dastand. Etwa ein Dutzend Augenpaare richteten sich auf ihn, und Begrüßungen wurden gerufen. Er antwortete mit einem alles andere als begeisterten »Hallo«.

»Nun, die Party, die ihr beide am Strand angefangen habt, wird hier fortgesetzt. Geh du voraus«, sagte einer der jungen Männer. Er nahm Blair bei der Hand und schob sie mit der anderen, die er fest auf ihren Hintern gelegt hatte, die Treppe hinauf. Noch vor ein paar Wochen hätte sie diese beiläufige Geste gar nicht bemerkt. Jetzt lief ihr Gesicht rot an, und sie hoffte, Sean würde nicht sehen, was der Mann da machte. Vor der Tür fingerte sie nervös mit ihrem Schlüssel herum.

Als alle mit bewundernden Ausrufen über ihr Apartment hereingekommen waren, warf sie einen Blick über die Schulter, um zu sehen, ob Sean ihnen nicht gefolgt war. »Sean, bitte, komm doch hoch.«

»Ich möchte nicht stören.« Warum war seine Stimme so kühl, wo er doch noch vor wenigen Augenblicken buchstäblich vor Verlangen gekeucht hatte?

»Du störst nicht. Bitte.«

»Okay.«

Bevor sie ihm antworten oder auf ihn warten konnte, wurde sie von jemandem durch die Tür gezerrt, der wissen wollte, wo bei ihr die Gläser zu finden waren. Nach der Ausgelassenheit der Besucher zu urteilen, machten bereits geöffnete Weinflaschen die Runde, und Käseplatten, Crackerpackungen und Dosen mit geräucherten Austern wurden herumgereicht.

»Und wie ist es so, hier in der Pampa zu wohnen?«, fragte jemand über den Lärm der Stereoanlage hinweg, die ein anderer unverzüglich eingeschaltet und einen Rocksender eingestellt hatte.

»Es ist ganz in Ordnung«, brüllte Blair lächelnd zurück. Wo war Sean? Ach, dort drüben stand er und starrte den Typen mit der Punk-Frisur, dem Tank-Top und der roten Pumphose höhnisch an. Er ist wirklich ein fantastischer Tänzer, wollte Blair Sean mitteilen. »Ich gebe hier Tanzstunden.«

Das rief einen Ausbruch respektlosen Gelächters hervor. »Wem? Dicken Hausfrauen und ihren lieben Kleinen?« Die Frage führte erneut zu schallendem Gelächter.

»Na ja, Hausfrauen und Kindern«, antwortete Blair ein wenig defensiv. »Das macht wirklich Spaß. Ihnen gefällt es sehr. Manche ...«

»Oh, mein Gott!«, rief eine der jungen Frauen aus und schlug sich die Hände vor die Wangen, auf die sie zu viel Rouge aufgetragen hatte. »Sie hat sich in eine echte Provinzlehrerin verwandelt!« Alle schüttelten sich vor Lachen. Blair spürte, dass das eiserne Lächeln, das sie aufgesetzt hatte, auf ihrem Gesicht zu gefrieren begann.

»Egal, was du machst, Blair, es kann deine Karriere in New York nicht übertreffen, das weißt du«, stellte einer der jungen Männer weise fest. »Das hat man im Blut, wie du weißt. Ich bringe mich um, wenn ich nicht mehr tanzen kann.«

Blair warf Sean, der mit der Schulter gegen den Fensterrahmen gelehnt dastand, einen flüchtigen Blick zu. Seine zornige Miene verriet ihr, dass er sich wünschte, der junge Mann, der diese letzte düstere Bemerkung gemacht hatte, würde sich tatsächlich umbringen.

»Es ist ja nicht für lange«, sagte sie und wandte den Blick von Seans versteinertem Gesicht ab. »Der Arzt sagt ...«

»Was wissen die Quacksalber schon?«

»Ja, haben die je getanzt? Haben die je sechs beschissene Monate pausiert und dann versucht, wieder in Form zu kommen?«

»Ganz zu schweigen davon, dass unterdessen eine Karriere wie die von Blair vor die Hunde geht«, meldete sich ein anderer zu Wort. »Was glaubt ihr denn, wie lange das Gedächtnis von Produzenten zurückreicht? Sechs Monate? Vergiss es. In sechs Monaten werden sie fragen: ›Blair, wer soll das sein?‹«

»Jetzt mach mal halblang!« Einer der weniger gesprächigen jungen Männer stand auf und schloss Blair in die Arme. »Die sind ja nur so verdammt eifersüchtig, Blair. Das ist alles«, sagte er und deutete auf die anderen. »In ein paar Monaten bist du zurück und tanzt besser denn je.«

Blair streckte sich und drückte ihm einen Kuss auf die Wange. »Danke. Das hoffe ich.«

»Ich weiß es.«

Einen Augenblick herrschte Stille, und es war klar, dass keiner gewillt war, ihm beizupflichten. Blair, die auf einmal einen Kloß im Hals hatte, schluckte und sagte mit gezwungener Heiterkeit: »Na, jetzt erzählt mir, was es an Neuigkeiten gibt.«

Das Gesprächsthema der folgenden halben Stunde war weniger düster, da sie ihr von den jüngsten Ereignissen berichteten und von gemeinsamen Erlebnissen schwärmten. Blair fragte sich, warum sie sich nicht mehr richtig dazugehörig fühlte. Diese Gruppe, deren unverzichtbares Mitglied sie bislang gewesen war, kam ihr auf einmal so unglaublich jung, unreif und oberflächlich vor. Sie waren alle dermaßen egozentrisch, paranoid und langweilig. Sie kannten nur ein einziges Thema – das Tanzen.

Sean wurde gar nicht beachtet, und er tat sein Bestes, dass es auch so blieb. Er musste mehrere Male bewusst seinen Kiefer entspannen, weil er befürchtete, seine Zähne könnten unter dem extremen Druck, mit dem er sie aufeinanderbiss, kaputtgehen. Häufig hatte er die Fäuste geballt. Am liebsten hätte er sämtliche Besucher auf einen Streich aus dem Apartment geworfen und zugleich diesen gequälten, verängstigten und kummervollen Ausdruck von Blairs Gesicht gewischt.

Als schließlich jemand die anderen daran erinnerte, dass sie allmählich nach New York zurückfahren sollten, löste sich die Party endlich auf. Manche umarmten Blair, wünschten ihr baldige Genesung und forderten sie auf, sich doch mit ihnen zum Mittag- oder Abendessen zu treffen, wenn sie in die Stadt kam. Andere, weniger einfühlsame, rannten die Treppe hinunter, um sich die besten Plätze in den Autos zu sichern. Sie fuhren mit lautem Gehupe und anzüglichen Hinweisen, dass sie und Sean jetzt mit ihrer Party ja da weitermachen könnten, wo sie aufgehört hatten, aus der Einfahrt davon.

Als Blair die Tür schloss, stellte sie fest, dass Sean sich irgendwann ebenfalls verdrückt und sie allein gelassen hatte. Das passte. Sie hatte sich in ihrem ganzen Leben noch nie so einsam gefühlt. Ein paar Minuten tigerte sie durch die Wohnung, ohne einen klaren Gedanken zu fassen, ohne Mission, ohne Ziel. Genau wie ihr Leben verlief.

Sie hatte niemanden. Sie hatte nichts. Dieses Pseudoleben, das sie sich in Tidelands aufgebaut hatte, war genau das – eine Täuschung. Sie gehörte nicht hierher. Würde es nie tun. Sie hatte nur eine Sache. Nur eine Sache war von dauerhafter Bedeutung in ihrem Leben.

Plötzlich wild entschlossen, griff sie nach ihrer Tasche, verließ das Apartment und rannte die Treppe hinunter. Pam hatte das Auto, wie sie Sean versprochen hatte, zurückgebracht. Blair ließ den Motor an, jagte aus der Einfahrt und fuhr in Richtung Studio davon. Sie hielt keinen Moment inne, um nachzudenken, dass es vielleicht nicht klug sein könnte, so spät am Abend ganz allein in das einsame Gebäude zu gehen.

Sie stolperte auf die Tür zu und schloss sie auf. Im Dunkeln bahnte sie sich problemlos den Weg zum Büro, knipste das Licht an und schaltete den CD-Player auf dem kleinen Tisch ein. Sie zog sich eine Strumpfhose an, die sie für alle Fälle in einer Schublade aufbewahrte, und band sich die Bänder ihrer Spitzenschuhe um die Knöchel. Nachdem sie sich ihres Rocks entledigt hatte, trat sie an die Ballettstange und machte ein paar Aufwärmübungen. Nur das Licht aus dem Büro beleuchtete die weite, leere Tanzfläche.

Inzwischen war ihr Körper von einem Schweißfilm überzogen. Sie wählte eine CD aus und legte sie auf. Vor der Spiegelwand nahm sie ihre Position ein und begann, sich zu den schwermütigen Klängen der Musik zu bewegen. Zuerst war das Tempo langsam und getragen, dann wurde es immer schneller, bis Blair gedankenverloren wie wild durch den Raum wirbelte.

»Was zum Teufel machst du denn da?«, dröhnte eine Stimme aus der Dunkelheit.

Blair hielt nicht an, noch stockte sie in ihren lange einstudierten Bewegungen. Ohne sich zu entschuldigen oder zu erklären, beantwortete sie Seans wütende Frage.

»Das, wozu ich geboren bin.«

7

Sean, der besorgt war, sie so wild tanzen zu sehen, stapfte zum CD-Player, drückte eine Taste, und die Musik stoppte augenblicklich. Die Stille war geradezu ohrenbetäubend.

Blair, die soeben eine Reihe von Pirouetten gedreht hatte, ließ sich wie eine Ballerina auf einer Spieluhr austrudeln, bis sie langsam, ganz langsam zum Stehen kam. Ein paar Augenblicke stand sie mit hängenden Schultern und gesenktem Kopf wie ein Häufchen Elend da. Als sie den Kopf hob, sah Sean im Schein des aus dem Büro einfallenden Lichts, dass ihr Tränen über das Gesicht liefen, zwei silberne Rinnsale.

»Hindere mich nicht daran«, flehte sie ihn ohne jede Spur ihres früheren Stolzes an. »Ich muss tanzen. Jetzt. In diesem Augenblick. Bitte.«

»Du wirst dir wehtun.«

Sie verschränkte die Arme vor der Brust. »Es tut mir jetzt weh«, schrie sie.

Sean schaute sie unsicher an. Er meinte, dass sie nie schöner ausgesehen habe. Ihre Haare umschlossen ihren Kopf und hingen wie ein Schleier aus Satin über ihren Schultern. Die Augen, aus denen Tränen hervorquollen, waren die eines desillusionierten Kindes, und er hatte großes Mitleid mit ihr. Sie versuchte so verzweifelt, eine unbestreitbare Tatsache zu leugnen.

Noch vor einer Sekunde war er so wütend gewesen, dass sie zugelassen hatte, wie ein paar Idioten das Glück zerstörten, das sie sich so sorgfältig aufgebaut hatte.

Und er wollte sie so lange schütteln, bis ihr klar wurde, dass deren Meinung doch überhaupt nicht zählte. In der nächsten Sekunde war er mit so viel Liebe und dem Wunsch erfüllt, sie zu beschützen, dass er zitterte, als leide er an Schüttellähmung. Seine Stärke bedeutete gar nichts, wenn er nicht für sie stark sein konnte. Er kam sich beängstigend schwach vor.

»Was soll ich machen?«, flüsterte er heiser.

»Starte das dritte Stück und hilf mir.«

»Dir helfen?«

»Tanz mit mir.«

Zu jedem anderen Zeitpunkt hätte er vor Lachen losgebrüllt. Denn er sah nach allem Möglichen aus – nur ganz bestimmt nicht nach einem Tänzer. Nach einem Holzfäller, einem Hafenarbeiter, einem Arbeiter auf einer Ölbohrplattform, einem Footballspieler oder Wrestler, aber ganz gewiss nicht nach einem Tänzer. Doch der verzweifelte Klang ihrer Stimme vertrieb jeden Gedanken an ein Lachen. Er war nur zutiefst traurig, dass dies etwas war, was er nicht für sie tun konnte.

»Blair, ich kann nicht. Ich weiß doch gar nicht, wie das geht …«

»Ich sage es dir. Du brauchst wirklich nichts anderes zu tun, als mich zu halten und hochzuheben.«

Plötzlich spürte er, dass er feuchte Hände hatte, und er wischte sie an seinen Shorts ab. »Ich könnte dich fallen lassen.«

»Nein«, sie schüttelte den Kopf. »Das machst du nicht. Ich weiß, dass du das nicht machst. Bitte, ich bitte dich wirklich, hilf mir.«

Sie sprach diese Bitte so eindringlich aus, dass er ihr den Wunsch nicht ausschlagen konnte. »Na gut«, hörte er sich selbst sagen. Er drehte sich, um die CD am Ende des zweiten Stücks zu starten, damit er noch Zeit hatte, zu ihr zu gehen.

Sie stand in der fünften Position da, als er sich neben sie stellte. »Stell dich hinter mich. In den ersten paar Minuten tanze ich allein. Dreh dich nur in meine Richtung. Ich sage dir, wenn du mich hochheben sollst.«

Die schwermütigen Melodien Rachmaninows erfüllten den Saal, und Blair wirbelte davon. Sie drehte sich um ihn, und ihre Persönlichkeit verwandelte sich in die Figur, die sie darstellte. Sie verkörperte eine verliebte Frau, die sinnlich und provozierend für ihren Liebsten tanzt. Jede Bewegung wurde genau im richtigen Takt ausgeführt.

»Wenn ich jetzt wieder zu dir komme, leg den Arm um meine Taille und lass mich bis zum Boden hinab.« Ihm stockte der Atem, weil er Angst hatte, er könnte etwas falsch machen, aber er war erleichtert, als seine breite Hand sie an der Taille fasste und er sich mit ihr hinabbeugte, bis sie, die Beine ausgestreckt, beinahe mit dem Kopf den Boden berührte. Er schien instinktiv zu wissen, wann er ihr wieder aufhelfen musste. Sie tanzte wieder von ihm fort.

»Wenn ich wieder komme, leg die Hände um meine Hüfte und heb mich über deinen Kopf«, sagte sie ihm, als sie von ihm davonwirbelte. Er wurde beinahe überrumpelt, als sie auf ihn zugestürmt kam und geradezu über seine Kopf flog, während seine Hände sie an ihrem flachen Becken zu fassen bekamen und sie hochhoben. »Jetzt dreh dich langsam im Kreis«, forderte sie mit ausgelassener Stimme.

Er hob den Kopf und erblickte ihren gebogenen Rücken und ihre weit ausgestreckten Arme – sie sah aus wie ein dahingleitender Vogel. Und sie war kaum schwerer. »Lass mich langsam herunter«, verlangte sie und stützte sich mit den Armen auf seinen Schultern ab. Er war bestürzt, als sie ihre Knie an seine Brust legte und sinnlich an seinem Körper hinab glitt, bis die Spitzenschuhe wieder den Boden berührten.

Sie half ihm auch durch den Rest des Tanzes hindurch. Als die Musik zu ihrem Crescendo anschwoll, kam Blair auf ihn zugewirbelt. »Geh auf ein Knie«, forderte sie keuchend. Die Musik endete mit einem Trillern, und Blair vollführte über seiner rechten Schulter eine kühne Beuge nach hinten, wobei sie auf Zehenspitzen auf seinem Schenkel stand. Finale.

Nachdem die Musik verklungen war, verharrten sie noch eine ganze Weile in dieser Position. Dann rührte sich Blair und stieg geschickt von seiner Schulter. Er legte die Hand auf ihren Bauch, um sie besser abstützen zu können. Den Rücken ihm zugekehrt, richtete sie sich auf. Im Knien drehte er sie langsam zu sich um.

Ihr Gesicht war tränenüberströmt, aber es waren keine Tränen des Schmerzes mehr, sondern der Freude. »Danke. Das war … das war wunderbar.«

»Du bist wunderbar.« Er strich mit den Händen über ihren Körper, um sich zu vergewissern, dass sie wirklich aus Fleisch und Blut war, nicht etwa irgendein Märchengeschöpf, das vom Himmel herabgesandt worden war, um ihn zu verzaubern. Die Hände flach auf ihren Rücken gelegt, zog er sie zu sich heran und lehnte den Kopf an ihren Bauch.

Das war eine willkommene Schwere, und sie fuhr mit den Fingern durch seine blonden Haare, um ihn an sich zu drücken. Er drehte den Kopf ein wenig zur Seite, und sie konnte die Feuchtigkeit seines Atems spüren, die durch ihr Trikot bis auf ihre Haut drang. Dann spürte sie seine Lippen, die flüchtigen Küsse auf ihrem Bauch, ihrem Unterleib, die dann tiefer wanderten.

»Sean«, wollte sie schreien, aber sie brachte keinen Ton heraus. Sie sank auf ihn. Er nahm sie auf den Schoß, legte sie über seine Schenkel und küsste sie mit wildem Verlangen. Seine Zunge eroberte ihren Mund, der ein bereitwilliges Opfer war. Seine Hände fuhren durch ihre Haare, den Hals hinunter und umklammerten ihre Schultern und Oberarme. Das Einzige, was ihn von einem gierigen Angreifer unterschied, war die Tatsache, dass sie absolut gefügig war und ihn ebenso begehrte. Sie hatte die Arme um seinen Nacken geschlungen und zog ihn zu sich herab, um ihn ungeschickt, aber leidenschaftlich zu küssen.

Als er den Kopf hob, um Luft zu holen, sagte er heiser: »Komm, lass uns hier verschwinden.«

Wenige Minuten später fuhren sie in seinem Auto vom Studio davon, und der geliehene Kombi der Delgados wurde zum zweiten Mal an diesem Tag zurückgelassen. Es kam gar nicht in Frage, dass sie in Blairs Apartment gingen. Die »Party«, die dort stattgefunden hatte, war noch zu frisch, und Sean wollte nicht, dass bei ihr alte Wunden wieder aufgerissen wurden.

Er trug sie in sein Haus, durch den Wintergarten, der ihr so gefallen hatte, und durch das Erdgeschoss bis zu der breiten, ausladenden Treppe. Sie hatte den Kopf ganz vertrauensvoll an seine Brust geschmiegt. Als er sie in dem großen Schlafzimmer absetzte, blickte sie schüchtern zu ihm auf. »Ich muss unter die Dusche.«

Er grinste amüsiert. »Ich auch. Dort durch.« Er zeigte auf eine Tür am anderen Ende des Zimmers, und sie ging noch immer in ihren Spitzenschuhen darauf zu, die stets komisch aussehen, wenn man damit normal läuft. Sean kam direkt hinter ihr her, und er knipste nicht die helle Deckenbeleuchtung an, sondern nur eine Wärmelampe, die den Raum in einen warmen orangefarbenen Schein tauchte.

Er öffnete die gläserne Tür der Dusche und drehte die Wasserhähne auf. Während sich der Raum allmählich mit Dampf füllte, zogen sie sich langsam aus, den Blick die ganze Zeit nicht vom anderen gewendet. Seine Shorts und sein Hemd waren schnell abgelegt, ebenso seine Schuhe. Er hatte das Privileg, Blair zuzuschauen, wie sie das Trikot und die Strumpfhose über ihre schlanken Hüften und die schönen Beine streifte. Sie warf ihre Sachen lässig auf die Spitzenschuhe.

Nun, da ihre anfängliche Schüchternheit verflogen war, betrachtete sie seinen Körper ganz ungeniert. Er ließ sie gewähren und rührte sich nicht, während ihr Blick an ihm hinauf und hinunter wanderte und dann an seiner unverhüllten Männlichkeit hängenblieb. Zögernd streckte sie die Hand nach ihm aus. Sie verharrte eine Weile, dann berührte sie ihn endlich.

Hätte sie ihm ins Gesicht gesehen, anstatt auf das, was sie so schüchtern streichelte, dann wäre sie vom Funkeln seiner Augen, die wie Laserstrahlen in die Ferne gerichtet waren, vielleicht verängstigt gewesen. Der fest angespannte Kiefer und die zu Fäusten geballten Hände hätten sie möglicherweise eingeschüchtert. Stattdessen spürte sie seine sofortige Erregung und zog die Hand hastig zurück. Sie blickte zu ihm auf.

»Ich tue dir nicht weh, Blair«, versprach er ihr ganz offen.

Sie lächelte zaghaft. »Ich weiß.« Er beugte sich vor und liebkoste mit dem Mund ihre Lippen.

Er trat in die Duschkabine und zog sie hinter sich herein. Zunächst ließ er sie beide unter dem feinen Wasserstrahl gründlich nass werden, dann seifte er sich die Hände ein und fing an, ihr zügig über den Rücken zu reiben. Er fuhr über ihren Hintern und genoss es, wie seidig sich ihre Haut an seinen von der Arbeit rauhen Handflächen anfühlte. Sie stöhnte vergnüglich auf, als er mit den Händen hinten an ihren Schenkeln bis zu den Knien hinunterstrich.

Er drehte sie um und reichte ihr die Seife. Sie tat es ihm nach und schrubbte ihm den Rücken, stellte sich auf die Zehenspitzen, um ihn auch oben auf den breiten Schultern waschen zu können. Sie beobachtete, wie das Wasser über seine Taille, sein Kreuz und die festen Muskeln seines Hinterteils hinab lief. Sie brachte nicht den Mut auf, ihn noch einmal zu berühren.

Als sie sich einander wieder zugedreht hatten, seifte er ihr die Brüste ein und kniff sie sachte zwischen seinen seifigen Fingern. Er ließ Schaum auf ihre Brustwarzen tropfen und lachte, als dieser über die rosa Spitzen hinabrann. Seine Hände fuhren über ihre Rippen, ihren Bauch, ihren Unterleib hinab zu dem Delta, das sie zur Frau machte. Die meisten ihrer dunklen Schamhaare waren sorgfältig abrasiert.

Er hob fragend eine Augenbraue, und sie antwortete verlegen: »Die Kostüme.« Er nickte zum Zeichen, dass er verstand. Sie schloss die Augen und war dankbar, dass seine Neugier so leicht zu befriedigen war. Aber sie riss die Augen wieder auf, als sie spürte, dass seine Hand sie umfasste. Seine Augen waren selbst in diesem eigenartigen Licht verblüffend blau.

»Leg deine Arme um meinen Nacken, Blair«, sagte er. Sie tat, wie ihr befohlen, und vergrub das Gesicht an den feuchten Haaren seiner Brust. Seine Hand liebkoste sie. Sie stöhnte auf, als durch die verführerischen Bewegungen seiner Finger ein Schauer nach dem anderen sie durchfuhr. Sie leckte das warme Wasser auf, das an seiner Brust hinabrann.

Dann zog er die Hand zurück, drückte sie von der Brust bis zu den Knien an sich und schob sich zwischen ihre Schenkel.

»Sean«, hauchte sie und schmiegte sich reflexartig an ihn, als sie bemerkte, wie sehr er sie begehrte. »Sean.«

Er löste die Umarmung und schaltete das Wasser aus. Kaum hatte sie seinen Namen so flehentlich ausgesprochen, da half er ihr aus der Dusche, wickelte sie in ein weiches Badetuch und tupfte sie trocken. Sich selbst trocknete er nur flüchtig ab.

Er nahm sie auf die Arme und trug sie ins Schlafzimmer, durch dessen große Fenster der Mond hereinschien, dann hielt er sie mit einem Arm und schlug mit dem anderen die Bettdecken zurück. Er legte sie auf das kühle, weiche Laken und schob sich neben sie. Schließlich drehte er sich auf die Seite, um sie anzusehen. »Ich habe noch immer Angst, dich zu zerdrücken«, sagte er, als er sie an sich zog.

Er presste seine Lippen auf ihre, ihre Münder verschmolzen und wurden mit Hitze versiegelt. Er fuhr mit der Zunge an der Innenseite ihrer Lippen entlang. »Mach das bei mir«, forderte er sie auf. Sie tat es und wurde mit einem animalischen Knurren, das tief aus seiner Kehle drang, belohnt. Lob ermuntert. Als sich ihre Münder das nächste Mal vereinten, war es ihre Zunge, die in seinen Mund schnellte, eine kurze, kokette Bewegung, die ihn schier verrückt machte. »Blair, Blair, mein Gott, du bist wunderbar.«

Seine Lippen fanden ihr Ohr und erkundeten es neugierig. Starke weiße Zähne knabberten an ihrem Ohrläppchen. Nachdem seine Zunge ihr Ohrläppchen wieder beruhigt hatte, wurde es von seinem Schnurrbart getrocknet.

»Bitte, Sean«, sagte sie und drehte den Kopf seinem

Mund zu. Er wusste, worum sie bat, bevor sie es aussprach. Langsam und gemächlich sog er an ihren Lippen. Sein Schnurrbart bot eine zusätzliche Liebkosung, wenn er über ihren feuchten Mund strich. »Das fühlt sich so gut, so gut an.«

Sie presste ihren Busen gegen das gekrauste Haar auf seiner Brust. Es kitzelte und erregte ihre Brustwarzen, bis sie nach einer festeren Berührung verlangten. Sie griff nach ihrer eigenen Brust, drückte sie gegen seine, fand seine Brustwarze und rieb sie an ihrer.

Ein erstaunter lauter Aufschrei entfuhr seinen Lippen, und er riss Blair an sich. Sein Mund machte sich auf die Erkundung ihren Hals hinab bis zu ihren Brüsten. Wie mit dem Flügelschlag eines Schmetterlings schlug er mit der Zunge gegen ihre Brustwarze. Dann nahm er sie in den Mund und sog daran. Sie spürte, dass er ihre Seele in sich aufsog und ließ ihn nur zu gern gewähren.

Die pulsierende Bewegung seines Mundes rief ein Pochen in ihrem Unterleib hervor. Wie aufs Stichwort schob er die Hand zwischen ihre Schenkel. Sanfte und geschickte Finger liebkosten, streichelten, erforschten und trafen die richtige Stelle so genau, dass Blair ihren eigenen keuchenden Atem hörte, als sei sie am Ersticken.

Ihre Hand wanderte an seiner Seite zu seiner Hüfte hinab. Ganz unwillkürlich umfasste sie ihn und zog ihn noch näher an jenen Körperteil heran, der sich danach sehnte, ausgefüllt zu werden. »Liebe mich, Sean.«

»Das tue ich«, flüsterte er und erkundete den Bereich, der all die Geheimnisse ihres Körpers verbarg. »Ich liebe alles an dir. Du spürst doch, wie sehr ich dich liebe.«

Die himmlische Qual ging immer weiter, bis sie in

einem feinen, sinnlichen Netz gefangen war, aus dem es kein Entrinnen gab. Sie überließ ihm die Kontrolle über ihren Körper. Als sie sich leise flehend an ihn klammerte, als ihr Körper vor Verlangen bebte, drehte er sie auf den Rücken.

Er verlagerte schnell das Gewicht, kniete hin und küsste die Stelle, an der er sie eben noch gestreichelt hatte, und sie rief sehnsuchtsvoll seinen Namen, krallte sich wie wild an seinen Haaren fest und zog ihn auf sich.

Er bemühte sich, vorsichtig zu sein, da er wusste, dass sie, seit sie in sein Leben getreten war, mit keinem anderen zusammen gewesen war. Behutsam drang er vorsichtig ein Stück in sie ein. Da sie keine Miene verzog, schob er sich tiefer hinein. Er beobachtete ihr Gesicht und sah deshalb zum gleichen Zeitpunkt, als er auf ein Hindernis stieß, dass sie sich auf die Unterlippe biss.

»Blair.« Erstaunt und bestürzt rief er ihren Namen aus. »Das ist doch nicht möglich.«

Sie schlug die Augen auf. »Hör nicht auf.«

»Aber …«

»Bitte, Sean, wenn du mich liebst …«

Er sah sie mit einem noch immer ungläubigen, aber gerührten und liebevollen Blick an. »Mein Gott, ja, ich liebe dich. Darum geht es doch.«

»Dann bitte.« Ihre Hände überzeugten ihn, indem sie gegen seinen Hintern drückten.

Das Schwierigste, was er in seinem Leben je hatte tun müssen, war, seine wilden Leidenschaften zu zügeln, aber er liebte sie zu sehr, um sie zu ängstigen oder ihr wehzutun. Mit großer Vorsicht und unglaublicher Behutsamkeit drang er ganz langsam in diesen unberührten Körper ein. Ihr jahrelanges Training machte es einfacher, als er befürchtet hatte, doch er verhielt sich still, bis er spürte, dass ihre Muskeln sich entspannten und ihre Anspannung nachließ.

Er hob den Kopf vom Kissen und küsste sie sanft auf den Mund. Sie schlug die Augen auf, und ihre Lider flatterten. »Tue ich dir weh?«

Sie schüttelte den Kopf. »Nein.« Sie hauchte das Wort eher, als dass sie es aussprach. Der berauschende Gedanke an das, was zwischen ihnen stattfand, das Erstaunen darüber und die Ehrfurcht verschlug ihr die Sprache.

»Bist du sicher?« Sie nickte. »Warum hast du es mir nicht gesagt, Blair?«

»Willst du wirklich jetzt darüber reden?«, fragte sie mit bebender Stimme.

Sie spürte, wie sein Bauch zitterte, weil er in sich hineinkicherte. »Ich würde das lieber zuerst zu einem für beide befriedigenden Ende bringen.« Er senkte den Kopf und drückte einen innigen Kuss an ihren Halsansatz. Seine Zunge tauchte in das kleine Dreieck zwischen ihren Schlüsselbeinen ein.

Ihr Rücken bäumte sich auf. »Glaubst du, dass du das kannst?«, seufzte sie, als er mit den Lippen an ihren Brustwarzen knabberte.

»Wir können es. Gemeinsam.«

»Ich habe nicht geglaubt, dass das beim ersten Mal möglich ist«, sagte Blair, und ihre Lippen bewegten sich kaum an der warmen Haut seiner Schulter.

»Es kommt sicher selten vor.« Er fuhr mit dem Zeigefinger über ihr schmales Schlüsselbein. »Und auch nur, wenn der Mann das Glück hat, eine Sexbombe wie dich zu entjungfern.«

Sie gab ihm einen lauten Klaps auf den Hintern. Er knabberte mit den Zähnen an ihrem Ohr und kitzelte mit dem Schnurrbart die empfindliche Stelle dahinter.

»Ach, Sean Garrett, du hast mich in einer Nacht zu einem verdorbenen Menschen gemacht. Küss mich«, flehte sie ihn an, nahm seinen Kopf zwischen ihre kleinen Hände und zog ihn zu sich herab.

Sie knabberte noch immer an seinen Lippen, als er den Kopf hob und mit heiserer Stimme fragte: »Blair, wer war Cole?«

Ihr Kopf fiel auf das Kissen zurück, und sie starrte mit weit aufgerissenen Augen zu ihm hinauf. Nachdem sie wieder zu sich gekommen waren, war Sean ins Badezimmer hinüber gegangen, um ihr ein feuchtes Tuch zu holen, damit sie sich frisch machen konnte. Er hatte die Nachttischlampe angeknipst, die jetzt ein sanftes Licht auf ihre geröteten Körper warf. Bei seiner Frage war sie jedoch blass geworden. Er konnte das Spiegelbild der Lampe in ihren großen grünen Augen genau erkennen.

»Ich habe dir erzählt, dass das ein Mann war, mit dem ich eine Weile zusammengelebt habe.«

»Entschuldige, wenn ich darauf hinweise, dass ihr nicht im üblichen Sinne des Wortes zusammengelebt habt.«

Sie schloss die Augen, um die schmerzhafte Erinnerung auszublenden. »Nein. Das haben wir nicht.«

Weil es ihm plötzlich leid tat, dass er diesen lebhaften Ausdruck, den der Sex auf ihr Gesicht gezaubert hatte, vertrieben hatte, sagte er: »Du musst es mir nicht erzählen, wenn es dir unangenehm ist.«

»Nein«, antwortete sie und hielt seine Hand fest. »Ich möchte, dass du Bescheid weißt.«

Er ließ ihr Zeit, ihre Gedanken zu sammeln. Während er auf ihr schönes Gesicht hinab blickte, massierten seine Finger sanft ihre Stirn.

»Cole ist nach New York gekommen, als ich schon ein paar Jahre dort gelebt hatte. Ich war älter als er. Er hatte gerade sein zweites Studienjahr am College abgeschlossen. Dass er nach New York kam, war eigentlich eine rebellische Auflehnung gegen seinen Vater, der Trainer an der Highschool seiner Heimatstadt war. Trainer Slater konnte sich nichts Schlimmeres vorstellen, als einen Sohn zu haben, der Balletttänzer wird, obwohl Cole genauso sportlich und sicher fitter war als die meisten der Footballspieler im Team seines Vaters.«

Sie seufzte, nahm Seans große Hand, legte sie auf ihren Bauch und strich gedankenverloren über die blonden Härchen auf seinen Fingerknöcheln. »Cole hatte zu Hause so viel Druck, und als er es nicht mehr ausgehalten hat, ist er nach New York gekommen und hat buchstäblich gehungert, bis er einen Job als Kellner fand, mit dem er seine Tanzstunden finanzieren konnte. Ich mochte ihn, hatte Mitleid mit ihm und fragte ihn, ob er nicht bei mir wohnen will, bis er richtig Fuß gefasst hatte. Wir mochten einander immer mehr. Empfanden Zuneigung. Mit der Zeit glaubten alle, wir seien ›ein Paar‹. Es bereitete ihm ein diebisches Vergnügen, zu Hause anzurufen und seinem Vater zu erzählen, dass er inzwischen mit einer Frau zusammenlebe, vor allem mit einer älteren Frau. Weißt du, was Cole seinem Vater eigentlich beweisen wollte, war die Tatsache, dass er, obwohl er Tänzer war, ein Mann war.«

»Und?«, half er ihr auf die Sprünge, als sie schwieg.

»Und in den anderthalb Jahren, die wir zusammengelebt haben, war er nie in der Lage, es zu beweisen.«

Sie schien von ihm zurückzuweichen, und Sean zog sie an sich und hielt sie fest, als wolle er sie davor bewahren, sich in Luft aufzulösen. Jetzt wusste er, warum sie in Liebesdingen so ungeübt war. Er hatte ihre Naivität bezaubernd und außergewöhnlich gefunden, in ihrem Alter jedoch verblüffend. Er hatte es für gespielt gehalten, jetzt wusste er, dass es echt war. »Was ist passiert?«, fragte er mit den Lippen an ihrer Stirn.

»Eines Tages ist Cole zu dem Schluss gekommen, dass er mit einem solchen Konflikt nicht mehr leben kann, und er hat sich vor die U-Bahn geworfen.«

»Verdammt!«, stieß Sean hervor, kniff die Augen zusammen und drückte sie fest an sich. Er wusste, welchen Kummer ihr das bereitet haben musste, und wäre er dazu in der Lage gewesen, dann hätte er ihr diesen Kummer gerne abgenommen. »Hast du ihn geliebt?«, fragte er nach langem Schweigen intuitiv.

»Ja, allerdings weiß ich jetzt, dass es keine echte Liebe war. Ich glaube, ich hatte Mitleid mit ihm und habe bedauert, dass es zwischen ihm und seinen Eltern zu solchen Missverständnissen und Konflikten gekommen war. In gewisser Weise habe ich mein ganzes Leben lang unter der gleichen Art von Missverständnissen gelitten und konnte damit umgehen. Er brauchte mich, um ihnen etwas vorzumachen. Und ich brauchte ihn, weil er mir sagte, wie gut ich sei. Das ist keine sonderlich gute Basis für eine Beziehung. Ich hatte nie die Gelegenheit, mich in einen anderen zu verlieben. Das Tanzen war die einzige Liebe meines Lebens.«

Seans Herz tat einen Sprung. »War?«

Sie blickte zu ihm auf und fuhr mit der Fingerspitze über seinen Schnurrbart. »Dräng mich nicht, mich schon jetzt irgendwie festzulegen. Bis vor einer Stunde dachte ich, das höchste aller Gefühle sei, so perfekt zu tanzen, wie ich nur kann. Jetzt weiß ich, dass es andere Ebenen der Gefühle gibt, von denen ich bislang keine Ahnung hatte.«

»Ich bin froh, dass ich dich darauf bringen konnte«, sagte er in feierlichem Tonfall, der jedoch durch das Funkeln in seinen Augen Lügen gestraft wurde.

Sie neigte den Kopf zur Seite und musterte ihn argwöhnisch. »Du hast mir nie erzählt, wie du zu einem Experten in Sachen Sex geworden bist. Mal abgesehen von der jahrelangen Übung – gab es in deiner Vergangenheit eine Person, die deine Lehrmeisterin war?«

Er lächelte weiter, doch sein Blick verdüsterte sich kurz. »Einmal dachte ich, es könnte eine Mrs Sean Garrett geben, aber es hat nicht funktioniert.«

»Ach.« Diese Enthüllung setzte ihr zu, und es wäre ihr lieber gewesen, sie hätte das Thema erst gar nicht angeschnitten. Vielleicht war es ja besser für sie, wenn sie nicht Bescheid wusste. Möglicherweise würde sie dieser unbekannten Fremden ja nie das Wasser reichen können.

Er strich die Falte auf ihrer Stirn glatt. »Blair, du darfst in diese Feststellung nichts Tragisches hinein lesen. Es war meine eigene Entscheidung. Ich trauere dieser Frau nicht nach. Ich denke nur selten an sie, und wenn, dann mit absoluter Gleichgültigkeit. Und irgendwann erzähle ich dir vielleicht die ganze langweilige Geschichte, aber nicht jetzt. Nicht während du nackt und umwerfend neben mir liegst.«

»Du bist auch umwerfend«, sagte sie und ließ den Blick wieder über seinen Körper wandern, von den Schultern bis zu seinen wohlgeformten Füßen. »Und du bist gar kein schlechter Tänzer.« Schelmisch zupfte sie an den Härchen auf seiner Brust.

Er ächzte und vergrub sein Gesicht in beiden Händen. »Ich wäre gestorben, wenn jemand hereingekommen wäre und mich gesehen hätte. Ich bin sicher, ich habe wie ein Trampeltier ausgesehen, das mit einer Fee spielt.«

»Stimmt gar nicht«, entgegnete sie entrüstet und setzte sich auf. »Du bewegst dich immer anmutig. Und …« Sie wandte den Blick ab.

»Was, Blair?«, fragte er und zog sie wieder zu sich herab.

»Du warst da, als ich dich gebraucht habe. Danke.« Wieder füllten sich ihre Augen mit Tränen.

Er tupfte ihre feuchten Augen ab. »Du brauchst mir nicht zu danken«, flüsterte er eindringlich. »Auch du bist genau das, was ich gebraucht habe.«

Als sie am nächsten Morgen in dem großen Bett aufwachte, war sie allein. Sie richtete sich auf und streckte sich genüsslich, dann blickte sie sich in dem Schlafzimmer um, das sie am Vorabend gar nicht beachtet hatte. Ihr gefiel, was sie sah. Andrew Delgado hatte ihr verraten, dass Seans Bett groß sei, und es war tatsächlich ein Doppelbett mit einer Quiltdecke. Das Zimmer war in Rotbraun und Dunkelblau dekoriert, was einen schönen Kontrast zu den eierschalenfarbenen Wänden im Rest des Hauses bildete. Die Fensterläden mit breiten Lamellen waren geschlossen und ließen nur wenige helle Sonnenstrahlen herein. Das Zimmer wirkte maskulin, war aber alles andere als karg.

Der Parkettboden war kühl unter ihren Füßen, als sie vom Bett auf Zehenspitzen auf die offen stehende Tür zuging. Sie lauschte, ob etwas zu hören sei, dann schlich sie sich durch den Flur und spähte die Treppe hinunter. Erschreckt fuhr sie zusammen, als sie die Hintertür ins Schloss knallen hörte. Wie erstarrt stand sie oben an der Treppe, als Sean durch die Küchentür ins Wohnzimmer kam und sie erblickte.

Beide waren überrascht. Sie, weil er so umwerfend aussah, da er nichts als eine ausgeblichene, zerrissene

Jeans trug, die ein paar Zentimeter unter dem von Härchen umkränzten Bauchnabel endete. Er, weil er noch nie in sein Haus gekommen war und eine schöne nackte Frau oben an der Treppe hatte stehen sehen, die Haare verführerisch zerzaust, der Mund vom vielen Küssen ein wenig geschwollen, die Brüste vom Schlaf rosa und warm und voll. Die durch das Buntglasfenster einfallende Sonne machte aus ihrer nackten Haut einen lebendigen Regenbogen.

Sie stieg zwei Stufen hinunter, doch sein durchdringender Blick ließ sie erstarren. Mit raubtierhaftem Gang steuerte er auf die Treppe zu und ließ die Wäschestücke, die er in der Hand gehalten hatte, auf den Boden fallen.

Er nahm eine Stufe nach der anderen, rührte das Geländer nicht an, schaute nicht nach unten auf die Stufen. Er war wie ein Schlafwandler, der von ihrer verzaubernden Gestalt, die ihn wie ein Magnet anzog, vor Unheil bewahrt wurde.

Als er noch ein paar Stufen unter ihr war, blieb er stehen. Seine Brust hob und senkte sich mit seinem Atem. Sein Blick wanderte von ihren Augen zu ihrem Mund. Dieser sah ein wenig mitgenommen aus, und Sean schalt sich insgeheim, dass er sie so ungestüm geküsst hatte. Sein Blick fiel auf ihre leicht abfallenden Schultern – die antrainierte Haltung, die ein wichtiger Aspekt ihrer Kunst war – und die sanfte Wölbung ihrer Brüste mit ihren wunderbar rosigen Kronen.

Er befand sich auf Augenhöhe mit ihnen und liebkoste sie mit seinem Blick, sah sie so bewundernd an, dass sie reagierten und die Brustwarzen fest wurden. Die Ecken seines Schnurrbarts hoben sich zu einem angedeuteten Lächeln, dann streckte er die Hand aus und liebkoste zuerst die eine, dann die andere Brust zärtlich.

Er beugte sich vor, um sie sanft mit der Nase und dem Schnurrbart zu berühren, bevor er ihre Brüste nacheinander küsste. Er nahm eine in die Hand und näherte sich mit dem Mund der Brustwarze. Seine Zunge umkreiste, streichelte und rieb sie, bis er spürte, dass Blair unsicher schwankte, und er sie in die Arme schloss.

Er stand noch immer eine Stufe unter ihr, die Hände streichelten ihr über die Hüften, während sein Mund eine erotische Landkarte auf ihren Bauch zeichnete. Sie spürte die zarte Berührung seiner Zunge, die warm und feucht auf ihrer kühlen Haut war. Er trat eine Stufe tiefer. Seine Hände glitten hinten an ihren Oberschenkeln hinab, und seine Finger umspannten sie.

Jetzt drückte er in schneller Abfolge Küsse auf ihre Oberschenkel, wanderte zu ihren Knien und bis hinunter zu ihren Schienbeinen. Er arbeitete sich wieder nach oben, und sie krallte sich in seinem Haar fest, als er sie an der Innenseite ihrer Schenkel küsste. Dann machte sich sein Mund an eine Erkundung, die unvorstellbar intim war, die aber ihren ganzen Körper in ein weiches Gefäß voll warmem, fließendem Honig verwandelte.

Schließlich fühlte sie sich so schwach, dass sie hinzufallen fürchtete, deshalb stolperte sie die beiden Stufen bis zum Treppenabsatz hinauf und setzte sich hin. Sean kam zu ihr herauf. Die ungleichmäßige Atmung beider war in dem stillen Haus deutlich zu hören.

Er stand vor ihr und wartete. Blairs Blick wanderte seinen ungeheuer langen Körper hinauf, dann sah sie ihm in die funkelnden Augen. Sein Blick fixierte ihre Lippen, und sie benetzte sie mit der Zunge. Diese unbewusste Reaktion ließ das Herz in seiner Brust sichtbar kräftiger schlagen. Ansonsten rührte er sich nicht. Er blieb stehen. Hoffte und wartete.

Mit zitternden Händen fingerte sie am Druckknopf

seiner Jeans herum und öffnete den Reißverschluss. Sie schob die Hände hinein, strich ihm über die festen Hüften und zog die Jeans ein Stück herunter. Er hob die Hände und streichelte ihr über Ohren und Wangen. Sie beugte sich vor, küsste seinen Nabel und umkreiste ihn mit der Zunge. Ihre Fingerspitzen fuhren über den goldbraunen Flaum zwischen seinen Hüften und genossen das Leben, das dort pulsierte. Sie küsste ihn. Er zitterte.

Langsam sanken sie auf den Boden und beachteten gar nicht, wie hart dieser Untergrund war. Ohne Umschweife vereinten sich ihre Körper. Das Verlangen beider war so groß, dass ein wahrer Sturm tobte und schon nach wenigen flüchtigen, wilden Momenten vorüber war. Als ihre Atmung wieder gleichmäßig ging und keine Anstrengung mehr darstellte, hob Sean den Kopf, lächelte zärtlich und sagte liebevoll: »Guten Morgen.«

8

Hätte Blair irgendwelche Tage ihres Lebens noch einmal erleben können, sie hätte sich für jenen Tag entschieden, an dem sie mit Lauren Bacall auf dem Broadway in *Woman of the Year* Premiere feierte, sowie für den Samstag und Sonntag, den sie nach ihrer ersten gemeinsamen Nacht zusammen mit Sean verbrachte.

Nach der Episode auf dem Treppenabsatz, nach der sie beide ganz benommen gewesen waren, hatte sie sich die Shorts und das Top angezogen, die Sean ihr aus ihrem Apartment gebracht hatte. »Ich habe dort auch das Chaos beseitigt. Deine Freunde sind wirklich unordentlich.«

Sie überredete ihn, nicht mehr anzuziehen als das, was er bereits trug, und zerrte ihn in die Küche, wo sie innerhalb von fünfzehn Minuten aus sechs Eiern ein Omelette zubereiteten. Sean trug das Tablett mit dem Omelette, dem Toast, dem Kaffee und Orangensaft auf die verglaste Veranda hinaus, und sie machten sich ans Essen und stellten erst jetzt fest, wie hungrig sie waren.

Zufrieden in einer Ecke des Sofas zusammengekauert und eine Tasse Milchkaffee schlürfend, musterte Blair Sean argwöhnisch, als er beiläufig sagte: »Du musst dir meine Gastfreundschaft selbstverständlich verdienen. Ich werde dich für dieses Luxusfrühstück arbeiten lassen.«

»Und, was muss ich tun?«, fragte sie misstrauisch.

Er lachte über ihre gerunzelte Stirn. »Nichts Illegales.

Genau genommen wird es dir vielleicht sogar Spaß machen.«

In ihren Augen blitzte das grüne Feuer auf. »Ach, wenn es diese Art von Arbeit ist ...«

»Wow! Ich glaube, ich habe ein Monster geschaffen«, sagte er und verdrehte die Augen. »Nein, du wirst mir helfen, ein Zimmer in einem meiner Häuser zu streichen.«

Sie rümpfte die Nase. »Sklavenarbeit, vermute ich.«

»Genau, aber du bekommst Schlafzimmerprivilegien.«

»Wände streichen, wie? Ich habe mich schon gefragt, warum du meine schäbigsten Shorts und dieses T-Shirt ausgesucht hast. Bekomme ich keinen BH?«

»Nein. Aber ich möchte keine Klagen hören. Ich lasse dich immerhin einen Slip tragen.«

»Den dünnsten und knappsten, den du finden konntest.«

»Keuschheit habe ich noch nie angestrebt«, sagte er mit schelmischem Blick.

Im Handumdrehen war die Küche aufgeräumt, und während Sean den Laster mit seinem Werkzeug belud, machte Blair anstandshalber das Bett. Sie hatte ihre anfängliche Aversion gegen den Pick-up noch nicht ganz abgelegt.

»Machst du dieses Ding denn nie sauber?«, fragte sie, als sie die quietschende Tür zuknallte und sich dabei beinahe den Arm auskugelte.

»Damit würde er seinen Charakter verlieren«, antwortete Sean ungerührt.

Das Haus, das er gerade sanierte, war ein schöner, anmutiger, einhundert Jahre alter Bau auf einem Anwesen unmittelbar am Strand. Die Bauarbeiten waren bereits abgeschlossen, doch Sean kümmerte sich auch um den

Innenausbau, bevor seine Kunden mit ihrem Innenarchitekten weitermachten.

»Ich habe ihnen zugesagt, dass ich ihnen dieses Zimmer wegen der hohen Decke streiche. Zwei Schichten sind bereits aufgetragen. Heute gebe ich ihm nur noch den letzten Schliff.«

Er schleppte Farbeimer, eine Rolle an einem langen Stiel und kleine Pinsel für Blair herein. Nachdem Sean sie durch das Haus geführt hatte, machten sie sich an die Arbeit. Die Stunden vergingen wie im Flug.

Gegen Mittag kam Sean und stellte sich hinter den Hocker, auf dem sie balancierte. Sie war gerade mit einem Schraubenzieher damit beschäftigt, die Messingabdeckung um einen Lampenschalter wieder anzubringen. Sie war so auf ihre Aufgabe konzentriert, dass sie gar nicht bemerkte, wie er näher kam, bis sie seine Hände spürte, die in einer dreisten Liebkosung über ihren Hintern strichen.

»Du hast einen so niedlich kleinen Hintern«, stellte er fest und kniff ihn leicht durch den weichen Stoff ihrer alten Shorts. »Hat dir das schon mal jemand gesagt?«

»Unzählige Leute.«

»Ach? Wer? Die bringe ich alle um«, knurrte er, schob die Hände unter ihr T-Shirt und fuhr über ihre Brüste.

»Wenn du das nicht sein lässt, bekomme ich das Ding da nicht richtig hin«, warnte sie ihn.

»Zum Teufel mit diesem Ding. Dreh dich um und küss mich.«

Sie versuchte, verärgert dreinzuschauen, was ihr aber nicht sonderlich gut gelang, und sie drehte sich in seinen Armen um. Sie stand auf Augenhöhe mit ihm. »Das ist nett«, murmelte er gegen ihre Wange. »Endlich kann ich dich einmal küssen, ohne den Rücken krumm zu machen.«

»Nun, wenn das so beschwerlich ist, dann lassen wir das Küssen eben einfach sein.«

Er wich ein Stück zurück und sah sie mit jenem gefährlichen Lächeln an, das sie bereits kannte. »Du wirst erstaunt sein, wie einfallsreich ich sein kann.« Er schlang die Arme um sie, die Hände fassten unter ihren Hintern und hoben sie vom Hocker. »Schling deine Beine um meine Taille. Siehst du, wie gut das funktioniert. Du könntest deine Arme natürlich auch um meinen Hals legen, wenn du willst.« Als sie das tat, sagte er: »Wie gelehrig du doch bist!«

»Du Hochstapler! Das war gar nicht deine Idee. Diese Haltung haben wir schon an dem Tag eingenommen, als ich die Flucht vor der Maus ergriffen habe.«

»Nun, ich habe sie eben übernommen. Sei still und küss mich.«

Sie neckten einander mit flüchtigen, knabbernden Küssen, bis ihr Verlangen so sehr geweckt war, dass diese Küsse nicht mehr ausreichten. Er presste den Mund auf ihren und erkundete ihn geschickt mit der Zunge. Als er die Zunge wiederholt vorschnellen ließ, ähnelte das anderen Liebespraktiken und rief bei ihnen Erinnerungen an die Stunden der vergangenen Nacht wach, als sie miteinander geschlafen hatten.

Er konnte sie problemlos mit einem Arm tragen, den er unter ihre Hüften geschlungen hatte. Mit der anderen Hand streichelte er ihre Brust. Er massierte sie in immer kleiner werdenden Kreisen, bis seine Finger die aufgerichtete Brustwarze sanft umkreisten. »Komm, wir ziehen uns aus und machen es noch einmal.«

»Hmmm.« Sie bedeckte sein Gesicht mit flüchtigen Küssen, die wie Wassertropfen wirkten, die zischend in eine heiße Pfanne fallen. Sie spannte die Schenkel fester um ihn und verschränkte die Knöchel hinter seinem Rücken. Sie spürte, wie seine Leidenschaft wuchs, und presste sich dagegen.

»Blair, bitte«, stöhnte er und vergrub das Gesicht an ihrem Hals. Eine ganze Weile standen sie einander fest umklammernd da und ließen ihr Verlangen so weit abflauen, dass sie abwarten konnten, bis sich ihnen ein günstigerer Augenblick und ein geeigneterer Ort boten.

Er hob den Kopf von ihrem zierlichen Hals und fragte freundlich: »Alles in Ordnung?« Sie schaute mit mattem Blick zu ihm auf und schüttelte den Kopf. Er lachte leise auf. »Bei mir auch nicht, aber wir müssen das jetzt durchstehen. Noch ein letzter Kuss?«

Er küsste sie zärtlich, berührte kaum ihre Lippen, sondern liebkoste ihre Zunge mit seiner.

»Mr ... hm, Mr Garrett. Da sind wir.«

Blairs Kopf fuhr hoch, und sie sah zwei Arbeiter, die mit den Helmen in der Hand in der Tür standen und sie und Sean mit einem bemüht sachlichen Ausdruck im Gesicht höchst interessiert anstarrten. Sie versuchte, sich loszumachen und wieder zu stehen. Doch die Mühe hätte sie sich sparen können. Sean dachte gar nicht daran, sie loszulassen.

»Hallo, Larry, Gil. Ich möchte euch Miss Simpson vorstellen. Blair, das sind die Brüder Larry und Gil Morris, zwei meiner besten Mitarbeiter.«

Erwartete er tatsächlich, dass sie ganz normal auf diese seltsame Vorstellung reagierte, als befänden sie sich auf einer Cocktailparty und stünden nicht in einer sehr kompromittierenden Haltung da? »Schön ...« Sie räusperte sich und hob erneut an. »Schön, Sie kennenzulernen.« Wütend funkelte sie Sean an, der eine selbstgefällige Miene aufgesetzt hatte.

»Hallo. Hi«, begrüßten die beiden Männer sie im Chor. »Blair und ich haben dieses Zimmer fertig gemacht, der Rest ist eure Sache. Wir wollten gerade gehen und etwas zu Mittag essen. Können wir euch irgendwas mitbringen?«

Blair wand sich in seinen Armen und versuchte, auf die Füße zu kommen, aber er hielt sie fest.

»Hm, nein. Nein, Sir. Wir haben gerade gegessen«, antwortete einer von ihnen. Larry, so viel sie wusste.

»Wir sind bald wieder da und helfen euch. Tschüs.«

»Bis dann, Mr Garrett. Miss Simpson.«

Sean trug sie an den verdutzten Männern vorbei hinaus zum Lastwagen. »Ich bringe dich um!«, zischte sie durch die Zähne.

»Nein, das tust du nicht«, entgegnete er amüsiert ganz zuversichtlich. »Du wirst mich wieder küssen, sobald wir im Laster sitzen und während des Mittagessens zwischen jedem Bissen und hinterher noch mehr.«

Er hatte recht. Genau das tat sie.

»Das ist absolut albern«, sagte Blair, schöpfte mit der Hand noch etwas Meerwasser und ließ es über Seans Bein laufen.

»Ja, aber es ist eine fantastische Möglichkeit, Farbe abzuwaschen.«

»Ich habe an der Stelle, an der du mich wäschst, gar keine Farbe.«

»Daran siehst du, dass es funktioniert.«

Lachend beugte sie sich vor und küsste ihn.

Bis zum Abend wussten sämtliche Bewohner der Stadt, dass Sean Garrett eine Frau zum »Helfen« in eines seiner Häuser mitgenommen hatte, etwas, was bis jetzt noch nie vorgekommen war. Genau genommen war es unter den leidenschaftlichen Kupplern immer ein Ärgernis gewesen, dass Sean niemals Geschäft und Vergnügen miteinander vermengte.

Sie hatten nach dem Sandwich-Mittagessen den Morris-Brüdern, die für die Verbreitung der Informationen an die klatschsüchtigen Stadtbewohner verantwortlich waren, bei den abschließenden Arbeiten geholfen. Sean hatte sich Aufgaben ausgedacht, die sie beide, ihn und Blair, beschäftigt hielten, bis die Brüder bei Sonnenuntergang endlich nach Hause gingen. Dann war er mit ihr zum Privatstrand hinuntergerannt. Dieses Mal brauchte er nicht alleine nackt in den Wellen herumzutollen.

Jetzt saßen sie im seichten Wasser, und die Wellen umspülten sie sanft. Blair saß ihm gegenüber und hatte die Beine über seine gelegt.

Er senkte den Kopf, um den Geschmack ihrer Brust zu kosten. Er biss sanft hinein, dann hob er den Kopf und tat so, als würde er heftig kauen. »Da fehlt Salz«, erklärte er und schöpfte eine Handvoll Wasser über ihre Brüste, nur um zu sehen, wie sich die Brustwarzen zusammenzogen.

»Du Spinner«, sagte Blair und stupste ihn an der Schulter.

»Ich liebe dich, Blair.«

Er sprach die Wörter mit solcher Ernsthaftigkeit aus, und die Hände, die ihre Oberarme umklammerten, waren so stark, dass sie an seiner Aussage keinerlei Zweifel hegte. Sie starrte ihn einen Augenblick an, weil seine plötzliche Erklärung sie überrumpelt hatte, dann senkte sie den Blick auf einen Punkt in der Mitte seiner Brust.

»Das … das hast du gestern Abend schon gesagt.« Ihre Stimme war so leise, dass die Meeresbrise ihre Wörter beinahe davontrug, bevor er sie hören konnte.

Mit dem Zeigefinger hob er ihr Kinn an. »Ja, das stimmt. Aber da war ich von Leidenschaft erfüllt. Ich wollte es dir jetzt sagen, wo wir nicht miteinander schlafen, damit du weißt, dass ich es ernst meine. Ich habe nicht geplant, mich im reifen Alter von achtunddreißig Jahren zu verlieben, aber ich bin bis über beide Ohren verknallt. Ich liebe dich, Blair.«

»Sean ...«

Er legte den Finger auf ihre Lippen, um sie zum Schweigen zu bringen. »Du musst nichts dazu sagen. Ich wollte nur, dass du es weißt.«

Der am Horizont aufgehende Mond warf einen schimmernden Strahl auf das Wasser, der wie ein Scheinwerfer auf sie gerichtet war. Sein helles Licht schien auf Seans blondes Haar, tauchte seine Augenbrauen in Gold und ließ seine Augen funkeln. Mit den Fingerspitzen zeichnete sie die Umrisse seines Gesichts nach, berührte die buschigen Augenbrauen, fuhr ihm über die Nase, folgte seinem markanten Kiefer bis zu dem senkrechten Grübchen in seinem Kinn.

»Es fällt dir nicht leicht, mir zu glauben, dass ich dich liebe, stimmt's?«

»Warum fragst du das?« Sie war so gerührt, dass sie einen dicken Kloß im Hals hatte.

»Ermunterst du mich zu einer laienhaften psychologischen Analyse?« Sie nickte. »Du hast schon als Kind nicht der Norm entsprochen. Weil du von den Gleichaltrigen nicht akzeptiert wurdest, hast du dich von ihnen zurückgezogen und bist noch unnahbarer geworden, als du ohnehin schon warst. Deine Eltern haben deine Begeisterung für das Tanzen nicht verstanden. Sie wollten, dass du ›normal‹ bist. Du hast die Ablehnung, die du in deiner Jugend erfahren hast, nie verwunden. Selbst jetzt, da du Erfolg hast, suchst du noch immer ständig nach Zustimmung und Akzeptanz. Deshalb haben dich deine Freunde neulich abends so durcheinander gebracht. Ihre Meinung zählt für dich.«

Tränen stiegen ihr in die Augen. Wie konnte er nur so gut in sie hineinsehen? Wie konnte er die Dinge nur laut aussprechen, die sie sich noch niemals selbst hatte eingestehen können? Wie konnte er nur so genau wissen, wie sie zu sich selbst, zu ihrem Leben stand?

Bevor sie die Gefahren bedachte, hörte sie sich selbst sagen: »Ich habe nie ›zur Masse‹ gehört. Ich war tatsächlich anders. Meine Eltern haben mein Interesse am Tanzen und am Theater als Spleen betrachtet, anstatt mich meine Interessen verfolgen zu lassen. Warum konnte ich nicht so sein wie meine Brüder und Schwestern? Ich bin mit der Absicht nach New York gegangen, es allen zu zeigen.«

Herausfordernd warf sie den Kopf in den Nacken und stieß ein schroffes Lachen aus, dem jeder Humor fehlte. »Und ich finde noch immer nicht ihren Beifall.«

»Das tut mir leid«, sagte er. »Ich weiß, dass dich das verletzt. Die Meinung der Eltern ist wichtig, Blair, aber die der anderen sollten keine Rolle spielen. Verstehst du nicht, dass du Beifall für deine Leistungen suchst, wo du doch in Wahrheit nur so akzeptiert werden willst, wie du bist?«

Mit beiden Händen hob er ihr Gesicht an. »Du bist ein großartiger Mensch, ob du wieder tanzen wirst oder nicht. Dein Talent ist eine Gabe, und wenn Gott es für richtig hielt, dich damit zu segnen, warum sollte es für dich dann eine Rolle spielen, was andere Leute darüber denken? Über dich? Ich liebe dich, Blair, aber ich weiß, dass dir das große Angst macht. Du hast eine Mauer um dich errichtet, und ich fürchte, du lässt nie zu, dass ich sie einreiße. Oder doch? Kannst du das? Kannst du mich dich lieben lassen? Kannst du mich auch lieben?«

Ja. Es war möglich, durchaus möglich, dass sie sich in ihn verlieben würde. Der Gedanke an ein Leben ohne ihn war trostlos und öde. Er hatte ihre Tage mit Licht, Lachen und Klarheit erfüllt. Dennoch fürchtete sie sich davor, sich zu binden. Sie hatte zu lange auf die Liebe gewartet. Der Gedanke, seine Liebe anzunehmen, jagte ihr Angst ein, weil er irgendwann beschließen könnte, sie zu verlassen, und dann wäre sie wieder allein.

Aber er hatte gesagt, dass er sie liebte. Konnte sie ihn lieben? Sie würde sich diese Frage durch den Kopf gehen lassen, darüber nachdenken und nachgrübeln, wenn er nicht mehr so nahe war, so überwältigend, so … nackt.

Sie legte die Fingerspitze auf seine Lippen, sah ihn mit eindringlichem Blick an, und sie verstanden sich auch ohne Worte. Dann gab sie ihm das einzige Versprechen, das sie ihm geben konnte: »Wenn ich je zulasse, dass ich mich in jemanden verliebe, dann wirst du derjenige sein.«

»Um Himmels willen!«, rief Pam aus, als sie die Haustür aufgerissen hatte, um ihre Gäste für das Essen am Sonntagabend zu begrüßen.

»Er besteht darauf, mich, wann immer möglich, zu tragen«, erklärte Blair. »Ich kann ihn nicht davon überzeugen, dass meine Beine praktisch wieder in Ordnung sind.«

»Nach Freitagabend können wir uns dessen nicht sicher sein. Du könntest ihnen geschadet haben«, sagte Sean zu Blair, während er ihr direkt ins Gesicht schaute und sich fragte, was er ohne sie getan hatte, bevor sie in sein Leben getreten war. Inzwischen war sie ein so wichtiger Teil seines Lebens, dass er sich gar nicht vorzustellen vermochte, wie er all die Jahre gelebt haben konnte, ohne sie zu kennen. Es hatte ihm in den letzten beiden Tagen so gefallen, morgens aufzuwachen und festzustellen, dass sie sich an ihn schmiegte. Und dabei war sie so leicht, dass sie kaum eine Delle in der Matratze hinterließ.

Er konnte kaum glauben, wie weich ihre Haut war, wie glänzend und seidig ihr Haar durch seine Finger glitt. Als er beobachtete, wie sie vor dem Spiegel in seinem Badezimmer ihr Make-up auftrug, war er verblüfft, wie sie mit den Bürstchen, dem Mascara und den Stiften umging, mit denen sie ihre Augen betonte. Mit seinen Fragen, was sich denn in jedem der Tiegel und Töpfchen befinde, hatte er sie fast zum Wahnsinn getrieben.

Er erforschte all die Düfte ihre verschiedenen Körperteile, ein Forschungsprojekt, das schließlich in dem großen Bett geendet hatte, ohne dass jedoch genaue Ergebnisse dokumentiert worden wären. Er war zu dem Schluss gelangt, dass ihre Haare, ihr Atem, ihre Haut jeweils eine Mischung aus berauschenden Düften verströmten, die kein Parfum zu übertreffen vermochte.

Als mit der Zeit eine Ansammlung von Toilettenartikeln und Kleidungsstücken in seinem Bad und im Schlafzimmer herumlagen, wurde ihm klar, wie farblos sein Leben ohne diese Beweise der Anwesenheit einer Frau gewesen war. Es war eine Leere, von der er nicht einmal gewusst hatte, dass sie existierte, die aber nicht durch jede x-Beliebige hätte gefüllt werden können. Nur durch diese winzige Person mit dem eisernen Willen, die aber, wie er wusste, an diesem Punkt in ihrem Leben zugleich verängstigt und verletzlich war. Das, was sie gesagt hatte, als sie von den Wellen umspült wurden, hatte er wie ein Gelübde aufgefasst. Sie würde ihn lieben. Dafür würde er sorgen.

Als er jetzt auf sie hinabblickte, sah er, dass ihr Gesicht bei der Erinnerung an jenen bedeutungsvollen Freitagabend einen sanften Ausdruck annahm. »Aber du warst doch da, um mir zu helfen. Ohne dich hätte ich es nicht machen können.«

Er drückte seinen Mund an ihr Ohr und flüsterte: »Es gibt noch ein paar andere Dinge, die du in letzter Zeit getan hast und ohne mich nicht hättest tun können.« Sie kicherte.

»Lasst euch durch mich nicht stören«, erklärte Pam sarkastisch. »Macht nur weiter mit eurer intimen Unterhaltung und den Witzchen, und wenn ihr zu dem Schluss kommt, dass ihr mich wieder miteinbeziehen wollt, dann stehe ich zur Verfügung.«

Sie lachten über ihren pikierten Gesichtsausdruck, während sie zur Seite trat, um Sean Blair hereintragen zu lassen. Seans Telefon hatte geläutet, als er am späten Vormittag aus der Dusche getreten war, während Blair sich die Haare noch einmal ausspülte. Der Anruf kam von Pam mit einer Einladung zum Abendessen und einer Runde Kartenspielen.

»Übrigens, ich habe Blair nicht erreichen können. Hast du sie vielleicht gesehen?«

Er warf einen Blick in Richtung Badezimmertür, in der Blair stand. Nur mit einem Hauch von einem Slip bekleidet. Sie trocknete sich gerade die Haare mit einem Handtuch. »Ja«, hatte er zögernd geantwortet. »Ich habe sie gesehen.«

»Gut, dann sag ihr, dass auch sie eingeladen ist.«

»Klar, mache ich.« Eine halbe Stunde später war der Telefonhörer noch immer nicht aufgelegt, weil er ihn einfach hatte fallen lassen.

»Wie immer herrscht in diesem Haus das absolute Chaos«, verkündete Pam ihren Gästen, während sie zur Seite trat. »Das Baby schläft, aber Angela und Mandy streiten sich, seit sie aus der Sonntagsschule gekommen sind, und sie werden den Kleinen sicher jeden Augenblick aufwecken. Die Jungs sind stolze Besitzer eines neuen Fußballs, der vor ein paar Minuten gegen meinen neuen Lampenschirm gekracht ist. Deshalb sind sie vorübergehend in den Hinterhof verbannt. Nehmt doch Platz.«

Sean und Blair lachten über ihren Wortschwall, der fast in einem Atemzug aus ihr heraussprudelte. Ohne Umschweife nahm Sean auf einem der abgenützten Sofas der Delgados Platz. Er zog Blair neben sich und legte beschützend den Arm um sie.

Nach ein paar Minuten kam Pam mit einem Tablett mit vier Gläsern, einer Karaffe Wein und einer Platte Käse und Cracker herein. »Die können wir knabbern, bis die Lasagne fertig gebacken ist«, sagte sie.

»Mir fallen gleich ein paar Dinge ein, an denen ich lieber knabbern würde«, murmelte Sean Blair ins Ohr und warf einen vielsagenden Blick auf ihren Busen.

Joe, der Seans Feststellung gehört hatte, verschluckte sich an seinem Wein. Pam, die es nicht mitbekommen hatte, fragte: »Was ist denn so lustig? Was hat er gesagt? Was läuft hier eigentlich? Kann mir das bitte einer mal erklären?« Keiner befriedigte ihre Neugier, was sie umso ärgerlicher machte.

Das Abendessen war eine wilde Angelegenheit, bei der die fünf lauten, hungrigen Delgado-Kinder die Hauptrolle spielten. Dank Pams Kochkünsten und der liebevollen Atmosphäre mit Gelächter, Scherzen und Schimpfen war es dennoch vergnüglich. Nachdem Blair Pam beim Abwasch geholfen hatte, gesellten sie sich im Wohnzimmer zu den Männern, um eine Runde Karten zu spielen.

»Stellt euch nur mal vor, schon in ein paar Wochen können wir im Spielzimmer Karten spielen«, verkündete Pam, während sie darauf wartete, bis Joe ausgegeben hatte.

»Ich dachte, ich würde dieses Spielzimmer für die Kinder bauen.«

»Na ja, irgendwann müssen sie ja schlafen«, stellte Joe trocken fest.

Zwei der Kartenspieler waren jedoch nicht recht bei der Sache. Immer wieder fand Seans Hand unter dem Tisch den Weg zu Blairs Oberschenkel und wanderte dort herum, bis sie einmal ihr ganzes Blatt auf den Tisch fallen ließ. Pam starrte die beiden mit offenem Mund verwirrt an, als sie gleichzeitig loslachten. Und als schließlich die Weinflasche herumgereicht wurde, tranken sie einander zu und mussten ermahnt werden, sich wieder zu konzentrieren, da sie über die Ränder ihrer Gläser hinweg den Blick nicht voneinander wenden konnten.

Nachdem dann alle mehrere Minuten darauf gewartet hatten, dass Blair endlich ihren Einsatz machte, während sie fasziniert auf Seans Hand starrte, die entspannt neben ihrer lag, sagte Pam entnervt: »Um Himmels willen, wollt ihr beide in unserem Schlafzimmer lieber eine Pause einlegen?«

Sean und Blair blickten überrascht auf. Waren sie so durchschaubar? Joe kicherte. »Und wie sie das wollen! Aber wenn jemand in unserem Schlafzimmer eine Pause einlegt, dann sind wir das. Und ich stehe nicht auf Gruppensex. Außerdem setzt du einiges als selbstverständlich voraus, wenn du mit einem so unanständigen Vorschlag aufwartest«, stellte er selbstgerecht fest. »Ich bin mir sicher, dass ihnen der Gedanke an ein schönes, bequemes Bett gar nicht in den Sinn gekommen ist.«

Pam grummelte: »Darauf würde ich meine Packung Antibabypillen für nächsten Monat nicht verwetten.«

»Antibaby…«, stieß Blair mit einem hohen Quieken aus, dann verstummte sie und schwieg verdutzt, während sie mit weit aufgerissenen Augen zu Sean hinüber schaute.

Er sah sie ebenso verstört an. Dann zuckte er mit den Achseln und lächelte schuldbewusst.

»Mein Gott, ich kann es nicht fassen!«, rief Pam aus und schlug sich die Hände vor den Mund. »Ihr beide … ohne jegliche … Ach!« Hysterisches Lachen erstickte den Rest ihres Satzes, bis sie schließlich in der Lage war, herauszuprusten: »Ihr solltet lieber aufpassen, sonst habt ihr am Ende genauso viele Kinder wie wir.«

»Sean, wir können nicht. Wirklich. Das ist mein Ernst.« Sie drückte die Hände gegen seine Brust und wehrte seine leidenschaftlichen Küsse ab.

»Ich habe es dir schon tausend Mal gesagt«, erklärte er, ließ sich auf das Bett zurück fallen und schlug mit den Fäusten auf die Matratze. »Wenn etwas passieren soll, dann ist es bereits passiert. Ein weiteres Mal, bevor du zum Arzt gehst, kann jetzt nun wirklich keinen Schaden anrichten.«

»Das ist Quatsch. Dieser Satz ist so alt wie Adam und Eva, und jeder Schüler der Highschool hat ihn schon ausgesprochen!«

»Ist Adam auf die Highschool gegangen? Auf die Paradiesschule?«

Sie unterdrückte ein Lachen und sagte ernst: »Hör auf, vom Thema abzulenken und lass … ach, Sean, bitte.« Sie nahm seine Hand von ihrer Brust und schob sie zur Seite. »Ich habe zugestimmt, bei dir zu schlafen, wenn du dich benimmst. Und wenn du jetzt nicht aufhörst, dann gehe ich.«

Immerhin hatte er den Anstand, zerknirscht dreinzuschauen. Er verschränkte die Hände hinter dem Kopf und sagte: »In Ordnung. Ich behalte meine Hände bei mir, wenn du dieses Nachthemd ausziehst.«

Sie sah ihn absolut ungläubig an. »Wenn du es dir schon nicht verkneifen kannst, mich anzufassen, wenn ich etwas anhabe, wie soll ich dir da glauben, dass du es dir verkneifen kannst, wenn ich mich ausziehe?«

»Du wirst auf mein Wort als treuer Freund vertrauen«, stellte er bedeutungsvoll fest.

»Ach, klar. Genau, wie ich auf dein Wort vertraue, dass ein weiteres Mal nichts ausmacht. Ich kenne mich in Biologie besser aus, Mr Garrett.«

»Bitte, Blair«, jammerte er. »Ich bin nackt, und es macht mich verlegen, wenn du es nicht bist.«

Sie lachte und stützte sich auf den Ellenbogen, um ihn anzusehen. »Du warst in deinem ganzen Leben noch nie verlegen.« Ihre Selbstdisziplin wurde auf eine harte Probe gestellt, nicht die Hand auszustrecken und ihn zu berühren. Von dem Moment an, als Pam sie unbeabsichtigt darauf aufmerksam gemacht hatte, dass sie das Risiko einging, schwanger zu werden, hatte sie sich geschworen, dass zwischen ihnen nichts mehr stattfinden würde, bis sie einen Gynäkologen aufgesucht hatte. Sie gewöhnte sich schließlich gerade erst an den Gedanken, einen Mann zu lieben. Und Mutter zu werden, war wieder etwas ganz anderes.

»Bitte. Ich will dich doch nur ansehen, ehrlich.«

Seufzend gab sie sich geschlagen. »Gut. Aber denk dran, du hast es mir versprochen.« Sie zog sich das

Nachthemd über den Kopf. »Da. Bist du jetzt zufrieden?«

»Und wie«, knurrte er und stürzte sich auf sie, um sie mit seinem Gewicht auf das Bett zu drücken.

»Sean, du …«

»Trau niemals den Versprechungen eines sexuell ausgehungerten Mannes, der eine nackte Frau im Bett hat. Das ist Lektion Nummer eins.« Unterdessen überschüttete er ihre Brüste mit Küssen.

»Und … und was ist Lektion Nummer zwei?«, fragte Blair und bäumte sich auf, damit er besser an ihre erregt aufgerichteten Brustwarzen kam. Ihre ursprüngliche Entschlossenheit wankte aufgrund der wohligen Mattigkeit, die ihren Körper unter der Macht seiner Hände, seines Mundes und seines Knies zwischen ihren Oberschenkeln ergriff.

»Lektion Nummer zwei … ist, dass … dass es andere Möglichkeiten gibt, wie wir einander befriedigen können.« Mit seinem Mund und seinen Händen weckte er in ihr ein bislang ungekanntes Verlangen. Ihre flehenden Bitten hallten ihr im Kopf wider, während sich ihre Finger in seine Rückenmuskeln bohrten. »Bist du … bist du bereit … ein paar zu lernen?«

Die Lektionen nahmen die ganze Nacht in Anspruch.

»So funktioniert das nicht«, murmelte Sean aus dem Mundwinkel.

»Es kann nicht funktionieren, wenn du nicht still sitzt.« Mit der winzigen silbernen Schere schnitt sie ein paar hervorstehende Härchen ab. »Wenn du schon nicht stillhalten kannst und mich jeden Morgen nervst, während ich mich schminke, dann könntest du mich doch zumindest deinen Schnurrbart stutzen lassen.«

Er umklammerte ihr Handgelenk. »Aber du könntest mehr abschneiden, als ich möchte.«

»Ich würde dir kein einziges kostbares Härchen mehr als nötig abschneiden.« Das letzte Wort sprach sie gegen seinen Mund aus, da sie sich hinabbeugte, um ihn sanft zu küssen. Er grummelte aufbegehrend, als sie sich wieder aufrichtete und die Schere in die Höhe hob.

Das Telefon läutete im Schlafzimmer, er sprang von dem kleinen Hocker auf und gluckste: »Durchs Klingeln gerettet.« Er rannte aus dem Bad und ließ sie mit einem zufriedenen, glücklichen Lächeln im Gesicht stehen.

»Blair, es ist für dich«, rief er.

Sie konnte, als er ihr das Telefon reichte, aus seinem Gesicht ablesen, wie verdutzt er war. Auf ihre stillschweigende Frage zuckte er nur mit den Achseln. »Hallo.«

»Blair, ich versuche schon den ganzen Vormittag, dich zu erreichen. Wo bist du und wer war das?«

»Barney?«, fragte sie ungläubig. Der letzte Mensch, von dem sie einen Anruf erwartet hätte, war ihr Agent. Sie hatte ihm niedergeschlagen erklärt, dass er sie nicht anrufen solle, bis sie sich melden würde, um ihm mitzuteilen, dass bei ihr gesundheitlich wieder alles in Ordnung sei. Er hatte geflucht, getobt, geschimpft und gezetert, und sie dann zum Essen eingeladen, bei dem sie sich beide absichtlich betrunken hatten, um ihre Trauer im Alkohol zu ertränken. »Wie hast du …«

»Pam Delgado. Nachdem ich dich über die Telefonauskunft ausfindig gemacht habe und es stundenlang bei dir habe läuten lassen, fiel mir ein, dass ich sie anrufen könnte. Sie sagte, dass du vielleicht unter dieser Nummer zu erreichen bist. Wer ist der Kerl? Na ja, ist egal. Sitzt du?«

Wie gewöhnlich wechselte Barney das Thema ohne jegliche Überleitung. Seit er vor sieben Jahren ihr Agent geworden war, hatte sie sich an seine Hyperaktivität und Hektik gewöhnt, aber nach zwei Monaten fern von New York waren ihre Reflexe langsamer geworden, und sie hatte zu kämpfen, mit ihm mitzukommen.

»Nein, ich sitze nicht, was …«

»Wie würde es dir gefallen, in der neuen Show mitzumachen, bei der Joel Grey die Hauptrolle spielt?«

Einen Augenblick begriff sie gar nichts. Dann ratterte ihr Gehirn los, Gedanken schossen ihr so schnell durch den Kopf, dass sie sie gar nicht verarbeiten konnte. »Was … diese Show ist doch schon längst besetzt worden.«

»Ja, aber fünf der Tänzerinnen sind wegen irgendwelcher Gewerkschaftsstreitigkeiten oder Ähnlichem rausgeflogen … verdammt, ich weiß es nicht genau. Was spielt das für eine Rolle? Der Regisseur hat heute früh übrigens zu einer unchristlichen Zeit angerufen und nach dir gefragt.«

»Er hat nach mir gefragt?« Sie legte die Hand auf die Brust, um ihr pochendes Herz zu beruhigen.

»Na ja, so in etwa«, wich Barney in typischer Agentenmanier aus. »Er hat gesagt, dass er meine besten Mädchen sehen muss, und du bist zweifelsohne eines davon.«

»Ja, aber …«

»Du bist wieder groß im Geschäft, Blair.« Er nannte ihr die Uhrzeit des Vortanzens und die Adresse des Proberaums, in dem es stattfinden sollte. »Zieh deine Tanzschuhe an – weiche Schuhe, haben sie gesagt – und schwing deinen Hintern in den nächsten Zug nach New York. Übrigens musst du möglicherweise ein Lied singen, aber vielleicht nur auf Playback. Du musst lediglich die Chorus Line verstärken.«

Sean hatte sich eine Jeans und ein Arbeitshemd angezogen. Jetzt saß er auf der Kante des Bettes, das sie gemeinsam gemacht hatten, und starrte sie wie das personifizierte Gewissen an. Von Barneys Begeisterung angesteckt, wandte sie den Kopf ab. »Meinst du wirklich, dass ich das schaffe, Barney?«

»Selbstverständlich. Du bist die Beste.«

»Bin ich dafür nicht zu alt?«

»Ich bin zu alt für dumme Fragen. Ruf mich an, sobald du in der Stadt bist.« Die Leitung war unterbrochen. Sie stellte das Telefon auf die Station zurück und starrte es einen Augenblick lang an, während sie sich überlegte, was sie noch alles zu erledigen hatte, bevor sie in den Zug stieg. Ihr blieben gerade einmal eine Stunde oder zwei …

»Was ist los?«

Sie fuhr zusammen, als Seans Stimme ihre wilden Gedankengänge unterbrachen. »Ein Vortanzen«, antwortete sie ganz aufgeregt. Sie fasste kurz zusammen, was Barney ihr mitgeteilt hatte.

»Du fährst hin?«, fragte er mit leicht ungläubiger Stimme.

»Selbstverständlich fahre ich hin«, erklärte sie und fühlte sich in die Defensive gedrängt. »Das ist eine gewaltige Karrierechance für mich.«

»Hm, ja. Vielleicht besteht aber auch eine gewaltige Chance, dass du deinen Beinen schadest.«

Er sagte damit genau das, was sie nicht hören wollte. Warum konnte er sich denn nicht mit ihr freuen? »Die besteht nicht. Ich habe neulich Abend getanzt. Meinen Beinen ging es nie besser.«

»Du hast Glück gehabt.«

»Sie sind ausgeheilt!«, schrie sie.

»Dann sollte es dir nichts ausmachen, zu einem Arzt

zu gehen, bevor du zu diesem Vortanzen fährst. Ich bringe dich hin.«

»Ich habe keine Zeit«, entgegnete sie, steuerte auf die Tür zu, rannte die Treppe hinunter und ignorierte die Schmerzen, die sie dabei in den Knien spürte. »Und es ist nicht nötig, dass du mich irgendwohin bringst. Ich kenne mich in New York aus.«

Sie hörte Sean fluchen, während er hinter ihr die Treppe hinunter stapfte. »Blair, um Himmels willen, denk doch mal nach. Ich weiß, dass das eine große Gelegenheit sein könnte, aber wenn du in einer Show auftreten sollst, wirst du tagelang proben und ...«

»Ich weiß, was es bedeutet, in einer Show aufzutreten, und ich kann es kaum erwarten, es wieder zu tun.« Er blieb ihr auf den Fersen, als sie den Hof überquerte und die Treppe zu ihrem Apartment über der Garage hinaufstieg. Als sie eintrat, folgte er ihr. Sie drehte sich um und wollte ihn aufhalten. »Wenn du mich jetzt entschuldigen würdest«, sagte sie kühl.

Er ging unbeirrt weiter. »Wenn du schon nicht an deine Gesundheit denken willst, dann bedenke deine Verpflichtungen, die du hier hast.«

Sie lachte. »Ach, komm schon, Sean. In einer Woche wird sich niemand mehr an mich erinnern«, sagte sie mit einer ausladenden Handbewegung. »Diese albernen Ballettstunden sind doch völlig unwichtig.«

Er spannte den Kiefer an. »Vielleicht für dich, Miss Simpson, aber ›diese albernen Ballettstunden‹ bedeuten den Frauen und Mädchen, die daran teilnehmen, eine ganze Menge. Du hast selbst gesagt, dass einige von ihnen wirklich vielversprechend tanzen. Zum Beispiel Mandy Delgado. Wie willst du ihr beibringen, dass du nicht mehr da sein wirst, um sie zu trainieren?«

Seine Argumente trafen sie tiefer, als sie es ihm

gegenüber eingestehen wollte. »Sie hat ihr Talent von Pam geerbt. Jeder könnte Mandy trainieren.«

»Aber du wärst die Beste für sie, und das weißt du ganz genau, verdammt.«

»Was ich verdammt noch mal ganz genau weiß, ist, dass du mich davon abhältst, für mein Vortanzen zu packen.«

»Und du gehst einfach fort und lässt den Ballettunterricht sausen?«

»Alle haben gewusst, dass ich ihn höchstens sechs Monate geben werde«, brüllte sie. »Wo liegt das Problem? Tut es dir jetzt leid, dass du so viel in das Gebäude investiert hast?«

Die Falten um seinen Mund wurden weiß und seine Wangen ganz rot. Er kniff die Augen zusammen und betrachtete sie verächtlich. Sie dachte, er würde sie vielleicht gleich schlagen, weil er die Hände zu Fäusten geballt hatte. Ohne ein weiteres Wort zu sagen, drehte er sich um und knallte die Tür so fest hinter sich zu, dass die Fensterscheiben klirrten.

Drei Stunden später stand Blair vor der Tür des Probensaals, durch die sie den Choreographen Schrittanweisungen des Tanzes brüllen hörte, den er gerade mit jenen Tänzerinnen einstudierte, die für die fünf begehrten Rollen vortanzen wollten. Das Klavier war genauso verstimmt wie in jedem anderen Probensaal, doch der Song kam ihr bekannt vor.

Trotz ihres heftigen Streits mit Sean hatte sie es geschafft, sich zusammenzureißen und mit Pams Auto rechtzeitig beim Bahnhof anzukommen und den nächsten Zug zu nehmen. Noch immer mit dem Schal auf dem Kopf, der ihre Lockenwickler verdeckte, hatte sie ein Taxi zu dem angegebenen Gebäude Ecke Broadway und 73. Straße genommen. In der Damentoilette im Erdgeschoss hatte sie sich die Haare ausgebürstet und ihren Sommerrock und die Bluse gegen ein Trikot und Strumpfhosen getauscht.

Da sie sich nicht eingestehen wollte, wie sehr ihr ein einziges ermunterndes Wort von Sean, ein Satz, mit dem er ihr viel Glück wünschte, oder ein aufmunternder Kuss diese Sache nach ihrer unfreiwilligen Auszeit erleichtert hätte, drehte sie den rostigen Türknauf und betrat den Saal.

Sie war wieder da.

9

»Blair! Mein Gott, was ist denn nur passiert?«, sprudelte Pam los. Sie hatte die Haustür geöffnet, weil jemand geklopft hatte, und hatte auf der Türschwelle ihre beste Freundin stehen sehen, der aus rot geschwollenen Augen Tränen über die Wangen liefen und deren Augenmakeup vom vielen Weinen ganz verschmiert war. Niedergeschlagen ließ Blair die Schultern hängen.

»Ist Sean da? Da steht sein Laster.«

»Ja, er arbeitet am Anbau, aber …«

»Ich will nicht, dass er mich so sieht, aber ich muss unbedingt mit dir reden.«

»Komm rein«, sagte Pam hastig. Sie schob Blair durch die Tür und führte sie dann den schmalen Flur entlang ins hintere elterliche Schlafzimmer. »Das Baby schläft. Die anderen sind draußen beim Spielen. Andrew hilft Sean. Mit etwas Glück wird uns eine Weile keiner stören.« Sie machte die Tür hinter sich zu und setzte sich neben Blair aufs Bett, die nach vorn gebeugt da hockte und schluchzte.

Zunächst unternahm Pam erst gar nicht den Versuch, den Tränenfluss zu stoppen. Was immer beim Vortanzen passiert war, Blair würde es ihr schon erzählen, sobald sie so weit war. Als Sean mit düsterem Gesicht und wütendem Blick erschienen war, um an ihrem Anbau zu arbeiten, hatte sich Pam mutig erkundigt, ob Barney Blair denn erreicht hatte. Das hatte Sean mit einem Knurren bestätigt, dann hatte er sich mit den blasphemischsten Worten, die Pam je aus seinem Mund gehört hatte, darüber geäußert, was er von Barney, dem Vortanzen und von einer Frau hielt, die einfach zu besessen und stur war, um zu erkennen, was gut für sie war.

»Daraus entnehme ich, dass du es nicht gutheißt, dass sie nach New York zurückgefahren ist, und auch nicht, dass sie für eine Rolle vortanzt.«

»Absolut richtig!«, brüllte er. »Sie könnte als Krüppel enden.«

Nun, Blair hatte das Haus auf eigenen Beinen betreten, deshalb glaubte Pam nicht, dass ihr Trauma körperlicher Art war, doch worum es auch ging, es musste in jedem Fall niederschmetternd sein. Sie strich Blair beruhigend über den Rücken, so wie sie es bei einem ihrer Kinder getan hätte. Sie flüsterte ihr mitfühlende Worte zu. Schließlich ließ das fürchterliche Schluchzen nach.

»Erzähl mir alles, Blair.« Ihre Stimme klang sanft und tröstend.

Tränenverquollene Augen waren auf Pam gerichtet. Um das Zittern ihrer Lippen zu stoppen, presste Blair sie so fest zusammen, dass sie ganz weiß wurden. Dann sagte Blair, die in ihrem Bemühen, sich wieder unter Kontrolle zu bekommen, erschauderte, mit einem kaum hörbaren Krächzen: »Ich hab es nicht geschafft.«

Pam verkniff sich einen Seufzer der Erleichterung. Sie war genau wie Sean der Meinung, dass Blair auf keinen Fall wieder arbeiten sollte, bevor ihre Knie richtig ausgeheilt waren. Sie wusste, wie schrecklich strapaziös das stundenlange Tanzen jeden Tag war. Falls Blair tatsächlich vorhatte, wieder als Profi-Tänzerin aufzutreten, dann würde sie ihrem Körper Zeit lassen müssen, sich zu erholen.

»Haben deine Knie dir die Sache vermasselt?«

Blair schüttelte den Kopf. »Nein, Pam, das ist es ja gerade. Ich habe mich gut aufgewärmt, ich habe besser getanzt denn je. Besser als jemals zuvor. Ich habe bei diesem Vortanzen mein Bestes gegeben, und ...« Wieder holte sie schaudernd Luft, um einen erneuten Tränenausbruch zu unterdrücken. »Und auch mein begrenztes Gesangsvermögen hat nicht gegen mich gesprochen. Von den anderen konnte auch keine gut singen. Der Choreograph und der Produzent haben aus etwa fünfzig Bewerberinnen acht ausgewählt. Da wusste ich, dass ich es geschafft habe. Ich konnte es gar nicht verpatzen. Ich hatte mehr Erfahrung, bessere Referenzen. Ich habe fehlerfrei getanzt. Ich war lebhaft. Aber ich war gute fünf Jahre älter als die Älteste der anderen. Als der Choreograph die Namen der fünf aufgerufen hat, die es geschafft haben, war meiner nicht dabei.«

»Ach, Blair, Liebes, du weißt, dass eine Abfuhr bei einem Vortanzen gar nichts zu bedeuten hat. Das war einfach nicht deine Show. Du bist schon bei Dutzenden von Vortänzen rausgeflogen. Es wird andere Chancen geben.«

Blair lachte traurig auf. »Ich würde dir ja so gern glauben, aber das kann ich nicht. Ich hätte es dieses Mal schaffen müssen, um zu überleben. Frag mich nicht, woher ich das weiß, es ist einfach so.« Sie drückte Pams Hand. »Ich habe so gut getanzt, Pam. Wirklich.«

»So sehr ich mit dir fühle, ich hoffe, dass du dir nicht geschadet hast«, stellte Pam sorgenvoll fest. »Tun dir deine Beine weh?«

Blair zuckte mit den Achseln. »Ein bisschen. Nicht mehr als sonst.«

Vorsichtig brachte Pam das nächste Thema zur Sprache. »Sean hat sich schreckliche Sorgen um dich gemacht. Wie ein wilder Stier ist er herumgerannt, aber er hatte panische Angst, du könntest hinfallen oder dich verletzen und im Krankenhaus landen.«

Blair lachte verächtlich. »Er war bloß wütend, weil ich seinen ungebetenen Rat nicht befolgt habe.« Ihre Lippen fingen wieder zu zittern an. »Als ich seine Aufmunterung am meisten gebraucht hätte, hat er mich nur angebrüllt. Geschieht einem recht, wenn man sich auf Beziehungen einlässt. Ich vermute, ich bin für ihn nichts als eine weitere Trophäe. Ich bin mir sicher, dass ich ihm sowieso nie mehr bedeutet habe.«

»Blair, sag doch nicht so etwas Dummes. Das macht mich richtig wütend. Wann schlägst du endlich die Augen auf?«, schrie Pam. Blair blickte erstaunt auf. In all den Jahren, die sie miteinander befreundet waren, hatte sie noch nie solchen Tadel in der Stimme ihrer Freundin gehört. »Der Kerl ist in dich verliebt. Total verknallt in dich. Und wenn du schlau wärst, was ich ernsthaft bezweifle, dann würdest du ihm zuhören, wenn er dir das sagt. Er war wie von Sinnen vor Sorge um dich, nicht, ob du das verdammte Vortanzen schaffst, sondern ob du es überlebst. Er und ich, wir sind beide der Meinung, dass deine Gesundheit wichtiger ist, ob du es glaubst oder nicht. Er war so besorgt, dass er George Silverton angerufen hat, nur um …«

»George Silverton!«, fiel ihr Blair entsetzt ins Wort. »George Silverton, der Produzent der Show?« Abrupt stand sie vom Bett auf.

Pam war verdutzt, wie plötzlich Blair wieder zum Leben erwachte. Sie trat einen Schritt zurück und antwortete zögernd: »Ja.«

»Und woher kennt Sean Garrett George Silverton?«, wollte Blair wissen.

Pam leckte sich nervös über die Lippen. Hatte sie zu

viel ausgeplaudert? Ihr gefiel der eisige Blick von Blairs grünen Augen nicht, ebenso wenig, dass sie aufrecht dastand, als habe sie einen Besenstiel verschluckt. »Er … ach, er hat letztes Jahr ein Haus für ihn renoviert. Sie sind ziemlich gute Kumpel geworden, glaube ich, und …«

»Ist auch egal«, sagte Blair, die zur Tür stürzte und sie aufriss. Sie sauste den Flur entlang, und Pam kam hinter ihr her gestolpert.

»Blair, warte doch! Du darfst keine voreiligen Schlüsse ziehen. Er …«

»Ich weiß, was er getan hat«, schrie sie über die Schulter hinweg. Sie fluchte über den klemmenden Riegel an der Tür zum Innenhof, der schließlich nachgab. Dann stapfte sie wie ein Soldat auf einem Rachefeldzug über den Innenhof und betrat den Holzbau des neuen Zimmers.

Sean stand mit gespreizten Beinen da und hämmerte lange Nägel in einen dicken Balken. Er fuhr mit dem Kopf herum, als er sie durch das offene Holzgerüst kommen hörte. Er hatte sich mehrere Nägel zwischen die Lippen gesteckt. Andrew, der seinem Idol assistierte, schaute mit einem breiten Grinsen im Gesicht auf, das jedoch verschwand und einem ängstlichen Stirnrunzeln wich, als er sah, dass seine erste große Liebe vor Wut bebte.

»Ich möchte mit dir reden«, erklärte Blair, und es war ihr anzuhören, dass sie sich nur mit Mühe beherrschen konnte.

Sean nahm sich in aller Ruhe die Nägel aus dem Mund. »Nicht jetzt, ich arbeite.«

»Jetzt!«, schrie sie und stampfte mit dem Fuß auf.

Sean zog die Augenbrauen über den funkelnden Augen gefährlich zusammen. »Ich bin beschäftigt«, wiederholte er in bissigem Tonfall. »Außerdem glaube ich nicht, dass dies der geeignete Zeitpunkt und Ort ist, um unsere Meinungsverschiedenheiten auszudiskutieren.«

»Es ist mir völlig egal, was du glaubst und wer uns zuhört.«

»Nun, mir nicht.« Bevor ihr klar wurde, was er vorhatte, ließ er die Nägel fallen, die auf dem Zementboden klirrten, ließ mit lautem Krachen den Hammer fallen, kam auf sie zu und nahm sie sich wie einen Mehlsack auf die Schulter.

Die Luft wurde ihr aus dem Leib gepresst, doch als sie wieder zu Atem kam, schrie sie: »Lass mich runter, du Rüpel!« Sie wand sich, sie schlug mit den Beinen, sie kratzte ihn und hämmerte mit den Fäusten gegen seinen Rücken, doch das nutzte alles nichts. Er schlug sie fest auf den Hintern, was so wehtat, dass ihr Tränen in die Augen schossen. Sie wischte sie sich ab, bevor er sie mit dem Rücken auf Pams Bett warf, die Tür zuknallte und abschloss, damit keiner sie stören konnte.

Sie schoss vom Bett hoch und stellte sich, die Hände in die Hüften gestemmt, vor ihn hin. »Ich hätte wissen müssen, dass du das Feingefühl eines Höhlenmenschen, eines Barbaren besitzt. Es war ja klar, dass das früher oder später zum Vorschein kommen würde.«

»Ich habe keine Szene vom Zaun gebrochen, das warst du«, brüllte er. »Ich entschuldige mich nicht, dass ich dich wie einen Sack Mehl herumschleppe, weil du nicht mehr Feingefühl hast als ein Sack Mehl. Selbst wenn es dir nichts ausmacht, dass Pam mithört, was wir zu besprechen haben, so solltest du wenigstens auf Andrew Rücksicht nehmen. Er betet dich an, was ich, ganz ehrlich, für unangemessen halte.«

»Sag du mir nicht, wie ich mich zu verhalten habe«,

zischte sie. »Ich will nur eines wissen.« Ihre Brust hob und senkte sich, so aufgewühlt war sie. Sie spürte, wie ihr das Blut durch die Adern schoss, dass es ihr laut in den Ohren hämmerte und so in den Augen pochte, dass sie rot sah. »Hast du George Silverton heute Vormittag angerufen oder nicht?«

»Ja, das habe ich.« Sein Gesichtsausdruck blieb unverändert. Sein Tonfall war ganz gelassen.

»Bist du ein Freund von ihm?«

»Ja. Wir spielen zusammen Tennis, wenn er am Wochenende hier ist.«

Seine knappen, ehrlichen Antworten machten sie seltsamerweise noch wütender. »Hast du meine Chance, eine Rolle in dieser Show zu bekommen, sabotiert?«

»Nein.«

»Lüg mich nicht an!«, schrie sie.

»Das tue ich nicht«, brüllte er zurück.

»Doch! Du hast Silverton angerufen und ihn ›als Freund‹ gebeten, Miss Blair Simpson nicht für diese Rolle zu besetzen. Was hast du ihm gesagt? Dass er das Risiko eingehen würde, dass ich eines Abends während der Aufführung zusammenbreche? Dass ich als Tänzerin nicht mehr zu gebrauchen bin? Oder war es etwas zwischen euch beiden als gute Kumpels? Dass ich dein derzeitiges Betthäschen bin und du noch nicht bereit bist, mich wieder an die Arbeit gehen zu lassen? Was hast du ihm gesagt?«

Die Ausdrücke, die aus Seans Mund kamen, während er sich mit der Hand durch die Haare fuhr, findet man wohl nur an die Wände der übelsten öffentlichen Pissoirs gekritzelt. Er stand in arroganter Haltung da, die Hände in die Hüften gestemmt, das Gewicht auf einem Bein, während er sie mit einer Mischung aus Erstaunen und Abscheu ansah.

»Das glaubst du wirklich?«, fragte er schließlich, als sie allmählich dem Blick seiner wütenden blauen Augen auswich. »Nach den letzten Tagen, die wir zusammen verbracht haben, glaubst du im Ernst, dass ich so etwas tun würde?«

Seine Stimme war nach und nach zu einem Brüllen angeschwollen. Er warf den Kopf in den Nacken und blickte zur Decke, während er tief Luft holte, um sich zu fassen und seine Wut unter Kontrolle zu bringen. Als er die Luft aus seinen Lungen mit einem langen, anhaltenden Seufzer wieder ausstieß, hatte er die Augen geschlossen und den Kopf gesenkt.

»Nein, Blair, ich enttäusche dich ungern, aber ich habe nichts dergleichen gesagt. Genau genommen ist dein Name gar nicht gefallen. Ich habe George angerufen, der tatsächlich ein Freund von mir ist. Ich wusste, dass er diese Show produziert. Ich habe ihn darüber ausgefragt. Ihn gefragt, was für eine Art von Show das ist, weil ich herausfinden wollte, wie anstrengend das für dich würde. Das ist alles. Punkt. Ob du es mir glaubst oder nicht. Das ist die Wahrheit.«

»Das nehme ich dir nicht ab«, entgegnete sie zu seiner Überraschung. »Ich habe zu gut getanzt. Ich war großartig. Irgendetwas hat dazu geführt, dass man mich nicht genommen hat, und es hatte nichts mit meiner Leistung bei diesem Vortanzen zu tun.«

»Und es hatte nichts mit mir zu tun. Warum sollte ich dir so etwas antun?« Seine Stimme verriet, dass er ehrlich verblüfft war. Dass sie ihn tatsächlich verdächtigen konnte, etwas so Gemeines zu tun, war ihm unbegreiflich. Sie lachte traurig auf. »Bei deinem Ruf? Soll das dein Ernst sein? Vielleicht ist der einzige Grund der, dass du dir das Playmate des Monats noch ein bisschen länger sichern wolltest.«

Sein markantes Gesicht errötete sichtlich, und er machte bedrohlich einen Schritt auf sie zu. »Dafür sollte ich dir eine ordentliche Tracht Prügel verpassen!«

»Nun, das würde jedenfalls deinem Stil entsprechen«, gab sie zurück.

»Beziehungsweise sollte ich dich auf dieses Bett werfen und dich küssen, bis du wieder zur Vernunft kommst oder bis es dir zumindest die Sprache verschlägt.«

»Küssen? Mit Sex erobern? Ist es das? Ist es das, was du in den letzten paar Tagen versucht hast?«

»Nicht zu erobern. Zu überzeugen. Dir etwas beizubringen. Dich davon zu überzeugen, dass es im Leben mehr gibt, als auf einer Bühne zu tanzen.«

»Nicht für mich!«

»O doch. Auch für dich. Du hast seit letzten Freitagabend immer wieder bewiesen, dass du, wenn wir miteinander Sex haben, Gefühle erleben kannst, die du beim Tanzen nie erfahren hast.«

»Nein!«

»Doch! Ich habe dich erfüllt strahlen sehen. Ich habe dich zufrieden schnurren hören. Du hast Glück ausgestrahlt. Und schau dich jetzt an! Hat dich das Tanzen heute so glücklich gemacht? Du hast dir die Augen ausgeheult. Und was zum Teufel ist eigentlich mit deinen Haaren passiert?«

Verblüfft von dieser Frage, die so gar nicht zum Übrigen passte, streckte sie den Arm aus und fasste sich an die Haare, als wolle sie sich vergewissern, was damit nicht in Ordnung war. »Ich … ich habe mir Locken gemacht.«

»Willst du mir damit etwa sagen, dass das Absicht war?«, fragte er taktlos.

Sie reckte aufmüpfig das Kinn. »So sieht es auf der Bühne gut aus. Das macht mich jünger.«

»Jünger? Klar, du siehst aus wie ein Hippiemädchen«, lachte er.

»Das muss ich mir nicht anhören«, sagte sie und stapfte an ihm vorbei in Richtung Tür.

Er packte sie mit seiner Hand, die wie eine stählerne Falle war, am Arm und drehte sie herum, sodass sie ihn ansah. »Doch, das musst du«, zischte er zwischen den Zähnen hindurch. »Du hättest schon vor langer Zeit jemanden gebraucht, der es dir hätte sagen müssen. Du, Blair Simpson, bist der selbstsüchtigste Mensch, den ich je kennengelernt habe. Dein Egoismus ist so sehr Teil von dir, dass du ihn gar nicht mehr bemerkst. Es ist Zeit, dass du das erkennst.« Sie wand sich, um sich zu befreien. »Meinst du, du bist der einzige Mensch auf der Welt, der je einen Rückschlag zu verkraften hatte? Hat dir das Leben eine Garantie gegeben, dass alles immer rosig sein würde? Was ist, wenn du nie mehr tanzen kannst? Was dann? War das dann alles? Wirfst du dich dann vor einen Zug wie dein Freund Cole?«

»Lass mich gehen!«, forderte sie, als es ihr endlich gelang, ihren tauben Arm aus der Umklammerung zu befreien. »Ich gebe nicht auf, bis ich Erfolg habe.«

»Als was? Als Tänzerin? Du hast Erfolg. Du hattest als Tänzerin zwölf erfolgreiche Jahre.«

»Das ist nicht genug.«

»Es wird nie genug sein, weil es andere Arten des Erfolgs gibt, und nur einige davon haben etwas mit Berühmtheit und Reichtum zu tun. Die anderen haben damit zu tun, ein warmherziger, mitfühlender und liebevoller Mensch zu sein. Und auf diesem Gebiet bist du eine erbärmlicher Versagerin, Miss Simpson.«

Diese Feststellung war wie eine schallende Ohrfeige, die ihr sofort wieder Tränen in die Augen trieb. »Halt den Mund!«

»Nein, du hältst den Mund und hörst mir zu. Kein noch so großer Erfolg wird dich glücklich machen, weil er immer flüchtig sein wird. Du suchst noch immer nach Anerkennung und Akzeptanz. Und es wird absolut keine Rolle spielen, wer dich akzeptiert, weil du dich nie selbst wirst akzeptieren können. Das ist es, was bei dir nicht in Ordnung ist, Blair. Du kannst dich selbst nicht leiden.«

Er kam der Wahrheit zu nahe, deshalb richtete sie jeden Schutzschild auf, der ihr zur Verfügung stand. Sie musste den Schmerz und die Schuldgefühle abwehren. »Wie kannst du es wagen, mir einen Vortrag über etwas zu halten, von dem du überhaupt nichts verstehst? Was weißt du schon von Enttäuschungen und Niederlagen? Du sitzt hier draußen in deinem kuscheligen kleinen Nest und predigst über Erfolg. Alles, was du je angefasst hast, hat sich in Gold verwandelt. Sag mir, König Midas, wann hast du je Enttäuschungen und Ablehnung erfahren?«

»Vor acht Jahren, als ich bankrott war und alles verloren hatte.«

Die Stille war geradezu greifbar. Seans ungeheure Anspannung rollte wie in Wogen über Blair hinweg und raubte ihr den Atem. Er hatte sich gewünscht, dass es ihr die Sprache verschlagen würde. Jetzt war sie sprachlos, während sie ihn mit ausdrucksloser Miene anstarrte und zu begreifen versuchte, was er da gerade gesagt hatte.

»Bankrott?«, keuchte sie.

»Setz dich.«

Ohne zu fragen, gehorchte sie, ging zum Bett und ließ sich darauf fallen. Er trat ans Fenster, kehrte ihr den Rücken zu und schaute hinaus.

»Ich war dreißig Jahre alt und damit beschäftigt,

überall in der City beschissene Häuser und Apartments zu bauen. Ich habe Land für weitere Häuser und Eigentumswohnungen gekauft. Es konnte, wie du sagst, gar nicht schief gehen. Aber das ist es. Alles ist schief gelaufen – unkluge Investitionen, ein übersättigter Markt, hohe Zinsen, Zahlungsschwierigkeiten. Keiner hat die Häuser und Eigentumswohnungen gekauft. Die Banken haben ihre Kredite eingefordert. Ich war völlig pleite und musste einen Offenbarungseid leisten. Die Freunde vom Country Club und die Investoren hatten auf einmal meine Telefonnummer vergessen und wünschten sich, sie könnten auch meinen Namen aus ihrem Gedächtnis streichen. Es macht die Leute nervös, jemanden um sich zu haben, der gerade sang- und klanglos untergeht, als würden sie sich mit der ansteckenden Krankheit infizieren, die er in sich trägt. Jedenfalls war es nicht mehr lustig, mich um sich zu haben. Ich musste das Segelboot verkaufen, den Jaguar XKE, den Cadillac, die sechs Pferde, meinen Tennis- und die Golfschläger.«

Er lachte. »Ich übertreibe nicht. Es war wirklich so schlimm. Zum Glück hatte sich mein Vater ein paar Jahre zuvor aus dem Geschäft zurückgezogen. Ihm hatte nicht gefallen, was ich aus dem angesehenen Baubetrieb gemacht hatte, den er sein Leben lang aufgebaut hatte. Er hatte recht. Immerhin war die finanzielle Zukunft für ihn und Mom gesichert. Vor Gericht ist es mir gelungen, Vermögenswerte flüssig zu machen und die Schulden zurückzuzahlen. Langsam. Ganz langsam. Aber die meisten Gläubiger bekamen neunzig Cents pro Dollar zurück. Ich bin hierher gezogen und habe wieder ganz von vorn angefangen. Habe als Zimmerer gearbeitet und festgestellt, dass mir die Arbeit mit den Händen, das Bauen, Spaß macht.

Ich habe genug Geld zusammengespart, um mir das Haus zu kaufen, und habe es an den Wochenenden ausgebaut. Dann habe ich ein zweites gekauft und wieder verkauft und dabei mein Haus als Beispiel genutzt, was man aus diesen alten Häusern machen kann. Ich glaube, den Rest kannst du dir selbst zusammenreimen. Ich hatte großes Glück. Ich habe eine zweite Chance bekommen und es geschafft, diese nicht zu vermasseln.«

Er drehte sich um und schaute sie jetzt an. »Du hast dich für die Frau interessiert, die ich heiraten wollte. Sie hat sich aus dem Staub gemacht, als die Lage schwierig wurde, sie hat bei dem Gedanken Panik bekommen, an einen Mann gebunden zu sein, der den Beitrag für den Country Club nicht aufbringen kann, von ihren Rechnungen bei diversen Kleiderboutiquen ganz zu schweigen.«

»Sie hat dich einfach im Stich gelassen?« Blair hatte die ganze Zeit geschwiegen, während er ihr seine Geschichte erzählte. Die Erkenntnis, dass dieser Mann, der die Selbstsicherheit in Person war und den Inbegriff von Erfolg darstellte, eine solche Niederlage und Verletzlichkeit erfahren hatte, löste ihre Wut in Luft auf und erfüllte sie mit Ehrfurcht.

»Ja, und damals war ich froh, dass sie gegangen ist. Das war eine Verantwortung weniger, die ich zu tragen hatte. Aber ich war fuchsteufelswild, dass sie den Verlobungsring mit den Diamanten einfach behalten hat. Ich wollte ihn eigentlich verkaufen.« Ein Anflug von Belustigung erhellte seine blauen Augen.

»Hast du sie nie wieder gesehen?«

»O doch. Ein paar Jahre später, unmittelbar nachdem ein Banker aus London sie wegen einer Geschiedenen mit viel Geld hat sitzen lassen, hat sie mich hier draußen besucht. Sie war ganz begeistert von den Häusern, die ich restauriert hatte. Ich hatte gerade den Mercedes gekauft, über den sie mit ihren kleinen Fingern gierig strich. Die Times hatte kurz davor einen Bericht über mich in der Sonntagsausgabe veröffentlicht. Ich war wieder auf dem Weg nach oben. Sie hat meine kleinen Häuser geliebt. Sie hat meine kleine Stadt geliebt. Sie hat mich geliebt und konnte sich gar nicht erklären, wieso sie es je anders gesehen hatte.«

Blair verhehlte nicht, wie angewidert sie war. »Was hast du zu alledem gesagt?«

»Nichts. Ich habe ihr ins Gesicht gelacht und sie fortgeschickt. Ich habe ihr viel Glück bei der Jagd nach dem Richtigen gewünscht. So viel ich weiß, ist sie immer noch ganz verzweifelt auf der Suche nach einem reichen Ehemann.« Er lächelte nicht über seinen Versuch, witzig zu sein, als er sich neben Blair auf das Bett setzte.

Er nahm ihre Hand, legte sie in seine Handfläche und betrachtete ihre schlanken Finger und die blassblauen Adern, die den Handrücken durchzogen.

»Blair, wenn man älter wird, erlebt man automatisch Umbrüche. Frauen verlieren ihre Ehemänner und müssen sich zum ersten Mal auf dem Arbeitsmarkt bewähren; Männern wird ihr Job in der Fabrik gekündigt, den sie dreißig Jahre lang hatten, und sie müssen sich eine andere Arbeit suchen; Hausfrauen haben mit Langeweile zu kämpfen, wenn ihre Kinder das Haus verlassen. Ich musste wieder ganz von vorn anfangen. Ich hatte nicht damit gerechnet, je wieder glücklich zu sein, aber jetzt bin ich glücklicher als je zuvor. Das Leben, das ich jetzt führe, war so gar nicht vorgesehen. Es ist mir einfach wie ein Geschenk in den Schoß gefallen.«

Pam hatte ihr damals, an dem Tag, als sie in das Apartment über der Garage eingezogen war, etwas Ähnliches erzählt. Dass sie etwas Wunderbares erwarte, was sie sich nicht einmal vorstellen könne.

»Ich liebe meine Arbeit. Ich bin sehr stolz darauf. Es hat etwas wirklich Befriedigendes, zuzusehen, wie etwas unter meinen Händen Gestalt annimmt. Diese Art von Befriedigung habe ich früher nie gekannt, wenn ich ein Grundstück gekauft habe, das mir nicht mehr bedeutet hat als das Papier, auf dem der Vertrag gedruckt war.« Er hob ihr Kinn an, um ihr ins Gesicht zu schauen. »Klinge ich wie ein absolut rührseliger Idiot?«

Sie schüttelte den Kopf. »Du klingst wie ein Mann, der mit beiden Füßen fest auf dem Boden steht, der Werte zu schätzen weiß, weil er sie auf die harte Tour zu schätzen gelernt hat. Ein Kämpfer. Ein Mann, der mit seinem Leben zufrieden ist.«

»Auf allen Gebieten – bis auf eines. In meinem Leben fehlt etwas ganz Entscheidendes«, sagte er leise. Er hob die Haare über ihrem Ohr an und strich mit dem Schnurrbart an ihrer Ohrmuschel entlang.

Unwillkürlich warf sie den Kopf in den Nacken und schloss die Augen. »Und was soll dieses Entscheidende denn sein?« Undeutlich wurde sie sich bewusst, dass er sie auf das Bett drückte. Sie ließen beide die Beine über den Bettrand baumeln.

Sein Mund wanderte über ihre Wange und war bei ihren Lippen angekommen, als er sagte: »Eine Frau, die mich liebt. Die mit mir zusammenlebt und mein Leben mit mir teilt. Mit der ich lachen und Sex haben kann.«

Seine Zunge berührte kurz ihre Mundwinkel, dann glitt sie über ihre Unterlippe. »Blair, du hast heute eine Niederlage erlebt. Wenn ich könnte, hätte ich sie dir gerne erspart, aber vielleicht ist es besser so.«

Es war schwierig, klar zu denken, während seine Zunge sich sanft zwischen ihre Lippen drängte und seine Hand an den Knöpfen ihrer Bluse herumfingerte, aber sein beschwichtigender Tonfall reizte sie, sodass sie sich nicht richtig entspannen konnte. »Warum soll das besser sein?«, fragte sie.

»Weil du jetzt weißt, dass du besser dran bist, wenn du dein Leben hier akzeptierst. Jetzt kannst du den Gedanken aufgeben, wieder zurückzugehen.«

Sie neigte den Kopf zur Seite und entzog sich seinem Mund. Sie packte die Hand, die an ihren Blusenknöpfen herumfingerte, schob sie zur Seite und setzte sich auf. Dann drehte sie sich um und blickte ihn an.

»Ich weiß gar nichts Derartiges, Sean. Und ich werde nichts aufgeben, schon gar nicht meine Karriere.« Er stützte sich auf einen Ellenbogen. »Du hast mir jetzt eine halbe Stunde lang erzählt, wie wunderbar und selten es ist, eine zweite Chance zu bekommen. Ich werde meine zweite Chance nutzen. Ich muss wieder nach New York zurück. Sobald ich Barney anrufe ...«

»Ich kann es nicht fassen«, knurrte Sean, rollte sich vom Bett und schlug sich mit der Faust in die Handfläche. »Ich habe von einer zweiten Chance in einem anderen Leben gesprochen, nicht in demselben. Sei nicht dumm, Blair. Du hörst bloß das, was du hören möchtest, und drehst alles so, wie es dir passt.«

»Wer verdreht hier die Tatsachen? Die Geschichte, die du mir gerade erzählt hast, trifft auf dein Leben zu, Sean, nicht auf meines.«

»Das könnte ein und dasselbe sein.« Die Klarheit, mit der er sprach, jagte ihr mehr Angst ein, als es zuvor seine Eindringlichkeit getan hatte.

»Aber das sind sie nicht. Nicht jetzt, nicht, bis ...«

»Nicht, bis du zu kaputt bist, um noch länger zu tanzen? Vielleicht sogar um zu laufen?« Inzwischen brüllte er.

Er drehte sich um, ging auf die Tür zu und riss sie, als er sie öffnete, beinahe aus den Angeln. »Vergiss es, Baby. Vergiss es, zu mir zurückgehinkt zu kommen. Ich werde dich nicht mehr haben wollen, wenn du zu mitgenommen und kaputt bist, um für irgendjemanden noch von Nutzen zu sein.«

Das, was er im Gehen über die Schulter hinweg gesagt hatte, ging ihr wie ein teuflischer Refrain ständig im Kopf herum und hielt sie vom Schlafen ab. Sie wälzte sich auf ihrem Schlafsofa hin und her und fühlte sich nach den Nächten, die sie zusammen mit Sean verbracht hatte, so traurig und einsam. Sie hatten in seinem großen Bett wie Puzzleteile aneinandergeschmiegt geschlafen. Sein Atem hatte ihr Ohr gewärmt. Seine Arme hatten sie beschützt. Seine Hände ...

Pam hatte Blair wortkarg und missmutig nach Hause gefahren und ihr erklärt, dass sie ihr Zweitauto in den nächsten Tagen wohl selbst brauchen würde. Sie hatten sich hastig voneinander verabschiedet. Als sie Pams Haus verlassen hatte, hatte sie Sean nirgends gesehen. Aber sie hatte die dröhnenden Hammerschläge gehört, mit denen er seine Wut an den armen Nägeln ausließ.

Sie wollte nicht zugeben, ja sich nicht einmal selbst eingestehen, wie sehr sie ihn vermissen würde. Denn sie hatte auf der Rückfahrt zu ihrer Wohnung über der Garage beschlossen, dass sie umgehend nach New York zurückkehren würde. Es würde unmöglich sein, im Schatten seines Hauses zu leben, ihn ständig zu sehen und stets diese Abneigung zwischen ihnen zu spüren, die beim kleinsten Funken zu einem Inferno explodieren und sie beide verzehren würde.

Noch am Nachmittag hatte sie sich, gleich nachdem Pam sie nach Hause gefahren hatte, ans Packen gemacht. Morgen früh würde sie Pam anrufen und ihr erklären, warum sie keine Ballettstunden mehr geben konnte. Sie musste in New York sein, um sofort reagieren zu können, wenn sich etwas ergeben sollte, so wie das heutige Vortanzen. Barney war begeistert gewesen, als sie ihm am Abend Bescheid gesagt hatte.

Eine zweite Tatsache, die sie sich nicht eingestehen wollte, waren die pochenden Schmerzen in ihren Knien. Der emotionale Aufruhr am Nachmittag hatte zunächst verhindert, dass sie diese wahrnahm, doch sobald sie allein war, konnten die immer stärker werdenden Schmerzen nicht mehr ignoriert werden. Sie hatte ihre Beine abwechselnd mit Wärme- und Kältepackungen behandelt, aber es hatte nichts genützt. Sie hatte drei Aspirin-Tabletten auf einmal geschluckt und sich zwei Stunden später veranlasst gesehen, noch einmal drei zu nehmen. Heftiges Fluchen und Tränen der Frustration hatten ebenfalls nicht geholfen. Sie hatte heute getanzt, so gut sie konnte, und ihr Bestes gegeben. Sie hatte das Programm mehrfach wiederholen müssen. Jetzt musste sie dafür büßen. Wahrscheinlich würde Sean sich freuen, wenn er wüsste, wie angeschlagen und mitgenommen sie sich fühlte.

Sean, Sean, Sean. Warum sehnte sie sich nach der Berührung seiner Hände, die gleichermaßen beruhigen und erregen konnten? Warum sehnte sie sich nach der Verführungskunst seines Mundes mit dem dichten Schnurrbart? Warum verlangten ihre Hände danach, die Muskeln seines Rückens und seiner Schultern zu kneten, und ihre Finger, durch den Flaum auf seiner Brust zu fahren, ihre Lippen, seinen speziellen Duft aufzunehmen, ihr Körper … »Verdammt!« Sie verfluchte die Tränen, die ihr in die Augen schossen. Warum trauerte sie ihm mehr nach, als sie über ihre schmerzenden Knie weinte? Seine

Zurechtweisung war schwieriger zu verkraften als die Absage nach dem Vortanzen. Warum bloß? Es gab darauf nur eine Antwort, und sie war noch nicht bereit, sie sich einzugestehen.

Das Telefon klingelte laut und riss sie aus dem Schlaf. Sie stöhnte auf und vergrub das Gesicht im Kopfkissen. Wieder läutete das Telefon.

Sie schlug die Augen auf und stellte fest, dass es später war, als sie gedacht hatte. Die Uhr zeigte an, dass es schon ein paar Minuten nach zehn war. Ihr Arm steckte in den verhedderten Laken, und sie kämpfte mit ungeschickten Bewegungen, um ihn zu befreien, damit sie das Telefon abnehmen konnte, das hartnäckig weiter läutete. »Immer mit der Ruhe«, knurrte sie, als sie den Apparat schließlich von der Station nahm und sich ans Ohr hielt.

»Blair!«

Es war die Stimme, die sie am dringendsten zu hören wünschte. Die Stimme, die sie die ganze Nacht verfolgt hatte, sprach jetzt zu ihr, aber …

»Blair?«, rief er ungeduldig.

»J… ja? Sean? Was ist …«

»Ist Pam bei dir?«

Verwirrt schaute sie sich im Zimmer um, als erwarte sie beinahe, Pam hier zu entdecken. »Nein, warum? Sie …«

»Hast du sie gesehen? Weißt du, wo sie stecken könnte?«, fragte er barsch.

»Ich …« Sie war nicht überrascht, dass er noch immer wütend war, aber es passte gar nicht zu ihm, anzurufen und bewusst unhöflich zu sein. »Sean, ist etwas passiert?«

»Ich muss Pam oder Joe finden. Andrew hatte einen Unfall. Er ist verletzt.«

10

Sie starrte ins Leere und blinzelte verwirrt. »Einen Unfall …? Was …?«

»Ich habe an ihrem Dach gearbeitet. Er ist eine Leiter hinaufgeklettert, um mir einen Beutel Nägel zu bringen. Das verdammte Ding ist ins Rutschen geraten, und er ist hinuntergestürzt. Ist mit dem Kopf auf dem Beton aufgeschlagen. Er ist bewusstlos und blutet ganz fürchterlich.«

Blair drückte die zitternde Hand gegen ihren Mund. Andrew – der fröhliche, lebhafte Andrew – lag bewusstlos da und blutete? Nein, nein! »Hat … hat er sich bewegt? Hast du … hast du einen Krankenwagen gerufen?«

»Nein, er hat sich nicht bewegt, und ja, ich habe einen Krankenwagen gerufen. Er ist auf dem Weg hierher. Pam ist etwa vor einer Stunde mit den anderen Kindern fortgefahren. Joes Vorgesetzter hat ihn über Funk informiert. Ich dachte, wenn ich Pam Bescheid geben könnte, könnte sie uns im Krankenhaus treffen.«

Pam! Blairs Herz zog sich bei dem Gedanken zusammen, was es für Pam bedeuten würde, wenn Andrew etwas Ernsthaftes zustoßen sollte oder … Sie fasste sich an die Brust, als sie sich den Kummer ihrer Freundin ausmalte. Sean sagte: »Ich muss sie unbedingt ausfindig machen.«

Die Leitung war unterbrochen.

Lieber Gott, bitte nicht, flehte sie im Stillen. Nicht Andrew. Nicht Pam. Er wird durchkommen. Er muss durchkommen! Sean ist bei ihm. Sean wird – Sean! Er ist allein und verzweifelt. Er vergöttert diesen Jungen.

Von einer unsichtbaren Hand wachgerüttelt, sprang sie aus dem Bett und schrie vor Schmerzen auf, als sie auftrat und der Schmerz durch ihr Schienbein hinauf bis in die Kniescheibe fuhr. Sie schnappte nach Luft und versuchte, die stechenden Schmerzen zu ignorieren, die drohten, Übelkeit in ihr aufsteigen zu lassen.

Vorsichtig legte sie die Strecke bis zu ihrem Schrank zurück, aus dem sie Shorts und ein T-Shirt zog. Sie fuhr in ihre Sandalen und rannte ungeachtet der Schmerzen aus der Tür und die Treppe hinunter.

»Oh, verdammt! Der Pickup.« An der Stelle, an der sie erwartet hatte, Seans Mercedes zu sehen, stand das uralte Vehikel. Aber sie hatte keine Zeit zu lamentieren.

Sie stürzte auf den alten Lastwagen zu und riss die Tür auf. Sean hatte ihr gesagt, dass er immer einen Ersatzschlüssel unter dem Sitz liegen hatte, und ihre Finger ertasteten ihn nach wenigen Sekunden, wobei Blair nicht einmal an den Schmutz dachte, der sich dort unten angesammelt hatte. Sie steckte den Schlüssel ins Zündschloss, sprach ein Stoßgebet, dass sie sich erinnern möge, wie man ein normales Schaltgetriebe zu bedienen hatte, und drehte ihn um. Nichts.

»Verdammt!«, fluchte sie. »Komm schon, spring an, du blöde Karre!« Abwechselnd trat sie auf die Kupplung und das Gaspedal, aber das führte zu nichts.

Blair legte die Stirn aufs Lenkrand und ließ ihren Tränen freien Lauf, die hervorzubrechen drohten, seit sie Seans Stimme am Telefon gehört hatte. Sie reckte den Kopf, umklammerte mit beiden Händen das Lenkrad und zerrte daran. »Ich muss zu ihm. Ich muss los. Jetzt spring endlich an, verdammt!«, schrie sie. Ihr ganzer Kummer, ihre Frustration, der Schmerz und die Verzweiflung flossen in diesen Fluch ein. »Spring endlich an!«

Nachdem Blair dem Laster ohne Erfolg eine letzte Chance gegeben hatte, stieß sie die Tür auf. Verzweifelt und hoffnungslos schaute sie sich um und rang ohnmächtig die Hände. Sie ließ den Blick über Seans Garten schweifen, und ihr Gehirn registrierte den Trampelpfad, der an seinem Haus vorbeiführte, als weise ein leuchtendes Neonschild darauf hin. »Die Abkürzung!«, flüsterte sie. Andrews Abkürzung. Er hatte damit geprahlt, hatte ihr erzählt, dass er bereits einen Trampelpfad durch die Hinterhöfe und Gärten angelegt hatte, um die Strecke von Pams zu Seans Haus schneller zurücklegen zu können.

Von einer inneren Kraft getrieben, begann Blair, den Pfad entlangzurennen. Sie dachte nicht an den Schmerz, der von ihren Knien durch die Oberschenkel schoss und durch ihre inneren Organe, das Rückgrat hinauf direkt ins Gehirn fuhr. Genau genommen spürte sie es nicht einmal.

Der wunderbare kleine Andrew. Er himmelte sie an. Pam hatte das gesagt. Pam, ihre beste Freundin. Für Pam, über deren vernünftige Ratschläge und gesunden Menschenverstand sie sich häufig lustig gemacht hatte, wäre es eine Katastrophe. Sie selbst hatte sich immer auf Pams Stärke verlassen. Es war Zeit, dass sie sich revanchierte. Hatte sie Pam je gesagt, wie sehr sie ihre Freundschaft schätzte? Und Sean. Er liebte sie. Beziehungsweise hatte sie geliebt, bis sie seine Liebe zurückgewiesen hatte. Gib mich noch nicht auf, Sean. Bitte!

Blair rannte durch Hinterhöfe und Gärten. Sie registrierte die neugierigen Blicke der Leute gar nicht, die in ihren Gärten werkelten oder bei der Hausarbeit innehielten, um aus dem Fenster zu spähen und die Frau anzusehen, die in einem Affenzahn vorbeirannte. Man konnte sie unmöglich für eine normale Joggerin halten.

Sie sah weder die Gräser, die gegen ihre nackten Beine schlugen, noch die Steine, die Verletzungen an ihren Fersen und Ballen zurücklassen würden. Sie sah nur Sean, wie er aus dem Meer auftauchte, nackt und lebendig – Sean, der so viel Leben und Zuversicht ausstrahlte, die er auf sie hätte übertragen können.

Sie hörte nicht, wie schwer sie keuchte. Seans Lachen dröhnte ihr im Takt ihrer Schritte in den Ohren. Sein Liebesgeflüster war der Grund, warum ihr Herz so schnell schlug. Seine Worte waren inzwischen Balsam gegen ihre Niedergeschlagenheit geworden.

Sie bemerkte gar nicht, wie sehr sie schwitzte und wie der Schweiß ihren Körper hinabrann. Stattdessen spürte sie Seans Liebkosungen, zärtlich und liebevoll, stark und aufmunternd.

Wie hatte sie nur glauben können, dass sie ohne all das, was er ihr zu geben hatte, würde leben können? Sie musste zu ihm, ihm sagen, ihm zeigen, dass sie liebevoll und mitfühlend sein konnte. Sie liebte, und sie war mitfühlend. Das war jetzt der Zeitpunkt, an dem er sie vielleicht brauchen würde. Sie konnte – sie durfte – ihn jetzt nicht im Stich lassen. Renn! Nur noch einen Häuserblock.

Ihre Beine liefen schneller, sie arbeiteten wie die Kolben einer gut geölten Maschine. Sie konnte das skelettartige Dachgerüst sehen, an dem Sean gearbeitet hatte. Gott sei Dank. Gott sei Dank. Ich bin fast da, betete sie, als sie die letzten Meter zurücklegte.

Sie zwängte sich durch die Hecke des Hauses, das dem der Delgados gegenüber stand. Dann lief auf einmal alles in Zeitlupe ab. Blair sah sie – Sean, Pam und

Joe – über Andrew gebeugt dastehen. Er saß auf der Treppe der Eingangsveranda, ein blutverschmiertes Tuch über der Stirn. Es ging ihm gut! Oder etwa nicht? Er würde ja nicht dasitzen, wenn …

Joe blickte auf. Sie hörte ihn aus scheinbar großer Entfernung rufen: »Blair!«

Pam und Sean drehten sich mit den fließenden Bewegungen um, die für Gestalten in einem Traum typisch sind. Verwunderung und Entsetzen verzerrten ihre Gesichter zu hässlichen Grimassen. Sie rannten auf sie zu, kamen jedoch nicht von der Stelle. Sie sah, dass Seans Lippen ihren Namen bildeten, aber sie hörte nichts.

Sie wusste nicht, dass sie in gebückter Haltung lief, dass ihre Knie einen grässlichen Winkel bildeten und sie kaum noch trugen. Sie spürte einen dumpfen Schlag, als ihr Körper auf dem Gehsteig aufprallte. Sie schaute hinab und war überrascht, als sie feststellte, dass sie auf dem heißen Beton lag.

Dann fiel sie zum ersten Mal in ihrem Leben in Ohnmacht.

»Auf keinen Fall! Das kommt gar nicht in Frage!«

»Aber Pam –«

»Du sollst mir nicht widersprechen! Ich habe gesagt, dass dir dieses Haus offen steht, wenn du dich hier erholen willst. Ich bringe dir die Bettpfanne. Ich koche für dich, wasche dir deine Kleider, reibe dir den Rücken ein, alles. Aber ich organisiere für dich nicht den Auszug aus dieser Wohnung.«

»Eine schöne Freundin bist du!«, beklagte sich Blair, die sich im Bett aufgesetzt hatte.

Seit Andrews Unfall waren vier Tage vergangen. Andrew ging es gut, er stellte den dicken Verband um seine

Stirn überall stolz zur Schau. Blair hatte insoweit Fortschritte gemacht, als sie mit einem Kissen unter ihren Knien immerhin sitzen konnte. Heute Vormittag hatte sie sich geweigert, die Schmerztabletten einzunehmen, die der Arzt ihr verschrieben hatte. Ihre Knie taten kaum mehr weh, und sie hatte das damit gefeiert, dass sie Pam bat, ihr beim Anziehen einer Bluse und einer Hose zu helfen.

Pam hatte sie in einem winzigen Zimmer untergebracht, das zu klein war, um als Schlafzimmer zu dienen, aber für eine Abstellkammer zu groß war. Bislang hatte Pam es als Näh- und Abstellraum genutzt. Blair war es schleierhaft, wie Joe das Doppelbett hier hereingequetscht hatte. Als sie, von Schmerzen geplagt, aus ihrer Ohnmacht erwacht war, hatte sie darin gelegen. Zwei Tage lang hatten die ungeheuren Schmerzen sie ihre Umgebung völlig vergessen lassen. Gestern hatte sie Hoffnung geschöpft, dass sie überleben könnte. Seit heute war sie sich dessen sicher.

»Ich bin deine Freundin. Ich vertraue dir so sehr, dass ich dich ein Wochenende mit meinem Mann verbringen lassen würde und sicher wäre, dass nichts passiert, aber ich erledige für dich nicht die Drecksarbeit. Wenn du aus Seans Apartment ausziehen und aus seinem Leben verschwinden willst, dann bist du diejenige, die die Miete bezahlen und ihm die Schlüssel aushändigen muss. Nicht ich.«

Pam ging zum Sessel, der neben dem Bett das einzige Möbelstück im Zimmer war, ließ sich darauf fallen und funkelte ihre Freundin genervt und wütend an. »Ihr beide macht mich noch wahnsinnig, ist dir das klar? Er hat sich von diesem Teil des Hauses ferngehalten, als ob wir alle die Pest oder so etwas hätten. Er kommt, um am Anbau zu arbeiten. Dann geht er wieder. Er knurrt jeden an, der ihm über den Weg läuft. Er sieht entsetzlich aus – beinahe so schlimm wie du.«

»Besten Dank«, unterbrach Blair die Tirade.

»Er glaubt, du würdest ihn verachten.«

»Ich ihn verachten ...?«

»O ja. Er denkt zurzeit genauso klar wie du. Da du deine Knie ruiniert hast, als du angerannt kamst, um ihm mit Andrew zu helfen, geht er natürlich davon aus, dass du ihm nie verzeihen wirst, dass er dich an diesem Morgen angerufen hat.«

»Das ist verrückt.«

»Verrückt – und das sagst ausgerechnet du!«, erklärte Pam und verdrehte die Augen zur Zimmerdecke. »Siehst du jetzt, mit welcher Art von Verrückten ich es in den letzten vier Tagen hier zu tun hatte? Und du willst nicht, dass er dich so sieht, weil er – im Zorn – gesagt hat, er möchte nicht, dass du kaputt zu ihm zurückgehinkt kommst. Nun, mir reicht es allmählich«, stellte Pam fest und sprang auf. »Wie gesagt, mein Zuhause, meine Familie und ich stehen dir zu Diensten, bis du wieder auf den Beinen bist, aber ich habe als Cupido oder Venus oder welche Rolle ich da auch immer gespielt habe, soeben gekündigt.«

Mit zu Recht empörter Miene stapfte sie zur Tür. »Übrigens hat mich deine Mutter angerufen und sich erkundigt, ob du dich dieses eine Mal auch tatsächlich an die Anweisungen des Arztes hältst. Sie ruft in ein oder zwei Tagen wieder an.«

Blair streckte mit flehendem Blick die Hand aus. »Pam?« Ihre Freundin gab sich geschlagen und kehrte ans Bett zurück, um Blairs ausgestreckte Hand zu ergreifen. »Danke für alles.«

»Was hat dich veranlasst, einen so dummen Stunt hinzulegen, Blair? Du wusstest doch, dass das deinen

Beinen absolut nicht guttun konnte, wenn du bis hierher rennst.«

Blair zuckte mit den Achseln, unterdrückte ihre Tränen und blickte in Pams besorgtes Gesicht. »Ich hab dich lieb.«

Jetzt standen auch Pam Tränen in den Augen. »Ich hab dich auch lieb.« Die nächsten Minuten vergingen in gerührter Stimmung. Dann sagte Pam sanft, aber eindringlich: »Lass mich Sean rufen, damit er herkommt.«

Blair schüttelte energisch den Kopf. »Nein, es ist besser so.«

Pam ließ den Kopf hängen. »Du bist also tatsächlich der Meinung, dass es so besser ist.« Damit ging sie hinaus, offenkundig noch immer verärgert über das, was sie als absolute Dummheit der beiden betrachtete, die es eigentlich besser hätten wissen müssen.

»Komm rein«, rief Blair, als jemand später am Nachmittag an ihre Tür klopfte. Sie erwartete, eines der Kinder zu sehen, das mit einem weiteren lieb gemeinten Kunstwerk, mit Buntstiften auf Packpapier gemalt, hereinkam. Ihre Sammlung solcher Bilder, deren jeweiliges Motiv einzig dem Künstler selbst bekannt war, umfasste inzwischen achtzehn Exemplare. Sie wappnete sich, um mit einem überraschten Ausruf und überschwänglichem Lob zu reagieren. Doch das Lächeln erstarb ihr auf den Lippen, als Sean zur Tür hereinkam.

Eine ganze Weile sahen sie sich eindringlich in die Augen. Sie musterten einander eingehend und suchten nach Anzeichen, ob der andere litt. Die jeweilige Diagnose lautete, dass es ihnen körperlich gut ging, aber die Sorgenfalten und Augenringe bewiesen, dass sie unter einer emotionalen Krankheit litten, die einfach nicht heilen wollte.

»Pam sagte, dass du mich sehen möchtest«, erklärte er gelassen. Er passte kaum zwischen das Bettende und die Tür.

»Sie …« Blair verkniff es sich, das abzustreiten. Es war einfach zu schrecklich, die Besorgnis in seinem Blick zu sehen. Für ihn war es so wichtig, dass ihm verziehen wurde, dass er von der Schuld freigesprochen wurde, für ihren jüngsten Rückschlag verantwortlich zu sein. Einen Augenblick senkte sie den Blick auf ihre weißen Finger, die sie im Schoß zusammenkrallte. »Ja, ich … ich … sie meinte, du würdest dich für die Sache verantwortlich machen.« Sie streckte die Hand aus und deutete auf ihre Knie. »Sean, das darfst du nicht.«

»Das tue ich aber«, antwortete er gequält. »Hätte ich Andrew nicht gebeten, mir diese Nägel heraufzubringen, dann hätte er nicht am Kopf genäht werden müssen, und wenn ich dich nicht angerufen hatte, als ich Pam ausfindig machen wollte, dann wärst du jetzt nicht hier und müsstest nicht solch unsägliche Schmerzen ertragen und …«

»Ich habe keine Schmerzen. Jetzt nicht mehr. Und wenn ich dieses Mal den Rat des Arztes befolge, werde ich auch keine Schmerzen mehr haben. Es liegt nicht nur daran, dass ich zu Pams Haus gerannt bin, dass ich mich in dieser erbärmlichen Verfassung befinde«, sagte sie und lachte leise auf. »Es war eine Kombination aus verschiedenen Dingen. Vor denen du mich übrigens jeweils gewarnt hast.«

Sie versuchte, ihn zu einem kleinen Lächeln zu animieren, aber er war noch nicht bereit, sich selbst zu verzeihen. »Gott sei Dank, dass Andrew nur vorübergehend die Luft weggeblieben ist. Ich dachte, er sei wegen des Aufschlags mit dem Kopf bewusstlos. Bis Joe hier angekommen ist, war er schon wieder bei Bewusstsein.

Und als Pam kam, schimpfte sie uns sogar aus, weil wir eines ihrer besten Handtücher benutzt hatten, um ihm das Blut abzuwischen. Während sie und ich ... während sie sich um dich gekümmert hat, ist Joe mit ihm zur Notaufnahme gefahren und hat ihn nähen lassen.«

Blair lachte. »Pam sagt, dass dieser Verband wohl eher vermodert, als dass er ihn abnimmt.«

»Ich wünschte, bei dir wäre es genauso einfach«, stellte er leise fest. »Was meint der Arzt?« Er wusste es. Er hatte ihn abgefangen, als er aus dem Haus der Delgados gekommen war. Pam hatte den Arzt gerufen, sobald sie und Sean Blair ausgezogen und ins Bett gesteckt hatten. Sie hatte darauf bestanden, dass er nach Tidelands herauskommen müsse, da Blair nicht fit genug war, nach New York gefahren zu werden. Er hatte sich bereit erklärt, hatte allerdings ein exorbitantes Honorar verlangt.

Als der Arzt Sean höflich, aber bestimmt erklärte, dass er seine Praxis zu gerne führe, um mit einem Außenstehenden über den Zustand einer Patientin zu diskutieren, da hätte Sean dem Arzt am liebsten erzählt, dass er durchaus ein Insider war und dass der Arzt, wenn ihm sein Leben ebenso lieb sei wie seine Praxis, besser reden sollte. Der Arzt hatte heftig geschluckt, allerdings nur unter großer Mühe, weil Sean mit eiserner Faust sein Cardin-Halstuch zu einer Garotte verdreht hatte, dann hatte der Doktor ihm berichtet, was Blair in den nächsten Monaten erwartete.

»Ich darf zwei Wochen nicht aufstehen und laufen, dann kann ich kurze Strecken zurücklegen und diese langsam steigern. Ich muss mehrmals in der Woche für Ultraschallbehandlungen ins Krankenhaus. Er hat mir auch Cortisonspritzen empfohlen, aber die will ich nicht. Und ich weigere mich, Schmerztabletten zu nehmen«, sagte sie entschieden.

Sie ignorierte sein missbilligendes Schnauben und fuhr fort: »In etwa einem Monat will er mich erneut untersuchen.« Ihre Stimme veränderte sich. »Falls alles gut heilt, kann ich dann anfangen, meine Muskeln wieder aufzubauen. Falls nicht«, erklärte sie mürrisch, »werde ich vielleicht operiert werden müssen. Das würde monatelange Behandlungen nach sich ziehen, und ich würde höchstwahrscheinlich nie wieder tanzen können. Zumindest nicht als Profi.«

Er schwieg einen Augenblick. Ihre Prognose stimmte exakt mit der des Arztes überein. Sean beobachtete, wie sie an einem losen Faden der Tagesdecke herumfingerte. »Und wenn du diese Operation und alles, was sie mit sich bringt, über dich ergehen lassen müsstest, wärst du dann am Boden zerstört?«

»Ja.« Sie hielt den Blick noch immer gesenkt, deshalb sah sie den gequälten Ausdruck nicht, der über sein sowieso schon sorgenvolles Gesicht huschte.

»Verstehe.«

»Weil du gesagt hast, dass du mich nicht mehr haben willst, wenn ich auch für sonst niemanden mehr zu gebrauchen bin. Falls ich ...«

»Blair«, rief er aus, kam ums Bett herum und fiel neben ihr auf die Knie. »Ist das der Grund, warum du so untröstlich wärst? Weil du glaubst, ich wollte dich dann nicht mehr?«

Sie nickte. »Sean, dann wäre ich körperlich ein Wrack. Ich müsste gepflegt werden, ich hätte Narben, ich müsste im Rollstuhl sitzen, bis ...«

»Blair, Blair«, sagte er und vergrub das Gesicht in ihrem Schoß. »Mir ist es egal, und wenn du auf dem Bauch kriechen musst, ich werde dich immer begehren.«

»Aber du hast gesagt …« Er hob den Kopf, und sein Kummer war so offensichtlich. »Verzeih mir. Seither habe ich schon tausendmal verflucht, dass ich sprechen kann, weil ich dir etwas dermaßen Herzloses gesagt habe. Ich war völlig durcheinander und frustriert, weil ich dich so sehr liebe, dass es mich fast umbringt, und weil dir meine Liebe nicht ausreicht.«

Sie legte ihre Hände um seinen goldenen Schopf und vergrub die Finger in den dichten Haaren. »Doch, das tut sie, das tut sie«, sagte sie mit einem Gefühl der Verzweiflung. »Ich war so dumm, Sean. Verwöhnt und egoistisch. Verzeih mir, dass ich deine Liebe nicht akzeptiert habe, dass ich nicht wusste, wie ich dich lieben kann. Das ist mir noch nie passiert. Ich hatte Angst, mich für etwas anderes als das Tanzen zu engagieren. Das kannte ich. Damit konnte ich umgehen. Bei dir habe ich einen Himmel gefunden, von dem ich gar nicht wusste, dass es ihn überhaupt gibt. Wenn kaputte Knie die einzige Möglichkeit sind, dass ich das erkennen konnte, dann ist das wahrlich ein geringer Preis.«

Er fuhr mit seinen großen, rauen Fingern über ihre Schläfe. »Darling, ich hoffe, dass du wieder tanzen kannst. Ich möchte es wirklich. Du darfst nicht glauben, dass ich dich aus einem anderen Grund davon abhalten wollte als dem, dass es dir schaden könnte. Blair, als ich dich hinfallen sah, wie du da auf dem Beton gelegen hast, da dachte ich, ich würde sterben.«

»Ich weiß, dass du mich gern wieder tanzen sehen würdest«, sagte sie lächelnd und fuhr über das Grübchen in seinem Kinn. Dann spürten ihre Finger das Kitzeln seines Schnurrbarts. »Wenn alle Stricke reißen, kann ich ja immer noch eine der besten Balletttrainerinnen an der Ostküste werden. Und ich habe ja hier die Tanzschule, das darfst du nicht vergessen. Vielleicht muss sie eine Weile geschlossen bleiben, aber sobald ich wieder ...«

Er legte den Finger über ihre Lippen. »Nur kein übermäßiger Ehrgeiz! Ich möchte nicht, dass du noch einmal enttäuscht wirst.«

»Das werde ich nicht, ich verspreche es dir. Solange ich dich habe.«

»Das hast du.« Er küsste sanft ihren Mund, dann ihren Hals und durch die Bluse ihre Brüste und ihren Bauch. Er steckte kleine Claims ab, markierte sein Territorium und vergewisserte sich, dass sie real und heil war und ihn liebte.

Als sie wieder zu sprechen versuchte, kam ihr Atem nur stoßweise heraus, weil der Zauber seines Mundes eine dramatische Wirkung auf ihre Sinne ausübte. »Meine Eltern werden ... enttäuscht sein.«

»Aber warum?« Er schaute zu ihr auf.

Sie senkte den Blick, um die Stickerei an seinem Kragen zu begutachten. »Nun, sie sind altmodisch. Sie wussten nichts von Cole. Ich glaube nicht, dass sie mein ... unser ... gutheißen.«

»Unser Zusammenleben? Auf diesem Gebiet bin ich ebenfalls altmodisch.« Die gelassen ausgesprochenen Sätze trafen ihr Herz mit der Wucht eines Blitzschlags. Mit Tränen in den grünen Augen schaute sie in seine ehrlichen blauen. »Blair, ich habe nie mit einer Frau zusammengelebt. Dieses besondere Privileg war meiner Ehefrau vorbehalten. Zumindest hoffe ich, dass du das als Privileg betrachtest. Genau wie ich hoffe, dass du einwilligst, meine Frau zu werden.«

Sie nickte eifrig. »Ja, ja.«

Er schob einen Arm unter ihre Knie und den anderen um ihren Rücken und hob sie aus dem Bett. Vertrauensvoll schlang sie die Arme um seinen Nacken. »Wo gehen wir denn hin?«, fragte sie und legte den Kopf an seine Schulter.

»Nach Hause«, antwortete er leise.

Im Flur liefen sie Pam über den Weg. Sie schmunzelte spitzbübisch.

»Das war wunderbar. Es wird immer besser«, murmelte die Stimme matt.

Starke Hände drehten sie vom Bauch auf den Rücken und stopften ihr die Kissen ins Kreuz. Ein flüchtiger Kuss wurde ihr auf die Nasenspitze gedrückt. »Ich muss jetzt gehen. Zwei Massagen am Tag seit unserer Hochzeit. Glaubst du, dass wir einen Rekord aufgestellt haben?«

»Da bin ich mir ganz sicher.« Die grünen Augen blickten strahlend zu ihm auf. »Aber nicht mit den Massagen.« Sie reckte den Kopf für einen innigeren Kuss.

Es war die fünfte Nacht seit ihrer Hochzeit. Mittlerweile fühlte sie sich hier bei ihm zu Hause und fragte sich, wie sie je irgendwo anders hatte zufrieden leben können. Ohne sich zu beklagen, schleppte Sean sie von Zimmer zu Zimmer, die Treppe hinauf und hinunter, und wollte nichts von ihren ständigen Entschuldigungen wegen all der Unannehmlichkeiten hören. Er betrachtete sie nicht als Last. Nebeneinander im Bett zu liegen, das sie so viele Jahre nicht miteinander geteilt hatten, war nur eine der vielen Freuden, die das Leben jetzt für sie bereithielt.

Als sie sich schließlich voneinander lösten, musterte er sie kritisch. »Morgen bringe ich dich nach draußen in die Sonne. Du bist ganz blass geworden.«

»Irgendwohin, wo wir unter uns sind«, sagte sie schelmisch und zog das Laken von ihrem Busen.

»Warum?«, fragte er und kniff die Augen argwöhnisch zusammen.

»Damit ich mich nackt in die Sonne legen kann. Du willst doch nicht, dass ich unansehnliche Streifen habe, oder?« Kokett klimperte sie mit den Wimpern.

Er beugte sich vor, legte den Mund direkt über ihr Ohr und flüsterte ihr zu: »Wenn du das tust, dann wirst du am Ende überhaupt nicht braun sein, ich dagegen habe einen Sonnenbrand auf dem Hintern.« Er lachte über ihre empörte Miene, weil er wusste, dass sie nur gespielt war, und küsste sie leidenschaftlich.

»Habe ich vorhin das Telefon läuten hören?«, fragte sie atemlos, als er von ihrem Mund abließ. Er hatte den Apparat aus dem Schlafzimmer genommen, damit sie jeden Nachmittag ein Nickerchen halten konnte. Nur wenn er aus dem Haus gehen musste, stöpselte er es neben dem Bett ein, damit sie es im Notfall in Reichweite hatte.

»Barney hat angerufen.«

»Und?«

»Ich habe ihm gesagt, dass er zum Teufel gehen soll.«

Sie lachte. »Ich werde ihn morgen oder übermorgen anrufen. Er ist so schnell beleidigt.«

Er machte sich wirklich keine Sorgen, wenn sie sich mit dem Agenten unterhielt. Sie hatte ihn überzeugt, dass sie nicht den Wunsch verspürte, wieder zu tanzen, bis sie ganz sicher war, dass es ihren Beinen nicht schaden würde. Und sie würde auch nur dann wieder tanzen, wenn sie allen anderen Aspekten ihres Lebens Priorität eingeräumt hatte. Es würde noch immer ein paar Tage dauern, bis sie mit den Laufübungen beginnen konnte. Sie wollten nichts überstürzen.

»Andrew hat angerufen und erzählt, dass Angela, Mandy und er für dich Bilder von der Hochzeit gemalt haben. Sein Bild sei das Beste, weil du auf dem von Angela größer bist als ich, und weil Mandy Kakao über ihr Kunstwerk geschüttet hat.« Sie lachten. Blair liebte das Geräusch an ihrem Ohr, wenn er sie an sich drückte und lachte.

»Deine Eltern haben angerufen, um mitzuteilen, dass sie wohlbehalten zu Hause angekommen sind, und um sich zu erkundigen, wie es dir geht.« Seine Hand strich langsam über ihren Bauch, allerdings mit zärtlichem Besitzanspruch, nicht etwa leidenschaftlich. »Sie sind ganz entsetzt, dass du möglicherweise nie wieder tanzen wirst. Deine Mutter hat mir bei der Hochzeit gesagt, wie stolz sie immer auf dich gewesen sind. Das sind sie wirklich, Blair. Sie haben es nur nie ausgesprochen. Sie machen Fehler, wie jeder von uns, und sie haben dich natürlich vermisst und sich gewünscht, du würdest näher bei ihnen wohnen. Und sie haben deinen Beruf dafür verantwortlich gemacht, dass du fortziehen musstest.«

Sie drückte ihr Gesicht gegen seine behaarte Brust und benetzte sie mit ihren Tränen. »Sie hat wirklich gesagt, dass sie stolz auf mich waren?« Er nickte. Sie riss sich zusammen und wischte sich die Tränen ab. Sie wollte nach vorn schauen, nicht zurück. »Es war schön, sie zu sehen. Sie waren glücklich, dass ich endlich geheiratet habe. Und von dir waren sie natürlich ganz beeindruckt.« Sie drückte ihm einen Kuss unter das Kinn.

»Meine Eltern, die gar nicht recht fassen können, dass ich endlich eine Frau überreden konnte, mich zu heiraten, glauben, dass du entweder geistig umnachtet oder eine Heilige bist. Sie haben dich auf der Stelle ins Herz geschlossen und mir gesagt, wie schön du doch bist. Ich finde, es war eine fantastische Hochzeit, wenn man bedenkt, dass Pam und ich alles innerhalb einer Woche organisiert haben.«

»Es war eine seltsame Hochzeit, da die Braut während der ganzen Zeremonie gesessen hat.«

»Und die ganze Hochzeitsnacht im Liegen verbracht hat.«

Mit gespielter Empörung gab sie ihm einen Knuff gegen die Schulter. »Denkst du denn an gar nichts anderes mehr?«

»Nicht, seit du hier eingezogen bist.«

Sie stützte sich auf einen Ellenbogen, um ihn besser ansehen zu können, und fuhr ihm liebevoll durch das dichte Haar. »Ich muss schon sagen, dass du eine großartige Selbstdisziplin an den Tag gelegt hast, als du in der Woche vor der Hochzeit im anderen Zimmer geschlafen hast.«

»Ich finde, dass ich zumindest mit dem Verdienstkreuz ausgezeichnet werden müsste«, sagte er kichernd und zog sie an sich, bevor er leise fort fuhr: »Ich wollte, dass unsere Hochzeit makellos ist. Ich wollte, dass du weißt, dass ich dich noch aus vielen anderen Gründen liebe, als nur aufgrund dessen, wie sehr du mich anmachst. Und außerdem hatte ich, wie ja von Anfang an, Angst, dir wehzutun.«

Er senkte den Kopf, um sie liebevoll auf den Mund zu küssen, aber schon nach wenigen Augenblicken wurde daraus etwas ganz anderes. »Aber jetzt«, murmelte er gegen ihren Mund, »da du meine Frau bist, nimm dich in Acht, Mrs Garrett!«

»Und ich bin ausgerechnet jetzt schrecklich im Nachteil, ich kann ja nicht einmal vor dir davonlaufen.«

Mit seinem Lachen strich ein warmer Lufthauch über ihre Wange, während er sie in die Arme schloss.

»Gut zu wissen. Es hat lange gedauert, bis ich dich überzeugen konnte, dass ich dich liebe.«

Mit ihren zarten Lippen und neckenden Zähnen bedeckte sie seinen Hals mit Liebesbissen. »Ich war mit dem Herzen und den Gedanken mit anderen Dingen beschäftigt. Es hat eine Weile gedauert, meine Aufmerksamkeit davon abzulenken. Und als ich angefangen habe, dir ernsthaft zuzuhören, hat mir das, was du gesagt hast, Angst eingejagt. Es hat mir so viel abverlangt. Ich war mir nicht sicher, ob ich dazu bereit war.«

»Und jetzt?«

»Jetzt ist es die aufregendste Herausforderung, vor die ich in meinem Leben je gestellt war: dich zu lieben und dich glücklich zu machen.«

Seine Lippen drückten eine eindringliche Botschaft auf ihre Schläfe. »Ich liebe dich, Blair.«

»Ich liebe dich auch, Sean Garrett.« Sie fing zu kichern an, und er hob den Kopf, um auf sie hinabzublicken.

»Was ist daran so lustig?«

»Du musst wissen, wie sehr ich dich liebe, nachdem ich eingewilligt habe, den Rest meines Lebens den Namen Blair Garrett zu tragen.«

»Ich hatte schon immer eine poetische Ader.«

Sie wurde wieder ernst und beobachtete interessiert, wie er mit den Zähnen ihren tastenden Finger festhielt. »Sean, bist du sicher, dass ich jetzt in den Wochen, in denen ich krank bin, nicht zu viel deiner Zeit in Anspruch nehme? Ich will nicht, dass du meinetwegen deine Arbeit vernachlässigst.«

»Ich habe alle Aufträge erledigt, bis auf den Anbau der Delgados, und der wird von guten Handwerkern fertiggestellt. Ich kontrolliere sie. Die anderen Kunden, mit denen ich Verträge abgeschlossen habe, zeigen Verständnis dafür, dass ein Mann für seine Flitterwochen ein paar Wochen frei nimmt. Außerdem wage ich es nicht, dich allzu lange allein zu lassen. Du könntest auf die Idee kommen, diesen jungen Masseur vom YMCA zu rufen. Ich bin mir sicher, es würde ihn jucken, Hand an eine Frau zu legen, die so aussieht wie du.«

»Den habe ich nicht als so bedrohlich empfunden wie dich. Damals warst du wirklich dreist. Was hat dich dazu veranlasst?«

Er schmunzelte. »Ich musste dich einfach anfassen. Einerseits, um festzustellen, ob du überhaupt real oder bloß ein Hirngespinst meiner lüsternen Fantasie bist. Trotz der Funken, die aus deinen grünen Augen sprühen, hast du so unwirklich ausgesehen. Dann hat mich die schiere animalische Lust übermannt. Ich wollte dich einfach überall berühren.« Er fuhr mit dem Schnurrbart über ihr Schlüsselbein. »Über diese Art von Lust bin ich noch nicht hinweg.«

Er küsste sie innig, und seine Zunge rieb immer leidenschaftlicher an ihrer. Das angenehme Gefühl, ihn zu lieben, durchflutete sie, bis es sie überwältigte. Sie löste sich von seinem leidenschaftlichen Mund und zog seinen Kopf tiefer, um ihn sich Besitz ergreifend gegen den Busen zu drücken.

»Sean, Sean«, flüsterte sie. »Ich liebe dich so sehr, dass es mir Angst macht.«

Er löste sich aus ihrer wilden Umklammerung, damit er sie anschauen konnte. Seine blauen Augen sahen sie eindringlich an. »Warum? Warum, Blair?«

»Weil ich dich verlieren könnte.«

Seine Miene entspannte sich, und er strich mit dem Daumen über ihre Lippen. »Nein. Niemals. Nicht, wenn es nach mir geht.«

»Liebe mich«, flehte sie ihn an.

Er brauchte keine zweite Aufforderung, und sein Blick wanderte Zentimeter für Zentimeter ihren Körper hinab. Sie spürte das Feuer seines Blicks auf ihrer Haut, als er ihre Brüste ansah und sein Blick an ihren Brustwarzen hängen blieb. Seine Finger genossen es, sie zu berühren. Sie reagierte sofort darauf. Sein Blick glitt tiefer, auf ihren Bauch und den Nabel. Er streichelte liebevoll über ihre seidigweiche Haut und die wenigen hellen Härchen.

»Reizend«, flüsterte er, als sein Blick auf das dunkle Dreieck ihrer Scham fiel.

»Berühre mich!« Ihre Bitte war eine Liebesbekundung, genau wie seine vorsichtige, tastende Liebkosung.

»Hier?«

»Ja, ja, ja. Oh, Sean …«

»Du bist so schön, so zart. So süß.« Mit der Zunge benetzte er ihre Brustwarzen, dann sog er die Feuchtigkeit auf.

Sein Mund erkundete ihre Haut, bis Blair dahinschmolz und von Verlangen nach ihm verzehrt wurde.

»Sean, ich möchte …«

Er schnappte nach Luft, als ein freudiger Schauer durch seinen Körper lief.

Er überschüttete sie mit einer ganzen Reihe von liebevollen Bezeichnungen, als sie ihn selbstlos liebkoste.

Dann spannte er sich mit äußerster Beherrschung an und krächzte: »Blair, jetzt oder …« Er wurde gerne in der engen, feuchten Wärme ihres Körpers aufgenommen.

»Ahh, Sean, Liebster, Liebster.«

Ein leidenschaftlicher Mund suchte ihre Brüste, küsste sie, liebkoste sie. Ihre Finger krallten sich in die festen Muskeln seines Hinterns und forderten Sean auf, sich nicht zurückzuhalten. »Sean ... ich war ... bei keinem Frauenarzt.«

Er stemmte sich hoch, und sein Blick brannte vor Leidenschaft, strahlte aber auch Liebe und Verständnis aus. »Mein Gott, Blair. Das habe ich ja ganz vergessen. Soll ich ...«

»Nein, nein«, sagte sie kopfschüttelnd und mit einem strahlenden Lächeln im Gesicht. »Wir haben einen guten Choreographen. Lass uns einfach abwarten und sehen, wie es weitergeht.«